幸福歌声
传四方

雪域讲给世界的脱贫故事

达真 / 著

天地出版社 | TIANDI PRESS

序

自信篇：初心不改

一、解放之日就是藏地扶贫开篇之时 …………………… 003
二、初心与使命的接力者 …………………………………… 017
    1. 第一书记郭开春：是使命让我们去缠着群众 ………… 017
    2. 接过父辈的旗帜：只要用心用情，什么都能记住 …… 029
    3. 第一书记郭开春：陪伴才是最大的捐赠 ……………… 033
    4. 接过父辈的旗帜之二：为人民谋福利才是拳头挥出的方向 …… 042
    5. 第一书记郭开春：帮助最弱势群体是共产党人的本色 … 048
    6. 接过父辈的旗帜之三：高原缺氧但不缺记忆 ………… 058
    7. 第一书记郭开春：帮助弱势群体办事就是要发自内心 … 062
    8. 群英荟萃脱贫路 ………………………………………… 072
    9. 公心为民是公仆的最好诠释 …………………………… 088

精准篇：使命不止

一、唯有精准才能开出良方 ………………………………… 109
二、唯有精准方能各显神通 ………………………………… 114
    1. 泸定——红色基因浇铸的精神之钙 …………………… 114
    2. 康定——文旅挽手发展助脱贫 ………………………… 121
    3. 丹巴——中国最美乡村的活态广告 …………………… 127
    4. 九龙——教育是开启扶贫的钥匙 ……………………… 134
    5. 稻城——5A级景区的脱贫联播 ………………………… 138
    6. 乡城——寻梦那只奔康的"香巴拉猫" ………………… 148
    7. 理塘——"极地果蔬"与"天空牧场" ………………… 157
    8. 雅江——全息中国松茸之乡上空的商业链 …………… 164
    9. 得荣——太阳谷借旅游脱贫 …………………………… 169
    10. 巴塘——中国弦子故乡的脱贫民谣 ………………… 175
    11. 道孚——农民夜校念好脱贫经 ……………………… 180
    12. 炉霍——镜头下的脱贫故事 ………………………… 188
    13. 新龙——借"援建"之力全面开花 ………………… 194
    14. 白玉——陋习深处的亮光 …………………………… 199
    15. 色达——马背民族遇见大数据 ……………………… 206
    16. 石渠——医疗扶贫的世界贡献 ……………………… 212
    17. 甘孜——格萨尔王城的百村扶贫产业 ……………… 216
    18. 德格——稳定发展展双翅 …………………………… 220

福祉篇：追逐大梦

一、贫困户的孩子进入清华 ···················· 229

二、向巴青西，脱贫不忘助贫 ···················· 235

三、"9+3"教育，阻断代际贫穷的梦想专列 ············ 250

    1. 肖芳，中国地铁首位藏族女司机 ············ 253

    2. 借"9+3"的翅膀助我飞翔 ················ 255

    3. 乔秀，从受帮扶者到扶贫书记的大转折 ······ 258

    4. 快览"9+3"毕业生无数个忙碌的瞬间 ······ 264

四、刷屏！州长为电商平台放歌 ···················· 270

    1. 网红达人格绒卓姆的电商之路 ·············· 272

    2. 钦乐工坊：小作坊大扶贫 ·················· 278

结束篇：长江上游生态环保的再站位

    1. 站位再认识的依据：从一本尚未出版的生态环保书稿说起 ······ 294

    2. 站位认识后的再行动：一所"森林学校"的启示 ············ 297

    3. 站位认识的最终落点：护好"中华水塔" ·················· 305

四川甘孜。热贡·多吉彭措摄。

序

是谁帮咱们翻了身呃

是谁帮咱们得解放呃

是亲人解放军

是救星共产党

呷拉羊卓若若呷拉羊卓若桑呃

……

传唱半个世纪的《洗衣歌》进入笔者的叙事空间，是在精准扶贫如火如荼的第四个年头。

与《洗衣歌》的曲作者罗念一相识，是在1994年一个凉爽的夏日，缘于《甘孜日报》悬赏重金寻找《康定情歌》的词曲作者一事，当时笔者是该报一名初涉新闻的"愣头青"。

这位与藏地终身结缘的作曲家，拿着载有《寻找〈康定情歌〉的词曲作者》一文的报纸来到甘孜日报社。他中等个子，身板厚实，戴一副变光的近视眼镜，梳三七开偏分，不，准确地说是二八开，像简谱划歪的竖杠，说话声如洪钟极富乐感。我跟老师开玩笑说："凭老师的才华不弄出

《洗衣歌》这样的传世经典，就不算成功。"

"哈哈哈哈，那是高原的云朵、神山、圣湖给我的灵感。"他仰头大笑，笑声抑扬浑厚，像琴键的中音区。随即，他不经意似的哼唱起《洗衣歌》的曲调，手指头在桌上敲着节奏，道出成曲往事：

"……难啊，我怀胎《洗衣歌》长达十年之久。记得我们当年进军西藏的途中，部队边进军边修路，在百万农奴砸碎封建枷锁实现民主改革的日子里，在中印边境自卫反击战的战场上，解放军和藏族同胞结下了鱼水深情。虽然亲身经历了那段可歌可泣的岁月，但真要形成脍炙人口的作品还是心里没底，既血脉偾张又郁闷心急，做梦都在找灵感。一次藏历新年的拥军活动，拉萨的藏族妇女为部队拆洗衣被，此情此景给编舞李俊琛带来了灵感。他写下了'是谁帮咱翻了身？是谁帮咱得解放？是谁帮咱修公路、架桥梁、收青稞、盖新房'等词条。如此通俗但却深含情谊的话语砸中了我的心弦，酝酿已久的灵感原浆犹如六十度的江津白酒，稀里哗啦喷涌而出，《洗衣歌》诞生了……"话音落定，作曲家做了一个拥抱太阳的手势。

罗老师的潇洒动作至今都定格在我的记忆里。

溯源初心，翻开王树增的著作《长征》，全书18个章节中用了4个章节记录了横断山脉的红军足迹，飞夺泸定桥，会师甘孜，爬雪山，过草地，建立博巴苏维埃政权的身影，在甘孜大地刻下了为劳苦大众谋利益的红色印迹。

如果不纵深梳理这段光荣史，就不能铭心刻骨地理解新中国成立之日毛主席在天安门城楼上响亮地喊出"人民万岁"的感恩之声，就不能深刻理解邓小平曾指出的甘孜为中国革命做出了重大贡献，就不能体会习近平总书记满含深情地道出扶贫路上"一个都不能少"的厚重依据。

毫无疑问，进行时中的精准扶贫，就是新时代中国共产党人对初心的溯源和使命的践行。

站在历史的长廊，我试图将该书的起点放在新中国成立之日，因为在我看来，那就是中国共产党伟大扶贫史的开篇之时，而习近平引领的精准扶贫是扶贫史上的伟大高潮，是将以人民为中心的人权理念放在伟大的历史实践中，向全世界展示社会主义制度的优越性。

1988年笔者大学毕业分配到报社，那时的318国道南线北线，穿行在平均海拔3500米的四级土路上，"雨天一身泥，晴天一身灰"是最真实的写照。海拔每上升1000米，温度降低6摄氏度，高出3000米以上，温度就低于平原地区18~20摄氏度，氧气的含量是平原地区的一半。这样的气候区，植物的生长、动物的生长、人的生存，其艰难程度不知是内地的多少倍。

令人惊叹的是，实施精准扶贫5年以来，国家对甘孜州的基础设施、教育卫生、人才培养等投入的扶贫专项资金达到700多亿，这数字让我既吃惊又感动。过去靠"木头财政"维持干部职工工资的财政"赤字"州，谈及扶贫绝对是捉襟见肘，只能望洋兴叹。

在援藏基金会了解到，该基金会从1988年到2012年总共援助资金6000万元，而6000万同700多亿是芝麻和西瓜的对比。

这力道的背后，一个惦记国家发展的身影多次深入民族地区，与乡亲们共商脱贫致富大计。一本早在30年前就写就的书叫《摆脱贫困》，作者是习近平。书中有一篇重要的文章《巩固民族大团结的基础——关于促进少数民族共同繁荣富裕的思考》。这篇文章写于20世纪80年代末期，时隔30年它依旧是民族地区繁荣富裕的指南。

细想，如果没有30年记者经历的积淀，没有多年农村牧区的亲历亲见，笔者能带着思考写一部关于中国藏族地区扶贫带给世界惊喜的报告文学吗？也许别人能，但笔者做不到。

如果不站在历史的高度来总览这一波澜壮阔的大格局、大巨变，缺少历史的亲历感和纵深度，那么这部作品充其量是一部浅阅读的数据、案例、口号叠加而成的应景之作，天长日久便风轻云过。因此，一开始笔者就告诫自己，要把尽量多的人物故事装进书中，只有如此，才能感知15.3万平方公里的深度贫困区，村村寨寨发生的巨变。本书不是单纯的赞歌，而是通过重新发现，认识自己家乡的文化和成就，通过平凡故事表现大主题，把时代理念浸润到生动的生活画卷中，让世界人民平和客观地了解中国带给人类的奇迹。

2019年，《贫穷的本质》一书的两位作者获得诺贝尔经济学奖，书中写道：要想摆脱贫穷并不容易，但只要抱着一种"万事皆有可能"的态度，再加上一点儿援助，有时也能产生意想不到的成果。另一方面，错位的期望、必要信仰的缺乏、表面上的小障碍，都有可能对这一过程造成一定的破坏。把持住正确的杠杆至关重要，但往往很难找到。

十几年来，两位经济学家一直在努力寻找。然而，中国共产党经过近百年的努力不仅找到了杠杆，还找到了支点。这个杠杆就是社会主义制度，这个支点在新时代就是举国一盘棋精准脱贫奔小康。

俗话说："一粒米中见世界，半边锅里煮乾坤。"我只能从宏阔的脱贫故事里切片出藏地最为精彩的亮点，所以难免以偏概全，望读者见谅。

本书主要由自信篇、精准篇、福祉篇组成，即与自信篇对应的初心不改、与精准篇对应的使命不止、与福祉篇对应的追逐大梦，构成全书的逻辑线：初心——使命——中国梦，贯穿中国共产党"为人民服务"的奋斗历程。全书拟用三分之一篇幅描写国家、省、州、县、乡、村援藏干部、驻村第一书记、扶贫专干，如何用"四个自信"来支撑贫困群众生存和发展；三分之一篇幅描写建卡贫困户，怎样实现"两不愁三保障"的脱贫历程；三分之一篇幅描写被帮扶对象中的年轻一代，通过上大学、接受"9+3"技术院校的职业教育等，在大中小城市或自己的故乡，用知识和技能创造劳动成果，自食其力地融入社会，走上发展之路，这是中国发力阻隔代际贫穷的最终愿景。

完成这部书最大的欣慰是两个看见和一个希望：看见"三区三州"深度贫困区人观念落后的坚冰被打破，看见深入群众后干部作风的大转变和"贫二代"的自食其力；希望这片有过红色贡献的藏地，成为鲜活的没有围墙的展现爱国主义、民族团结、脱贫成果的教育"场馆"，供世界观摩。

如果说《长征》是献给为新中国成立而献出宝贵生命的革命先烈，那么这本将献给：

帮助贫困群体获得生存权、发展权的每一位推动者；

客观公正看待中国人权发展的全世界人民；

新中国第一个少数民族自治州成立七十周年。

乡城县青德镇仲德村村民修筑新房。彭健摄。

自/信/篇

‖ 初心不改 ‖

翻开中国的历史，中国共产党从成立之日，就以"为人民服务"为宗旨。在即将迎来"两个一百年"奋斗目标的节点上，能看见中国共产党怎样践行自己的初心与使命，书写新中国"站起来，富起来，强起来"的历程。得民心者得天下是中国这个东方大国几千年根脉不断的不二法则，脱贫攻坚是不忘初心、牢记使命的伟大创举，从1921年到现今，这一宏愿不断获得兑现，开创着新时代"四个自信"前提下的强国梦。

一

解放之日就是藏地扶贫开篇之时

时光回到1950年3月24日，解放军六十二军一八六师进入川藏重镇——西康省省会康定。

正值高原3月季，来自雅江县河口镇的青年李二喜同康定百姓一道，迎接解放军的到来。眼前的郭达山、九连山、跑马山铺满积雪，街道两旁的屋檐上倒垂着参差不齐的锥形冰柱，山风带着冰刀似的寒气刮得脸蛋通红，嘴唇干裂生疼，但这些丝毫没有影响他迎接解放军进城的热情。

一旦进入康定这个被形容为雪域八瓣莲花的入口之地，解放军将经受体能和意志的极限考验，其艰险程度并不亚于一场战争。但是，为了把帝国主义的干预和渗透阻隔在喜马拉雅以南，让雪域的翻身农奴过上幸福日子，他们迎难而上。与此同时，西藏反动上层借助跳神驱魔的方式，意欲阻挡人民解放军西进的步伐。

一场解放与固守封建农奴制的尖峰较量在世界第三极拉开大幕。

缺氧带来的惊悸头晕、心动过速、呕吐、呼吸困难，考验着每一位指战员。然而这支"宜将剩勇追穷寇"的军队，将再次刷新"撼山易撼解放军难"的新纪录，正如军歌唱道："向前！向前！向前！我们的队伍向太阳！脚踏着祖国的大地，背负着民族的希望，我们是一支不可战胜的力量。我们是工农的弟子，我们是人民的武装……"

严重的高反给来自山西的战士陈大柱一记下马威，李二喜和另外三人用门板抬着他去教会医院。一路上大柱心里憋屈，骂道："他娘的，没有倒在枪炮下，却倒在看不见对手的高海拔上，冤。"

好在参军前娘给他的包头布派上了用场，平日里怕卫生队那位被自己暗恋着的小护士笑话，不好意思戴，可今天包在头上格外地温暖，感觉像小时躺在娘怀里一样。途中隐约听见苗政委的叮嘱："犟牛，高反就高反了，还要硬撑！"没过多久，大柱离开康定进军西藏，为了感谢李二喜的细心照顾，临走时将带着"娘味"的包头布送给了李二喜。

那段时日，师政委苗逢澍没有想到，立马横刀的军旅生涯将在康定画上句号——他奉命担任康定地委书记兼军管会主任，只能留在康定。

眼下，摆在他面前的是百废待兴的康巴大地。刘文辉宣布起义迎接解放军的这片区域当时叫西康省，是大西南连接西藏的战略要地，是出名的"苦、寒、少、穷"之地。历史上有"稳藏必先安康"的战略之策，作为一名党的中高级指挥官，他在西康省档案馆找来赵尔丰的《平康三策》、任乃强主办的《康导月刊》，以及红军一、二、四方面军在这片土地上建立第一个苏维埃博巴政府的历史资料，通过阅读和与藏族学者交流讨论，对康巴地区的政治、社会、历史、文化有了更深入的了解。

转眼到了9月，苗逢澍收到一份重要的文件，中共中央西南局指示西康区党委：在军事上如果条件具备，创造一个由我党干部及先进分子掌握的藏族武装，这个武装属于人民解放军的一部分，待遇与解放军相同，简称"藏民团"。它既是军队，又是生产队，更是培养热爱党又热爱本民族的少数民族干部的学校。

1951年5月康定军分区任命藏族老红军、西康省藏族自治区①人民政府委员兼经济处处长沙纳为藏民团团长。同年8月1日举行了藏民团成立大会，由此，人民解放军历史上的第一支藏族部队，被称作"雪山雄鹰"的藏民团正式成立。

2019年6月11日，中共甘孜州委机关报《甘孜日报》刊登长文，标题为《"藏民团"的光辉历史和不朽功勋》，以之纪念甘孜州民主改革胜利60周年。

文章回顾了藏民团在甘孜州民主改革和平叛斗争中的辉煌历史和不朽功勋，称藏民团是人民解放军的"传奇"。

那么回顾藏民团的历史跟当下的精准扶贫有何联系呢？

毫无疑问，280万扶贫大军深入到中国的贫困地区，虽跟当年深入藏地的人民军队处于不同时代，但有着相同的初心和使命，那就是为中国人民谋幸福，为中华民族谋复兴。

藏民团作为战斗队，它最辉煌的历史是民主改革中的平叛战争。它机动于全州15万平方公里的土地，哪里匪患猖獗，哪里有大仗恶仗，哪里就有藏民团的身影，他们是全州各族人民的坚强后盾。1956年2月，康区匪徒叛乱，藏民团打了不少艰苦而漂亮的反击战和解围战。1958年开始，藏民团挥师康南摧毁了康南叛军的组织体系，平定康南叛乱。随即转战康北，在大小战斗中，藏民团屡立战功。1959年，藏民团挥师北上，转战巴颜喀拉山地区，配合其他兄弟部队和原兰州军区一起平定石渠、色达叛乱。由于藏民团英勇善战，是一支能将叛匪"追垮、拖垮、打垮"的铁血队伍，让叛匪闻风丧胆，因而被称作"雪山雄鹰"。

---

① 甘孜藏族自治州旧称。

藏民团既是常胜团,也是生产建设的模范团。它的另一项重要任务就是参加地方生产建设。一边进行军事训练和军事斗争,一边参加地方建设和地方工作,特别是掀起大生产运动,向亘古荒原要粮要菜。

藏民团在乾宁惠远寺,道孚铜佛山,炉霍城区的鲜水河两岸和虾拉沱、扎加山、朱俄阿多坝子、色达河西乡共开垦耕地4600亩,并在石渠、甘孜、德格三县交界处办了两个牧场,养牛6000余头、羊7000余只;粮食年产达八九十万斤;种植蔬菜年产200多万斤。1954年间,还抽调两个连编制转业到地方,组建了丹巴云母矿厂和新都桥农场。在生产中,藏民团还担任了普及先进生产工具和生产技术的任务,推广使用新式农具和农作物新品种,现场示范,并请群众参观,成为生产建设的好榜样。1962年以后,藏民团转入守点执勤并进行农副业生产,在甘孜、阿坝两州先后耕种了8000多亩土地,建立了牧场、军马场、园艺场各一个,除了饲养牲畜,还种粮食、蔬菜和水果,减轻了国家负担,支援了国家建设。

藏民团更是培养民族干部的"大学校"。一批批优秀分子成长为军事干部并被选送到军事学院深造,成为人民军队的指挥官,特别是为甘孜、阿坝两州人民武装部输送了大量骨干人才。藏民团官兵转业地方后,以优良的工作作风,成为各地各行业的骨干和精英,一部分还被提拔到州、县领导岗位。另外,藏民团还向州外输送了不少优秀人才。

藏民团更是民族团结的光辉典范。它以其过硬的政治素养和优良的思想作风,谱写了一曲忠于党和人民、捍卫国家和人民利益、维护民族团结和军民鱼水情的"高原赞歌",践行和发扬了"特别能吃苦、特别能战斗、特别守纪律、特别讲团结、特别讲奉献"的"高原精神"。

尤为重要的是,藏民团的红色基因正在代际传递,他们的后代在扶贫路上扛起父辈的旗帜,继续为人民服务。

曾经给首任康定军分区司令员孔诚当过警卫员的小吉村,他的儿子肖东红,现在是乡城县扶贫开发局局长;藏民团干部泽仁多吉的儿子建康,现在是德格县分管扶贫开发工作的县委常委;原炉霍县委书记李二喜的儿子李强,现在是色达县政法委书记,协调扶贫开发的各项工作。他们延续着父辈的初心与使命。

近半个世纪的薪火传递,两代人在平凡的岗位上,为人民的生存和发展做了力所能及的贡献,正是这些点滴汇聚成势不可当的磅礴之力,证明着社会主义制度的优越性。

回到1950年下半年,年仅21岁的藏族共产党员钦绕①与苗逢澍结识。当时钦绕带领一批巴塘籍的藏族青年来康定向组织报到。

如今70年过去了,我们在康藏研究中心研究员、高级记者、四川省藏学研究会副主席郭昌平老师采访整理的《钦绕回忆录》中看到:解放军和平解放西康不费一枪一弹,归功于党的统战工作,归功于党的群众路线,归功于团结广大爱国的上层进步人士,归功于党的正确领导和十八军领导的正确决策。

钦绕清楚地记得解放军进入康定城时,夹道欢迎的各族群众里有人被"道奇"卡车的喇叭声吓得拼命奔逃,原因是这个庞然大物的叫声比藏獒大十倍,认为它一定会咬人。面对此景苗政委笑了,但笑里夹杂着淡淡的自责和深深的同情。他给旁边的同志讲:"多么可爱又朴实的群众,老百姓造孽啊,见得太少了,国穷民弱造成的,我们共产党人一定要改变这一现状,让他们过上不愁吃不愁穿的好日子。"

这番话让在场的钦绕牢记于心。从康定地委和军管会建立的那一天

---

① 曾任甘孜州委副书记、州长,已故。

起，他耳濡目染了共产党员的忠诚和为人民服务的兢兢业业。苗逢澍的大局观和处理问题的每一个细节，也给钦绕的成长提供了充足的"养料"。

1952年，钦绕从理塘回到康定，走进当时康定地委书记苗逢澍同志的办公室时，苗书记正在看地图。见钦绕进来，苗书记说："你来得正好，过来看看这片色达地区。"钦绕上前去仔细一看，色达的地盘真不小，但基本上是一片空白，没区镇乡村之分，只标注有冬春草场，没有地名标注，只标有两座寺庙，即中部的洞嘎寺、北边的孟龙寺。由此可见，历朝历代的人们，都对色达这片草原了解甚少。

苗书记对钦绕说："目前，西康21个县已有20个成立了人民政府，只有色达地区还是空白。地委决定由你去开辟色达地区的工作，为色达建政打基础。这是一项艰巨的任务，那里对你来说是陌生之地，人生地不熟，工作上的难度很大，又快到冬季了，生活环境也很艰苦，无论困难多大，一定要坚持下来。要注意做好当地上层人士的工作，他们同意的先办，不同意的缓办或少办，这是党的民族政策，是搞好统战工作的需要。根据你的工作实际和能力，相信你能完成任务。"苗书记接着说，"现在色达代表团正在康定，你要先与他们熟悉，了解情况，建立感情，以利下一步工作。"

康定师范毕业的钦绕，在当时的大环境里是知识分子，他知道色达地处川西北边缘，紧邻青海果洛、玉树地区，地广人稀，闭塞、贫穷、落后，被史家称为"化外之地"。据零星记载，当地藏族群众与外界的交往只限于畜产品换布匹、盐、茶叶等生活必需品，过着逐水草而居的游牧生活。政治上是几不管地区，历代王朝和民国政府均未在这里设治。统治这一区域的是被称为骨系三部落的修卡桑，以血缘为纽带的骨系部落是封建世袭制。因长期封闭，大大小小部落的头人、宗教上层人士无不认为色达是"独立国"。

色达头人的口头禅是:"我们色达既没有投降过汉人,也没有向西藏地方政府低过头。色达,上管草原有野驴野牛的地方,下管出产五谷之地。"千百年来,色达以封闭为经保守为纬,构筑了一个与世隔绝的小"王国"。

西康省委决定开辟色达地区,派出以康定各界同色达上层有联系的民族、宗教上层人士组成工作团,去色达做统战工作。

康巴地区四大土司之一的明正土司就是其中一员,这个被清政府定为"内土司"的地方上层,历史上曾多次帮助清廷平定金川之乱,为清廷平定廓尔喀立下汗马功劳,且明正家族与色达大头人有姻亲关系。

工作团于1952年8月赴色达,几经周折与色达上层人士会晤,反复向他们讲述共产党的政治主张和民族宗教政策,给他们讲周边县和平解放的现实状况。终于,色达大头人仁真顿珠、二头人贡扎表示愿意接受共产党的领导,欢迎政府到色达开展工作。

之后大头人仁真顿珠派出以亚达上若撒部落头人为团长的十人代表团,到康定参加西康省藏族自治区第一届三次各族各界人民代表会议。这是有史以来色达同外界的首次接触,从此打破了与世隔绝的封闭状况。

1952年夏末秋初的夜晚,钦绕在笔记上写下苗逢澍讲的党的三大法宝——统一战线、武装斗争、党的建设。合上钢笔的笔帽,抬头仰望弯月挂在跑马山上空,钦绕心潮起伏。他跟着苗书记散步走到中桥的西岸,喧嚣的折多河让两人不得不放大嗓门说话。

"钦绕同志,地委决定你、你阿兄和李二喜组成工作组去色达开展筹建工作。这是组织对你的高度信任。要尽最大努力做好筹建。"苗逢澍的语气对他充满信任。

"我绝不辜负组织对我的信任,我已经做好了准备。前段时间色达代表团抵达康定后,我与他们接触较多,熟悉藏汉双语,为今后在民族地区开展工作,赢得了便利的条件和机会。"钦绕说。

接受任务后,三人于1952年11月3日从康定出发。从暖和的雅砻江边来的李二喜听说色达比康定还冷,将陈大柱送给他的白色包头布扎在头上。异样的装束打扮,惹得沿途的藏族男女嘻哈大笑。

一路风餐露宿,半个月后三人抵达色达,色达草原已是白雪茫茫,寒风刺骨,冷得李二喜直哆嗦,双手罩在嘴边呵气暖手。

他们从上层人士那里买到两顶牛毛帐篷,在距洞嘎寺两三公里的一条小阴山沟安营扎寨。入冬的色达草原,白天阳光高照,并不冷,可一到傍晚气温骤降,遇刮寒风,帐篷都要掀翻的架势,早晨醒来被子上会结一层薄冰。

工作上他们采取慎重稳进团结依靠上层的方法,目的是先立稳脚跟。第一步是与宗教上层人士建立联系和感情。但一开始就很不顺利,色达头人仁真顿珠以要闭关冥想,数月内不见任何人为借口,回避与他们见面。仁真顿珠的回避让其他部落的头人、宗教上层人士纷纷效仿,不与他们交往。

三人并没有因眼前的困难而退却,为了打破僵局,他们不厌其烦地与色达上层人士接触。终于,第二大头人贡扎同意接受邀请前来见面。钦绕按照民族习惯热情接待,耐心地讲解政策,消除顾虑,使他认清形势,相信共产党是为人民服务的。他们的真情让贡扎了悟,紧张局面逐渐缓解,部分上层人士也开始与工作组交往。

在交往中钦绕慢慢了解到,其实色达各部落头人、宗教上层人士也在等待,他们暗地希望等到工作人员被色达的隆冬、冰雪与寒风吓住,到受不了高寒缺氧的艰苦时而自动撤退，那时色达依旧是他们的天下。一天夜里，阿兄病了，二喜在帐篷外抽完烟，回到帐篷，看看阿兄，再看看钦绕，说："要不，我们请求支援？"

钦绕心里在想，要是苗逢澍书记此刻在身边该有多好。沉默片刻后，他说："十八军军长张国华曾这样说：进军西藏所经受的艰苦是无与伦比的。可想西藏的地理环境和气候条件给解放军带来多大困难。相比之下，我们遇到的困难简直是小困难。"正因此，为了色达的农牧民早日过上幸福日子，他们坚定了战胜困难的信心。

在人手不够，工作进展缓慢之时，90位第二批工作队员终于在1953年1月抵达色达，大大地补充了有生力量，同时生活条件也得到了改善。经中共康定地委批准，成立中国共产党色达工作委员会，任命钦绕为工委书记，同日，经批准建立县级过渡机构"色达办事处"，办事处负责开展统战工作和群众工作。

当时办事处只有钦绕和陈国忠、官汉斌三人是共产党员，三人组成的党小组决定召开干部动员大会，动员会上要求加快联络民族、宗教上层的工作。

1953年春节期间工作组组织召开了座谈会，向参加会议的上层人士赠送藏茶，进一步宣讲政策，讲共产党的政治主张，指出共产党是来帮色达发展生产，为人民谋利益的，是来保护藏族同胞的生命财产、宗教信仰自由，帮助藏民开展教育和农牧工商业，改善人民生活的。同时要求办事处的工作人员，面对部落头人、宗教人士和群众，说话要和气，买卖要公平，不妄取民间一针一线，借用家具均经物主同意，如有损毁，一律按市价赔偿。雇用人、畜差役，均付相当代价。

随着工作的不断深入，取得了一定的信任和支持后，工作组采取请进来走出去的办法，组织干部深入各边远部落和寺庙，一方面争取、团结、依靠上层人士，一方面访贫问苦，发放救济，开展医疗救助、维护社会治安。不少上层人士和群众对共产党有了进一步认识，消除了疑虑和恐惧心理。办事处在色达的影响越来越大，终于在色达扎下根来，形势也向健康的方向发展。在党的民族宗教政策的感召下，大头人仁真顿珠终于露面了。

钦绕清楚地记得1953年7月至9月，两次召开政治协商会时的情景。色达各部落的大小头人，寺庙活佛、堪布均参加了协商会。见面的下午他和仁真顿珠盘腿而坐，他拿出一支香烟递给仁真顿珠，仁真顿珠将信将疑地看着他，他先示范着给自己点上，仁真顿珠也示好地接过香烟，猛吸几口便咳嗽不止，烟雾熏出的泪珠挂在脸上，引来众人的笑声，气氛一下活跃起来。后来仁真顿珠看见递烟就摇手拒绝，拿起他手里的玉石鼻烟壶，示意他吸鼻烟。

融洽的气氛中，钦绕宣讲了党的民族宗教政策，共同商定召开有各部落和宗教上层人士参加的政治协商会议，协商推举称登真为主任、扎西罗布为副主任、仁真顿珠为主任委员，办事处下设治安、财政、总务等科室，至此，色达行使政府职能的机构诞生。

在办事处的努力下，首届色达地区各族各界人民代表大会顺利召开，参会人员共113名。在"祝新中国第一届色达人民代表大会顺利召开"的横幅前，钦绕看见台下各族各界的目光全部聚焦在他脸上时，心里充满快乐——经过不懈努力，终于打开局面。作为党的代表，钦绕心里充满了自豪感，同时也备感工作的压力——色达农牧民生存与发展的担子重重地压在肩上。

大约40年后的1992年，笔者当时是《甘孜日报》的一名记者，同《民族文学》的编辑吉米平阶受邀前往色达县和石渠县，采访甘孜州儿童福利院建院时的第一批藏族遗孤。信息是从甘孜州民政局社会事业科的科长向秋阿姨那里了解到的，她是吉米平阶的母亲。

这批遗孤中有一部分是民主改革时期叛匪或被裹挟者留下的，党和人民没有因为这些遗孤前辈的过失遗弃他们，而是建立儿童福利院，将他们抚养长大并培养为社会主义的建设者。在历史的画廊里，这些遗孤们的幸福成长史成为鲜活的佐证，让全世界看见在历史深处，新中国成立初期中国共产党人的远见和胆识，同时也看见藏族人民生存与发展的缩影。笔者决定用笔拾回这些感人的故事，以之向为中国各族人民翻身解放而献身的英雄深深地致敬。

在采访中，时任福利院院长聂宽中告诉笔者，藏族老红军天宝①来到色达烈士陵园，面对一百多位在剿匪中捐躯的忠骨，天宝脑海里同时浮现出两份名单，第一份是上百名儿童的名单，另一份是平定叛乱过程中牺牲的人民解放军战士的名单。

张吉林，汉族，四川省成都市人，原成都军区独立团一营二连班长，于1956年色尔坝战斗中牺牲；

毛振清，藏族，四川省丹巴县人，原成都军区藏民团二营六连战士，1956年10月在曲苍打隆沟遭敌人伏击时牺牲；

阿木桑更，藏族，四川省丹巴县人，原成都军区藏民团二营六连战士，1956年10月在曲苍打隆沟遭敌人伏击时牺牲；

刘递方，汉族，贵州省毕节二区人，内卫六十七团五连战士，1956年2

---

① 曾任中共中央委员、中共西藏自治区党委书记、中共四川省委书记。

月在色达县城平叛战斗中牺牲；

谭光爱、孙忠秋、肖天才、四郎彭措、白玛泽朗、李仕贤、阿昂、更忠多吉、阿加次朗……

面对一百多位烈士的墓碑，天宝心情格外沉重，为了藏族人民的解放事业，为了藏族人民的生存与发展，这群来自五湖四海的同志，献出了自己的年轻生命，历史将牢记他们的英名。

然而孩子们是无辜的，看着手里的这些遗孤的名单，天宝念头一闪，萌生建立一所藏族儿童福利院的想法，将这些娃娃们收养起来。这是共产党宽容仁爱、不计前嫌的最好例证。于是他同跟他一样是老红军的沙纳商量建院之事。

沙纳当即表态，要让人看见共产党的爱是不带任何偏见的，而且这种温暖和爱是可以化解仇恨的。

这两位曾与毛主席、朱总司令留下合影，在青藏高原大名鼎鼎的老红军，参加红军时却只有十几岁。在革命战争中经受锻炼的两人已经成为共产党的高级领导干部，他们带着革命的经验回到藏地，领导开展了百万农奴的翻身大革命，在焚烧农奴主压榨农奴的地契中，揭开了伟大的扶贫史的序幕，共产党人的初心和使命在以人民为中心的道路上阔步前行。

儿童福利院诞生在三年困难时期。两位老红军亲自筹划，组织人力、物力，在气候温和、交通便利的道孚县各卡乡确定了院址。1961年10月，这个备受国家关爱的"家"接收了第一批来自藏北牧区石渠、色达的孩子。

杨桂兰老师还清楚地记得那天上午，35个穿着光板羊皮袄、光着脚丫的孩子站在她面前。过早的生活磨难使他们神情冷漠，脾气倔强，眼神流露出对陌生人的不信任。孩子只听得懂牧区话，语言无法交流，最小的女孩子益呷只有四岁。杨桂兰和其他老师们为孩子们做的第一件事就是烧热水洗澡，清除头发里的虱子和身上的污垢，穿上干净衣服。

当时福利院借住在甲波喇嘛寺里，房子很大，也很冷。老师们为了不让孩子们冻着，就自己睡在门口。每天晚上要起来几次，替孩子们盖被子。岁数小的孩子还经常尿床，为了掌握每一个孩子起夜的次数和时间，年轻的老师们彻夜轮流值班。已是石渠县教育局局长的曲杰，就是老师们曾经特意关照的一个。

"这些娃娃身体都不错，调皮起来，天上都有他们的脚板印。但你可要细心，假如你看哪一个不太活泼了，可能就有问题，就得去查查，等到他自己说不舒服，那就晚了。"这一席话，可以让人感受到周院长的强烈责任感，这不正是普天下父母们的情怀！在过去的藏地，孤儿意味着乞讨，意味着流浪，意味着死亡。而在今天的福利院，如果外界有人说谁谁是孤儿，孩子们就会反驳，我们不是孤儿，党就是我们的父母，老师就是我们的亲人。

从福利院走出来的色达孩子嘎瓦，在政府的关怀和自己的努力下，来到北京工作。尽管毕业已有二十多年，但一旦提起曾经成长的福利院，他的神往之情还是溢于言表。他告诉我们，刚毕业那会儿，每天晚上都做福利院的梦，梦见自己在教室里上课，梦见自己还睡在那个暖和的宿舍里。时间久了，他都能够在梦里告诉自己，别醒来，别醒来，多在梦里待一会儿。这种刻骨铭心的思念，出自孤儿们对老师深深的感激之情，这思念是他们从心底涌出来的：

洛日，这个当初追着老师要光板皮袄的小姑娘，现在已成了石渠县人民医院的副院长；

秋尼，会计班的毕业生，现在是色达广播局的局长；

西洛，非常帅气的小伙，在四川省运输公司康定十七队工作，由于技术过硬，成为省劳动模范，后来当上了康定运输公司的总经理；

……

这些昔日的孤儿如今已成长为祖国建设事业的中坚力量。

笔者至今都记得刘子寿[①]书记的一句话："这些娃娃是党和政府养大的，他们不靠我们靠谁？"他的话一语中的，像一粒种子扩散到整个雪域高原。这一粒种子种下了共产党的坚定信念：脱贫路上一个都不能少。

---

① 曾任四川省人大常委会副主任、甘孜州委书记。

二

初心与使命的接力者

1. 第一书记郭开春：是使命让我们去缠着群众

此次到基层采访，与众多建卡贫困户交谈，那一双双从焦虑到喜悦的眼睛让笔者深信，历经近百年坎坷的中国共产党之所以发展壮大，之所以撑起中国的天空，那是因为有一代接一代怀揣着信仰和梦想的继任者们，不计个人得失、前仆后继地用不断开拓进取的精神往前奔。

脱贫攻坚战中，280万深入基层的"驻村大军"，工作作风凛然一新，党群、干群关系恢复了鱼水之情，精准扶贫拾回了最珍贵的初心与使命。

郭开春就是视鱼水关系为生命的其中之一。

采访中，来自广东的、北京的、成都的等等等等"徐开春""张开春""王开春""马开春"们，他们汇集成为精准扶贫的"长河"，流动出新时代的旋律。

郭开春是第五批温江扶贫援藏工作队队员，捕捉到他的故事，缘起于色达县脱贫攻坚办的陈笑秋和陈倩带我去色达县大则乡、霍西乡采访。

这两个乡的距离有130公里,往返就是260公里。道途的漫长需要同车人聊天去冲消寂寞。陈笑秋是温江区文联秘书长,陈倩是温江区融媒体中心记者,两人也是第五批援藏工作队队员。

距县城35公里的大则乡是纯牧区,一条铅灰色的柏油路弯曲延伸在波浪般起伏的草原浅丘间,给铺满粉红和深黄色花朵的高原夏末增添了现代气息。美女陈倩一直举着手机在拍摄沿途的美景。我们赞叹高原夏季美好的同时,也感叹高原冬春的严酷,感叹生活在海拔4000米的高原人的不易,对高原人由衷产生一种敬意,因为他们代表地球人的体能和意志,在地球的极限处挑战生存的可能。

"其实,在色达度过一个完整的冬春两季,才能真正感受到过去藏族同胞与寒冷和饥饿抗争的含义,如今饥饿早消除了,但漫长的严寒依旧,某种意义上信仰是在严寒中铸就的。"陈笑秋盯着前方的路说。

"信仰在严寒中铸就,像一句诗,怎么讲?"笔者问。

"与高原有深度的接触才明白,在高原与严寒抗争是一种什么滋味,如果没有信仰这件暖暖的冬衣,恐怕身处世界第三极的藏民族是难以从远古走到现在的。而我身边就有一位同志,凭借为人民服务的信仰同老百姓打成一片。"

"谁?"

"郭开春,我们一道来的,驻村第一书记。"

"说来听听。"

"其实,要说他的援藏故事一点都不抢眼,不是那种叱咤风云,做了什么不得了的伟大的事儿,或者是凭借自己的人脉或所在单位的资源,帮助村里跑了多少项目,要回了多少资金,这些都不是。打动我的,是他同老百姓零距离相处的工作方式。他从吃喝拉撒的日常琐事入手,对老百姓的点点滴滴问寒问暖。这样的工作方法并不被所有人理解，但他的坚毅执着可敬可叹，而效果也可圈可点。他守护和陪伴牧民的点滴细节，感动着我和我们的同事。"

"笑秋的评价精准而客观，"陈倩停止拍照加入交谈，她从手机里找出一个男人的工作照、生活照，"这就是郭开春。我一直在收集他的素材，准备在色达电视台做一个片子。"

笔者滑屏翻看着，其中有两张让我唏嘘不已，一张是郭开春剃着寸头，身穿海魂衫的靓照，帅小伙开心的笑容定格在画面里，整个气质非常阳光；另一张上的他是经高原强烈的紫外线和冰霜风雪历练过的，黑不溜

阳光士兵郭开春与"康巴汉子"郭开春。陈倩提供。

秋、胡子拉碴，像一个不修边幅但却刚毅的康巴汉子。

"这是同一个人吗？反差也太大了吧。"

"这就是平原和高原对他不一样的塑造，他当兵18年，这是他在部队时的靓照，帅帅的。同他这张当第一书记的大胡子照比，完全是另外一个人。"陈倩边说边翻看手机里的内容，"我一直想做一个他的专题片。我把照片和采访的视频都发给你。"

"好的，谢谢。"笔者逐一翻看这些照片和视频。一张张照片是郭开春两年工作生活的真实记录，有在贫困户家里同孤寡老人谈心的，有帮牧民理发的，有同孩子们一同制作墙报的，有推着摩托车在泥石流里脱险的，有到最贫困、最边远的村舍工作调研的，有帮助村民铺设自来水管道的，有赤脚蹚在河水里指挥挖掘机修路的……太多太多。用藏地的一句谚语来形容他：像酥油一样溶化在砖茶里，像空气一样在人的呼吸里。

看着这些照片和视频，笔者产生了去采访他的冲动。逢巧获知三天后温江区委书记王道明要到色达来看望温江的援藏队员，郭开春也要到县城，便决定多待一天在色达等他，见面后直接告诉他来意。

在笑秋的安排下见到了郭开春。他是骑摩托从拉当村搭乘着残疾人木托来的，整整3个小时的道途，刚端碗吃饭又要接受采访，而且20分钟后立马要去开座谈会，开完座谈会还要带着木托去医院，这样"鞭打快牛"会累死人。笔者很是过意不去，提议我们先互加微信，再利用现代通信的便利完成一次马拉松式的对话。

笔者对他挂职担任第一书记的霍西乡拉当村一点儿都不陌生。

2001年笔者在电视台做记者时，曾扛着摄像机去霍西乡采访植树造林的情况——记得当时和县林业局长曾达瓦一道去的。还有一次是我跟一位副州长去色达采访九年义务教育的情况，也曾到过那里，只不过现在的乡村公路像血管一样延伸到农牧民家，让笔者迷失在进村的路口。

这之后，笔者同郭开春的采访在每晚工作之余开始，常常聊到深夜，就这样，郭开春陆陆续续向笔者讲述了他作为驻村第一书记密切联系群众的"鸡毛蒜皮"之事。

我是2017年底从东部战区空军转业回到成都温江的，记得是2017年11月2日，组织上安排我到温江区柳城街道办事处经济发展科，做招商引资和固定资产投资工作。过去在部队的18年主要是从事后勤保障工作，新工作对我个人来讲是一个陌生的领域，在大半年的工作当中，我从一个门外汉逐渐进入角色，用8个月的时间超额完成了当年的固定投资目标，很快成为业务骨干。

2018年6月，获知要从各街道办选派人员去援建色达，开展脱贫攻坚工作。组织上希望大家积极报名参加，鼓励大家要有奉献精神。很多同志不愿意去，一是色达海拔高，怕有高原反应，二是听说色达有包虫病，温江区医院前两年去色达的一位援藏医生患了包虫病，三是高原气候恶劣，生活和工作环境差，大家有畏惧思想。

一次例会上领导再次谈及援藏的事，会后我就找到管人事的杨婷，说我报名去色达。听完我的话，她有些诧异，半信半疑地问："不是开玩笑的吧？"

我点点头表示不开玩笑。

"你是第一个主动报名的。让我感动。"

当时我并没有跟爱人和父母沟通此事，我想，虽然我不知道色达在哪里，仅在大家的聊天中获知是一个苦寒之地，高原缺氧，还有包虫病，但这些口传无法证实。我想，那里毕竟还生活着几万群众，既然他们能够在那里生活，我就不能活吗？况且自己是军人出身，从南昌到福州到南京，经历了18年的锤炼，有什么困难不能克服，有什么问题不能解决？不是说人人去了就是死，人人去了就得包虫病，毕竟那也是极个别，既然组织需要，总要有人站出来。作为一名共产党员，这个时候就应该挺身而出。

报完名后，同事和战友纷纷打来电话质问我："郭开春，你疯了？你老婆等你18年，刚从部队回来，好容易一家团聚，一年不到又与家人分居，也不顾父母，偏要选择到那么偏僻的地方去折腾，你太自私了。"

细细想，我确实自私，毕竟自己大女儿10岁，小女儿才3岁多，经常生病。老婆除了在工商局柳城所上班，还要照顾两个小孩，确实很辛苦。过去我在部队得过很多荣誉和表彰，但在荣誉背后，有一个坚强的妻子在默默地奉献着。

面对朋友的好心劝告，我只是淡淡一笑，不做解释。我爱人也从不支持到支持，让我从内疚变为踏实。父亲认为，援藏对我来讲就相当于第二次当兵，全当第二次锻炼吧，也没什么大不了的。母亲说她和父亲没什么，就是太亏欠媳妇，她既要上班，还要照顾两个小孩，哪能忙得过来？让我好好跟媳妇沟通，取得她的支持比什么都重要。

出发之前，从网上搜了一下色达的情况，全年平均温度零下5摄氏度，几乎没有夏天，各方面条件比较差……但是，这些情况并没有打消我来到这里参加脱贫攻坚工作的信心。

在临行前三天的一个中午，街道工委书记陈小平把我叫到他办公室，问我有什么要求和想法。我说我没有什么要求和想法，我想把我们柳城街道的工作作风和爱心带过去。

过后想，这话对书记讲，看似有点讨巧，但的确是自己的真实想法。

也许是因为我在部队待的时间长了,有种根深蒂固的观念,就是革命战士是一块砖,哪里需要哪里搬。其实在无形当中也是这么去做的。

陈书记代表党工委办向我表达了几层意思:一是感谢我在组织最需要的时候能够挺身而出;二是如果我有什么要求,家里有什么困难,只要是组织上能解决的都会全力解决;三是既然去了就要在那里做点事情,尤其是在少数民族地区,有那么多困难的老百姓等着我们去援助,我们是去做雪中送炭的事情,这对人的一生来讲是很有意义的;四是要我保重身体,因为身体是革命的本钱,务必在确保自己个人健康安全的情况下,全力以赴地为当地最困难的老百姓做些实事。

临走前陈书记的嘱托成了我援藏工作的指导思想。我牢记于心。

2018年7月16日,援藏工作队从温江坐班车开往康定。可是天公不作美,雅安、天全沿途下着大雨,到处都是泥石流、滑坡。到康定是1点来钟,在康定吃饭后换车出发,在翻越海拔4260米的折多山时,车上有很多队员出现高原反应,吐得稀里哗啦,很多队员心里产生了一种恐惧情绪。临行前温江区第四批援藏干部、挂职色达县委组织部副部长钟妍妍告诉大家,色达是高原,去之后不要立马洗澡,负重一定要轻,走路要慢,做事要慢,然后慢慢地习惯当地的气候和环境,路上要吃点红景天或喝肌苷口服液。

回头看当时的做法其实很幼稚,过于矫情,过于谈虎色变。刚到色达时候走路都不敢大步迈,轻手轻脚像个小偷,不停地喝水,又因为对包虫病不了解,不敢喝当地的水,都是买瓶装水喝。现在觉得好笑,可当时对一切都有种心理恐惧,以为动作大了就有小命不保的危险,更别说大胆地开展工作。看见胡子拉碴、身躯高大、脸膛黑黑的康巴汉子,根本不敢同他们有过多的接触。

2018年7月19日,应组织上的安排,我到色达县霍西乡瓦尔村驻村帮扶，但因语言不通，你看着我，我看着你，不知道说些什么好，但能从村民一张张笑脸感受到真诚和热情，我的驻村经历由空前的陌生开始。

我所在的霍西乡位于色达县东南部，面积1099平方公里，5050人，海拔3634米，辖11个行政村，其中7个是贫困村。

记得当时领导经常说，这里是炉霍和色达两县交界区，情况非常复杂，但到底复杂到什么程度，没有告诉我。当时把"非常复杂"当成笑话听，熟悉情况后才知的确如此。该乡面积大，人口多，从东到西的距离近200公里。群众文化程度较低，经常出现草场纠纷，打架斗殴致伤甚至致死的事时有发生，历史上遗留的冤家械斗的隐患，是造成此地情况"非常复杂"的根源。

瓦尔村有39户贫困户，128人，刚开始来的一个星期里，坦诚地讲，这里很多干部大部分时间待在办公室，要么在电脑上做资料，要么就通过电话、微信等方式了解情况，主动入户的很少。当然，我初到时也一样，最多就是待在办公室接待一下各个村的来访群众。但夜里躺在床上想，自己主动来这里工作，如果仅仅是为了做点儿数据，还不如不来，更多是要去了解当地群众各方面的情况，只有知道真实情况，才可能做一点自己力所能及的事情。想到这里，我开始暗自发力。

7月28日下午，我带上工作笔记本，独自走到了一户叫给塔的家里，我的不请自来让他们非常好奇，因为从来没有哪个外来人到他们家里去过。正好她在康定民族中学念初一的女儿卓玛在家，帮我做起了翻译。我了解到卓玛有两个哥哥，家里有30头牦牛，10头公牛，10头母牛，10头小牛，牛奶产量不高，母牛冬天基本上不产奶。

卓玛的数学成绩不好，但藏语成绩不错，国家给她补贴600元，另外每个月补助170元生活费，直接充到卡里。这是我第一次一个人走村入户，虽然只是了解到一些皮毛，但我觉得还是很有意义，因为迈出了第一步。只有了解群众的情况,你才可能和他们成为朋友。

从卓玛家出来后,所谓的担心荡然无存,从此,我便一发不可收拾地做起了"串门鼠",步履变得轻盈起来。

这些天告别办公桌上那些死板的数据,走村串户十多日,遇到最大的问题是语言不通,交流成了最大的障碍,但能从群众友善的眼神感知他们需要帮助;群众讲很多情况,比如说他的社保没有或者医保没有,比如说没领到或者差了多少钱,这些情况非常具体,听得我一头雾水。我暗下决心,只要着手去做,困难是可以克服的。

每天面对地广人稀的茫茫山川,尽管思路茫然,可喜的是自己的身体慢慢适应了高原的环境,真切的体会是,没有想象的那么可怕,顾虑被过于夸大了,偏听偏信不如一见。

刚来的时候宿舍没有自来水,每天要去400米外的学校提水,提200米就要休息,心跳加快直喘气,后来慢慢适应了,满满两桶水也能一口气提回去。

来之前还流传着狼的骇人传闻,心里老有担心,万一碰到怎么办?被咬了怎么办?事实上,碰到野狗很普遍,即使白天都有很多野狗在游荡,但要说碰见狼,那简直是天方夜谭。后来逐渐地克服了这些畏惧,工作也进入状态,不再躲在办公室里做材料,更多的工作时间是走到群众身边,去了解他们的困难和诉求。

有一天我背起黄布包朝很远的山坡走去,坡上住着拉科一家,我想利用周末了解他家的情况。

拉科的家是用木头和石片垒起来的,二三十个平方米,非常破烂,房顶和四周都用白色塑料布包起来,冬不避寒,夏不遮雨。家中未见一样像样的家具,最显眼的就是一人高的转经筒。老人坐在牦牛皮垫上,第一眼看到我的时候显得非常诧异。我让邻居小秋介绍我是驻村干部,今天特意来了解他的家庭情况，他听后脸上露出了微笑，平伸双手邀我坐下，还让他的妹妹扎日把家里的方便面、香飘飘，还有像糖果一样的食物，从柜子里端出来装在一个塑料小盆里，放在我面前请我吃。

最初我很客气地婉言谢绝，因为有同事一再提醒，尽量不要喝老乡家的水，因为容易患包虫病。可看到老人这么热情地一再让我吃，还亲手为我盛上热气腾腾的藏茶，我再也不好意思推辞，毫不犹豫地喝下老人端给我的一碗藏茶。

同拉科全家简单交流后，看见老人水桶里没有水，家里又有两个病人，我便主动为他们取水，他们一再拒绝，后来在我的坚持下他们带我去取水点。所谓的取水点，竟然是一条离家约300米的小水沟，水的深度不足1厘米，宽度不到10厘米，他们在下面挖一个小坑，形成一定的高度，用塑料圆筒接水。

水的颜色跟在拉科家喝的藏茶颜色一样，我问为什么水这么黄，他们告诉我水是从草坪上汇集的，黄色是地面的杂物和泥土染的。看到从山上汇流下来的水，再联想山上牦牛留下的牛粪，加上高原的气压低，开水的沸点只有80多摄氏度，又不由得担心起自己会得包虫病，心理压力非常大。我到乡上卫生院开了驱虫药，服用后安慰自己，老乡们每天喝这样的水都没有患包虫病，如果真得了包虫病，那是自己运气不好，并且告诫自己，如果连这个心理阴影都不能克服，那今后还怎么走村入户开展工作。

我下决心做的第一件事：一定让拉科家住上安居房，让这里的老百姓喝上放心水。

经过努力，2018年底拉科家自筹资金8000元，扶贫补助15万，建起75平方米的新房，从半山腰搬进了易地安置点。2019年初又在院子里搭建了阳光棚，修通了50米的入户硬化路和一口安全水井，安装了电视信号接收器。

我拧开拉科家的自来水龙头，流出来的干净水，让拉科一家有了开心的笑容，老人步履蹒跚地走到龙头边伸手接些水，拍在额头上，一个劲地竖起拇指，说："工作队，共产党，太好了。"这是我帮扶百姓做的第一件具体的事，他们的赞扬让我终生难忘。

我了解到拉科家的主要收入是刻经文，60来岁的拉科刻得慢，每天只能挣四五十块钱。他妹妹扎日动作熟练，能够挣90元。妹夫虾周，有驾照，帮家里运送石片。虾周有腰痛、腿痛、头痛、肝痛等各种疾病。而他的妹妹夏次眼睛也不太好，两个月前去医院动了眼睛手术，交了4000元医药费，出院时退了1900元，但夏次觉得报销的比例不够，自己出的钱偏多，我答应帮她问清楚。

为了搞清楚情况，2018年10月9日，我利用去康定参加州级脱贫攻坚初验培训会的时机，来到州医院医保科找到负责人降措，讲明来因，希望提供建档立卡贫困户扎日和夏次在医院的就医情况。降措告诉我，按要求他们不会把病人的病情和医保报销信息透露给除患者外的其他人，但考虑到我专程从400多公里以外来了解信息，为的就是给村里的建档立卡贫困患者一个交代，非常感动，说他从未见过这样认真的驻村干部。他调出两人的病历，告诉我，在2018年9月1日前后，医保报销程序是不同的。由于扎日、夏次是在9月1日以前去看的病，因此剩余的报销费用需要回到乡上，由乡上医保办经办人来帮他们办理。因为报销程序较复杂，很容易出现漏报，进而以为报销比例不合理的情况。而在2018年9月1日以后，医院就可以直接从系统上按照建档立卡贫困户享受的医疗政策扣减相关费用。

从康定回来后，我立即来到拉科家里，把相关的医保报销政策和他们的具体情况及时告知他们。全家听完我的回复后，脸上露出满意的笑容，竖起大拇指，说"卡卓、卡卓"。

一件一件群众身边的事得到解决后，我得到拉科老人一家的信任，逐渐成了好朋友、好亲戚。在我关心他们的同时，他们也会关心我近期工作顺不顺利，生活习不习惯。拉科老人还告诉我，他经常为我念经祈福，祝福我和我的家人。能得到群众的惦记，我备感舒坦，群众的心意胜过物质的回馈。

感情深入后了解到拉科有一笔民间借贷让他几乎倾家荡产，现在还到处想办法还亲戚朋友的钱。拉科2015年10月6日借了14万给一个叫李子的新津人，对方承诺用于房产开发，建成后双倍利息偿还。三年后别说分利，连本钱都打水漂了，担保人也都消失了。他老婆给我看了拉科的身份证复印件和借条复印件，但借条上写的是"拉科"，身份证上是"拉哥"，而且借条还在担保人手上。这种情况属于非法的民间借贷，拉科除了自己受损，还欠了亲戚的钱。

针对他家的问题，我找到了昔日的战友，湖南常德的孙云律师和柳城街道办事处司法所的刘国伟律师，希望得到他们的支持和帮助。

很快两位律师回复我，说这起民间借贷案例存在几个问题：一是借条上的拉哥和实际本人拉科，存在名字不符，不能确定为同一人，需要统一字面的书写；二是借条上的内容对还款时间、利息要求、保证人说明、未履行义务追责等一系列重要信息都没有明确的表述；三是借贷关系逻辑不清楚，过于混乱，借款人表述也不完整，承诺未体现在借条上。如果走法律程序应该到债务人履职和所在地新津当地法院提起诉讼，而且要取出借条原件，并能出示拉科和拉哥为同一人的证人、证言等证据才行。

我把情况如实讲给拉科听，要他准备好相关的资料，否则法律程序就无法走。

拉科家听到之后沉默了，大家都非常沮丧，认为是一个血的教训。

我把这个情况向乡党委做了汇报，希望能够通过群众大会，向群众宣传非法民间借贷的危害，不要因为贪图高利息而把自己的血汗钱丢掉了。大家听后说这种情况过去很普遍，我们也进行了宣传教育，但是部分群众就是不信这个邪。现在比过去好多了。

这个解释，说真话，让我很失落——其实是我们的普法工作不到位，不深入，工作缺少力度，我觉得牧民群众是非常非常不容易的，需要我们更多的理解、关心和帮助。

尽管我和拉科老人在语言交流上有障碍，但彼此能感受到对方的真诚。每次我到老人家去，都请邻居小秋妹妹做翻译，慢慢地我和他们一家人也成了好朋友。这就是常言说的"你在做别人在看"。小秋家六口人，她和妹妹小学毕业后在家刻石经为生，有一定的藏汉双语基础，小秋是家里的顶梁柱，弟弟在色达上中学，还有一个3岁的小妹妹，爸爸搬运石头和买卖东西，一家人非常勤劳纯朴。日子过得虽然艰辛，但每次看到他们一家人，他们都是开开心心的。

2019年4月我从瓦尔村调到拉当村当第一书记，每次去乡上路过瓦尔村，我都会抽时间去看拉科，去他家的新居坐坐。他告诉我，"如今的生活条件太好太方便，过去连做梦都没有想过会有这么好的生活条件。"我便随口问他，那你是不是应该感谢共产党，感谢习主席。他听后，竖起大拇指用半生不熟的汉语说："共产党好！习主席好！扎西德勒！嘎正切！"

2. 接过父辈的旗帜：只要用心用情，什么都能记住

不惑之年的建康，标准的板寸发，戴一副眼镜，给人的印象是干练、沉稳、斯文，目光坚定，在扶贫战线工作20年，是扶贫战线上的一名老

兵，现在是主抓扶贫的副县长。

在州扶贫开发局工作的近10年时间里，他走遍了甘孜州的18个县325个乡镇，对州县乡三级的情况，特别对农牧区基层的情况非常了解。源于对基层的深入了解，他对整个扶贫开发工作有自己的系统思路，因而是德格县委书记、县长扶贫工作上的绝好帮手。

德格地处川青藏三省区接合部，金沙江以西是西藏，北部与青海接壤，是重要交通枢纽，县域面积1.2万平方公里，稀稀疏疏分布着9万人口。德格是康巴文化的发祥地，有著名的藏文化宝库——德格印经院。

德格的县情是面积大、海拔高、气候寒、居住散、战线长、条件差；经济条件上，欠账多、底子薄、指标弱、贫困面广、贫困量大、贫困度深。乡乡有贫困村、村村有贫困户，贫困人口占全州贫困人口的11%，是雅砻江上游的深度贫困县之一，也是"三区三州"贫中之贫、坚中之坚。

自从到德格县主抓一县的扶贫工作后，建康便一头扎进扶贫开发的工作中，不是下基层调研，就是去外地观摩考察。在驱车前往马尼干戈牧区的公路边上，筑路烈士张福林的雕塑进入大家的视野。烈士的雕塑似乎触动了建康的心事，他语气略带伤感地告诉笔者："2017年是工作进入攻坚难点时段，也是最亏欠家人的一年。爱人在州医院最繁忙的五官科当医生，而我又在远离康定600多公里的德格工作，孩子无人照顾，爱人只好放弃州医院，去到红会工作。这一年脱贫攻坚的任务很重，有5个月的时间几乎是在乡下，没有出过县域，更没有见过爱人和孩子。县委书记嘎绒拥忠曾在电话里狠狠批评过我，说工作要做，但也要顾家。"说这些话时，建康满含愧疚。

不过让他终生遗憾的是，2019年5月25日早上，去凉山州开扶贫现场会的途中，手机里传来父亲去世的消息。他显得意外平静，毕竟早有心理准备。父亲患喉癌已是晚期，这个顽疾随时可能让老人家离开家人、离开人间。唯一遗憾的是没有和父亲作临终的告别，没有见严厉而温情的父亲最后一眼。

建康的父亲泽仁多吉是四川巴塘人，17岁参军，在藏民团二连先后任战士、班长、排长和连指导员。在建康的记忆里，父亲在工作中是硬朗的，在家是一个无微不至的好父亲。在成都念高中放寒假回家，父亲要下乡检查工作，临走前将买回来的牛肉，按照炒、卤、炖、烧的用料，分割为几个品种，然后分装在食品袋里，分别用红黄蓝黑的毛线绳系住袋口，装入冰箱。吩咐他如果要吃炒的，就取红毛线系着的，要吃卤的，就用黄毛线系着的……建康看见父亲如此仔细，开玩笑地坏笑着说："我怎么没有遗传到你的基因？"父亲听后也笑了，说："这是在部队养成的好习惯，当兵前，我们这些衣不蔽体的穷娃娃，连肚子都吃不饱，哪去找什么有规有矩。是在部队的大熔炉里，党和国家先让我们活下来，让我一步步进步，成长为一名领导干部。作为一名领导干部就要懂得管理，就像这些分装的分割肉，有秩序地排列在一起，到用的时候就会心里有数，不会火烧眉毛，无从下手。"

父亲的言传身教，也成了建康日后行事的准则。

2019年的夏末秋初，笔者和建康副县长来到金沙江边龚垭乡的雨托村。这是一个从高山上整体搬迁到江边安置点的村舍。行走在布局和规划都非常合理的村落，绛红色的117户藏式住房错落有致，像一个小集镇，宽敞的街道两边种满八瓣波斯菊，路灯杆上挂着"感党恩，跟党走""脱贫奔小康"的标语。从村活动室出来后，建康领着我们来到可以瞭望全村的观景台，在凉亭里用手指着旁边云雾缭绕的大山说："没有搬下来之前，雨托村就在那片云雾里。记得我带着扶贫开发局的同事，去高于江边一千多米的老雨托村做搬迁工作，很多村里的老人反对搬迁，说他们世世代代住在那里习惯了，要求把公路修到村里就行。我们经过反复论证，从江边修公路到村上，要耗资两千多万，如果整村搬迁下来，建安置点，工程造价要节约很多，况且就在公路边，看病就医、孩子上学、外出打工都很方便。经过耐心说服，村民们终于想通了。现在村民看见如此美好的景象，有时觉得像在梦里生活一样。"

"感谢党和政府的好政策，让我在晚年过上了幸福日子……"坐在新房前晒着太阳，67岁的村民布邛和老伴泽拥跟笔者讲，"十多年前，我家房屋因年久失修，没钱翻盖，就一直寄居在亲戚家中。说是寄居，其实就是租了一间房子，又小又不透气，住在里面难受得很……"泽拥拉着笔者进屋参观新家。走进一栋五十平方米的房屋，两室一厅，有厨房、卫生间，南北通透，干净明亮。正门外，还有一个路面硬化了的小院落。"现在我和老伴不仅住上了新房，而且我们有养老保险、低保，再加上国家政策给我们的各种补助，这日子一点都不用愁了。"

走进雨托村村支部书记白玛泽仁家中，一进门就可以看到墙上的廉政读本宣传挂袋，里面放有由县纪委监委编印的藏汉双语农民夜校读本《清风拂善地，廉洁在德格》、精品廉政格言册《萨迦格言》以及《支部书记手册》《廉洁自律准则》等书籍。

"我们村每家每户都有这样一个挂袋，什么该做，什么不该做全在里面，同时还有举报电话，一举一动全在群众的监督之下。"白玛泽仁说。

老支书把我们带到楼上楼下看寝室、看客厅、看厨房。来之前笔者认识了评估脱贫验收的第三方负责人老林。老林教过我一个绝招，去易地搬迁的建卡户家，就看柜子里的粮食多不多，看冰柜里的肉和酥油多不多，动手拧拧水龙头感受一下水洁净不洁净，按按电视遥控板看看能有多少个频道……笔者不露声色地按照老林的指导细细暗查，效果不错。老支书最初认为笔者是一个不善提问的来访者，主动聊起搬迁下来的几大变化。整个雨托村搬迁的建卡户是29户131人，同步搬迁来的有88户。目前在产业发展上，村里的合作基金采取了请一家实力较强的餐饮公司入股的措施。这家公司拿到30万的股金建起了休闲娱乐加餐饮的场所，生意不错，去年每户都分得了红利；另外在新划分的土地上种土豆，收益远比在山上好，极大地节约了过去从山上搬运下来的费用。现在住家就在交通便利的公路边，进县城或去白玉县或去西藏的江达县打工，都很方便；另外孩子上学和家人看病都在500米范围内解决，真是发生了翻天覆地的变化。

告别老支书，建康告诉笔者，目前全县集中安置点有10个，马尼干戈、竹庆、错阿镇的马达村、所巴芒布村和雨托村都是上百户的，10个点共计867户3847人……

"这么多数据，听着都头晕。你能记得如此清楚，这是否跟你讲的父亲细心的故事有关？"

"就看你对事用不用心，一旦用心用情，什么都能记住。"建康的回答依旧简洁、坚定。

从父亲参军到建康参加工作，半个多世纪两代人的故事，能从时间的跨度直达"以人民为中心的生存发展理念"的实际行动。骐骥千里，非一日之功。

3. 第一书记郭开春：陪伴才是最大的捐赠

笔者从与郭开春的访谈记录等对体悟到，看似鸡毛蒜皮的小事，正好延续着"三湾改编"、延安整风、八项规定等对干部队伍的重塑。280万扶贫大军融入最弱势的群体当中,一方面帮助弱势群体脱贫奔小康,一方面贴近百姓与他们同呼吸共命运,唯有工作作风的巨大转变,才能筑牢基石,充实"四个自信"的丰富内涵。

一转眼来色达已经两个月,我渐渐融入了村民的生活中,语言交流仍是最大障碍,一旦没有翻译,开展工作就寸步难行。不过,办法是人想出来的,我主动向懂双语的同事甲央卓玛、泽仁扎西学藏语,专门买了一本藏汉互译书籍。通过一个多月的学习,学会了"卡卓""确嘎""嘎正切"等日常用语,同时用善意的微笑、动作比画来加强沟通。

事实证明,尽管和老乡们存在语言障碍,但只要带着善意去努力沟通,老乡们会认可你,相信你。贫困户巴协老人说:"是你的善良、诚实和热情打动了我们,你这个外地人好得很。"

我经常抽空到乡中心小学向老师和同学学习藏语。时间一长,老师和同学们学习生活上的难题也引起了我的关注。一次路过幼儿园,从门缝里看到30多个孩子在抢着玩积木,玩具品种很少,图书也很少,我向教导处袁代健主任反映了这一情况。

他告诉我当地经济弱,眼下幼儿园最缺的还不是图书和玩具,而是取暖炉。这里海拔高,温度低,虽然刚进入11月,气温已低至零下。

看着空旷的教室只有一个"小太阳",孩子们的脸蛋和小手冻得通红,心想我妻子宋海霞担心我冷着,正好给我寄了取暖的油汀,下午我就把还没拆封的油汀送到幼儿园。

油汀暖和了教室,孩子们的腿脚不再打战,握着笔或者玩具的手不再冰凉,一种赠人玫瑰手有余香的感觉油然而生。我又与温江鱼凫阳光幼儿园的刘玲老师、彩叠园爱儿坊幼儿园的岳香老师、我妈妈的朋友张阿姨联系，说这里的小朋友非常需要玩具和幼儿课外图书。他们随即联系了有捐赠意愿的朋友和幼儿园同学的家长们，几天内就募集了650余册图书和200件幼儿玩具寄到霍西。坦诚地说，内地幼儿园大班的识字水平都可以当这里一二年级小学生的水平，这是我想着手解决的，当然不能一蹴而就。

我将一部分送到幼儿园，另外一部分送到小学三年级以下的同学手中。这礼轻义重的做法，赢得了老师和孩子们的好感，我成了"孩子王"。我喜欢用周末时间去走村入户，周末同学们都放假在家，他们就成了我和他们的家人沟通的纽带和桥梁。这样一来，孩子们的家长和亲戚更容易接受我的建议，配合我的工作。

最初我走村入户时，村民们不认识我这个外来者，缺少信任的基础，不敢说实话，甚至有些群众还有一些抵触情绪。因为过去很少有汉族干部去到家里，去村上开展工作的主要都是当地干部，而现在孩子是我的向导，这种工作方式有效弥补了我语言上的短板，我快速融入村民们的生活中。毛主席要求我们关心群众生活，注意工作方法。这一教导在中国任何时候都是指路的经典。

坦白地讲，我走了大半个中国，也去过很多农村和山区，但是真的没想到，离成都600公里的色达，会这样贫困。我所在的拉当村，除学生以外只有6%的成年人会说汉语，而且懂汉语的劳动力都去县城或周边乡镇打工赚钱了。绝大部分群众对于外界情况不了解，大部分人的日常生活通常是念经和晒太阳。客观上的封闭造成了长期的贫穷落后。

虽然墙上有标语和口号："教育从娃娃抓起""十年树木百年树人"……但在标语和孩子们中间缺少一种言传身教的桥梁，真正以身作则地去陪伴他们，去抓他们日常习惯的人少之又少。针对这些情况，我利用周末入户组成小故事班。孩子们最喜欢听童话故事，我就讲《神笔马良》《白雪公主和七个小矮人》一类的故事。这样一来即便大人走了，孩子们也不再无所事事，家长们也放心，进一步拉近了我和群众的距离。这使我也渐渐明白捐赠固然重要，但陪伴更为重要。最初时只有八个人，都是三年级、四年级、五年级的，后来故事班的孩子们越来越多，最多的时候有28个。我也想过，这种做法仅仅是我出于自愿，别人没有义务星期天也这样做，所以我不要求别的干部向我看齐，自己做了就做了。

随着时间的推进和工作的深入，我慢慢了解了村情、民情、社情，也逐步明白了习近平总书记提出的扶贫先扶智这句话的深刻含义。尤其是在深度贫困的特殊地区，教育扶智是摆脱贫困，真正走出贫困的最有效、最持续、最根本的方法和利器。因此在后期的工作和生活中，我更加关注老师和学生们的学习生活。

我所在的霍西乡是典型的地广人稀的乡镇，全乡1091平方公里，户籍人口只有5050人。因此，离学校远的孩子们都是住学校，定居点比较近的，放学后组织把孩子们送过吊桥后孩子便自己回家，冬天就由家长接回去。由于新教学楼未完工，学生宿舍房间不够，床铺也不够，大部分床铺都是两个同学合睡。这是目前学校的难点问题，为了更有效地、更精准地帮助他们解决这些困难，作为驻村干部，我又专门到学校进行了一次全面调研。

"老师，我可能介绍得过于婆婆妈妈，过于啰唆了。"郭开春问。

"不，我要的就是细节。请继续。"笔者回答。

"好的，老师。"时间已是深夜1点20分。

11月的色达已是冰天雪地，早上6点半我到学校时天还没怎么亮，昨晚下过雪，操场上白雪茫茫。孩子们刚起床，叠完被子后洗漱。同学们拿着脸盆去生活老师那儿倒开水，倒在脸盆里一点开水，把冻成冰板的毛巾解冻后基本已没什么热度。同学们接好水后站在雪地里刷牙、洗脸，热水很少，少到只有大拇指深，洗完脸后的水几乎是黑灰色。我看到后心里真的不是滋味，但观察到孩子们很坚强。7点来钟，寝室里留下值班的同学拖地搞卫生外，其他同学在操场集合排队，由值班老师和班干部组织同学们到学校食堂吃早饭。

早餐每人一个鸡蛋、一个馒头、一碗咸稀饭。我问他们够不够吃，同学们告诉我除鸡蛋外其他不够都可以排队领取，每周六中午放学学校发一盒牛奶。我们一起喝了稀饭吃馒头。之所以我叫它咸稀饭，是因为稀饭真的很咸，里面什么都没有，只是放了些盐，没有其他的菜。吃完饭过后，孩子们就回到教室里面开始上早自习，开始用藏语朗读课文。孩子们告诉我，脸盆、牙刷、牙膏、宝宝霜、洗漱杯等物品包括棉被都是政府免费提供的，同学们在学校的生活费也全免。

中午放学后我又来到学校，孩子们在操场集合排队，值班老师麦多措就个别同学偷偷在校门口买零食，违反学校规定的事情进行批评教育。中饭吃的是莲花白炒牛肉、粉条炒牛肉，菜任选一种，一个菜汤，饭菜不够还可以加。吃饭时和同学小卓玛聊天了解到，平日吃得最多的就是这两个菜，还有土豆炒牛肉，晚饭也是。

了解到这些困难后，我向温江柳城街道分管援藏工作的王涛委员汇报了情况，希望能够得到街道办的帮助，为孩子们提供一些取暖和加热的设备。

王涛对此非常重视，安排采购了一批开水器、蓄水桶和学习用品。2019年新学期的第一天就为学校老师和同学们送去。老师和同学们收到了这些开水器、蓄水桶和学习用品，非常非常开心，很多老师都竖起了大拇指说：“这些东西对我们来说真是雪中送炭，因为我们这里长期太冷。这些东西给我们带来温暖，再也不担心早上洗漱没热水了。"看到老师和同学们的笑容，一种成就感让我很舒服。

去学校和同学们在一起的时间久了，便知道同学们对学习汉语写好汉字非常渴望，也想和汉族同学交朋友。因为他们的世界太小了，很多同学都没有出过色达，他们非常想了解外面的世界。用他们的话说，我们都是牛场娃，除了在学校上学读书，放假就是回家放牛，对外面的世界很迷茫。他们渴望走出大山，了解外面的世界。

针对这一情况，我和教六年级的麦多措、彭措两位老师进行了沟通，他们说："孩子们确实非常渴望了解外面的世界，认识外面的朋友。说实在的，作为一个老师，我自己都没去过成都，也没有成都的朋友，更别说孩子们了。"

我把霍西小学师生的意愿，告诉给温江区庆丰街小学四年级六班的付晓玲老师，她也是我女儿郭羽桐的班主任，希望可以搭建起霍西中心小学和庆丰街小学进行书信交友活动的平台。

我比对，霍西小学六年级两个班的学生人数48个人，而庆丰街小学四年级六班一个班就有47个人，相当于霍西小学两个班人数。另一方面，霍西小学这边的同学汉语读写水平比较差，大约也就相当于温江四年级同学的汉语基础，如果他们与温江的六年级同学结对交友，霍西那边同学们的书写能力和交流水平就可能跟不上。针对这些情况，最后决定霍西中心小学六年级两个班和庆丰街小学四年级六班进行一个书信交友试点，如果试点成功，我们还可以组织霍西中心小学其他年级或者色达县其他乡村学校加入这个书信交友活动，扩大范围开展书信交友，让更多的孩子受益。

记得我和付晓玲老师是这么交流的:"霍西乡的小学生生活非常单调,他们渴望能够学好汉语,写好汉字,非常想和汉族的同学交朋友;这里的生活学习条件很差,但是他们依然克服各种困难,坚持学习,是非常不容易的。我们内地的很多同学,他们有非常优越的学习环境,却依然有很多不满足,吃东西挑三拣四,买东西嫌这嫌那,国内玩了不够,还到国外玩,缺乏感恩意识和满足感,而在色达,自然条件这么恶劣,物资这么匮乏,孩子们却懂得满足,懂得感恩,真的是非常棒。希望能够通过书信交友这个活动,建立一个互动互补的平台,让600公里外温江的同学知道,在色达还有这么一批同龄人克服各种困难在那儿坚持努力地学习。我们作为内地温江的孩子,有什么道理不去珍惜眼前的生活,去努力学习呢?"这就是当时发起这个活动的初衷。

在放寒假的前一周,我把48名同学的信收集齐全。收集过程相当艰难,因为之前他们从来没写过信,不知道什么是写信,对写信的内容、格式不清楚,很多同学都无法起笔,连信封上的收信人地址,寄信人地址,以及相应的书写格式、邮编等都完全搞不懂。我逐一将这48封信的信封、内容进行完善修改。

等到元旦放假我将48封信带回了温江,亲手交到付晓玲老师的手中,请她转交给四年级六班同学们。后来听女儿说,付老师给同学们布置了一份特殊的寒假作业——让同学们寒假结束到校报名时把回信交给老师。

之后我带着48封开启藏汉两地同学情谊的回信回去,在开学时送到了48名同学手中。温江庆丰街小学的同学不光写了回信,还给远方的藏族同学们带去了橡皮擦、钢笔、铅笔、尺子、小笔记本、彩色橡皮筋、糖果等小礼物。霍西的同学收到回信和礼物之后,都非常非常兴奋,学汉语、学汉字的热情空前高涨。

回头来看，这每一个小礼物，都是一颗友谊的种子，途经600多公里的远征，到高原生根开花，很暖心。互动产生的磁石效应吸引了其他年级的同学，他们看见参与的同学拿着远方同学的书信，羡慕极了，觉得写在纸上的话翻山越岭走了600多公里，跟格萨尔王的故事一样神奇，纷纷托老师来找我表达他们的愿望，希望下次参加到活动当中，跟外界的同龄人有书信往来和互动。

为了推进两地书信交友活动，我给温江庆丰街小学同学写了一封回信，请他们理解色达同学在汉语汉字书写方面的难处和不足，加强两地同学互动。

为了提高同学们的书写水平和质量，我根据书写规范和内容流畅的程度，将回信标注为优秀、良好、合格等几个层次，对不及格的进行鼓励引导。我们书信交友的目的是推进两地小学生提高汉语能力和书写能力，增进两地少年儿童友谊。

通过书信交友，我看见孩子们了解外面世界的渴望，于是萌生了一个想法，引进温江专业培训机构走进色达，让色达的孩子也能享受和大城市一样的学习平台和受教育、培训的机会。我找到了成都苏氏教育凤凰画室总部的李老师——她是苏氏教育董事长苏里洋的母亲。我把想法告诉了她，她当即表示愿意参加爱心扶智公益活动。苏董事长也非常支持，商定把物资捐赠扩大到友谊画展和建立远程网络长效教学授课模式。

借苏里洋董事长之力，我联系了戴氏教育、炫彩贝贝文化艺术学校、程英艺术文化培训学校、拓扑教育等七家文化艺术学校和培训机构，组成了"温江爱心联盟"，联盟培训内容涵盖教育、美术、舞蹈、音乐等艺术课，实现教育帮扶培训全覆盖。

七家教育培训机构组成的爱心联盟，利用自身的优势，发挥专业长处为霍西小学创建了一个综合的扶智送教平台。此外，他们还策划了一个六一儿童节到霍西乡开展教学帮扶的活动。

为了募集物资，爱心联盟的老师和四川农业大学、成都师范学院的大学生志愿者100余人，在每个大型的小区门口和社区广场，摆摊设点吃盒饭，风雨无阻。这一感人的场面让我看到更多的人间温情。20多天的时间里，一点一滴募集了价值15万的物资，各类冬衣冬裤、棉衣棉被6000多件，按照活动计划，如期完成了六一儿童节前来霍西乡开展助学帮扶活动的准备工作。万事俱备，只等择日出发，为霍西的孩子们和群众带去六一的祝福。

凤凰画室在一个半月的时间里发动学员，创作了1000余幅专门为色达小朋友而准备的美术作品，每幅作品上都有对色达小朋友和同学们的祝福问候，并在画上亲笔署上了自己的名字。他们将在六一期间举办一场特殊的草原儿童友谊画展。

6月4日上午，在霍西乡水电站旁边的草原坝上，"草原千幅儿童友谊画展"、"六一儿童节"庆祝活动以及捐资送教活动启动仪式一一进行着。

当天的活动，包括县上的领导及教育局的领导，共计800余人参加。尽管中间经历了很多波折，但通过大家的共同努力和辛勤付出，这次活动取得圆满的成功，也得到了当地干部群众和学校师生的认可和喜欢，纷纷竖起大拇指直夸搞得好。

开展助学活动期间，我们不光得到了社会上爱心企业的帮助，还收到全国各地126个爱心包裹，既有退休在家的严源昌老将军从福州寄来的，也有在家待业的宝妈、幼儿园的保育阿姨、晚上摆地摊卖茶叶的草根女士寄来的。其中有一个叫刘玲的幼儿园阿姨，她自己每个月也就1000来块钱的工资，但她依旧从自己微薄的工资里面拿出1000元，买了几大箱书包和文具,募集了300多本少儿图书。当我打电话问她为什么要这样做时,她说,小时候自己读书少,没文化,希望那里的孩子们能够多读点书,早日走出贫困,不要走我们以前的老路。

这些朴实的话让我感动,我也把它分享给了老师和孩子们听,她的现身说法感动着每一个人,读书长知识的重要性胜过空洞的说教。

在我的援藏工作中,爱心人士不仅为我提供了物质的支持和帮助,更为我提供了精神的支撑:他们都能这样无怨无悔地来帮助贫困地区的孩子们和老乡做事情,我作为一名扶贫干部,又有什么理由不好好为我们的乡亲们做事情?所有的辛苦和委屈化为烟尘随风而散。

4. 接过父辈的旗帜之二:为人民谋福利才是拳头挥出的方向

乡城县扶贫开发局局长肖东红,大高个儿,微胖,帅气,正是男人一枝花的年龄,如果不开口说话,会让人误以为是东北汉子。

笔者同肖局长走访贫困村的第一站,是距离县城40公里的洞松乡热斗村。

这片被阳光照射的红土地,放眼望去,高山间的台地上,散落着极具乡城特色的白色民居。驰行在通往云南中甸的这条公路,是乡城的第二条出州通道,区位的缘故,在乡城人的眼中它是一条经济路,乡城的大部分农特产品,都从这里运往云南销售。宽敞的柏油马路一直在九曲回肠的山间河谷绕来绕去。脱贫攻坚时期,国家在交通基础设施建设上累计投资724亿元,10年后全州公路通车里程达34831公里,国道、省道、县道、乡道、专用道、通乡油路、通村硬化路基本实现两个"百分之百"。路的畅通在川西贫困地区有力地述说着"共同富裕"的巨大决心。

肖局长介绍着沿途脱贫的故事，指着远处山间台地间一座座被通村路连接起来的村落说："对面那个台地上的热斗移民新村，以新村为中心，将散落在卡心、固松、克斗三个无资金、无劳动力、地质灾害严重的29户农户统一搬迁，形成四村合一，占地面积380亩。第一轮项目总投资以工代赈资金507万元，泸州援建资金400万元，那一排排白色的藏房就是新建的单家独户的小庭院，是主要成果，共计29栋，配套修建人畜饮水管道7公里，硬化通村公路2公里，单独建设人畜分离通道，地下排污管道，以及多功能村级活动场所，修建3000立方米蓄水池两座。第二轮项目由泸州援建400万元，用于人畜饮水和灌溉，修建160千瓦光伏电站、泵房、压力管道，惠及51户325人……"

从言谈中透出，他对农村基层的情况十分熟悉，没有久待办公室的人说话特有的"文件腔"，一听便知在基层浸染过多年，而且谈吐中也透出一种军人气质。果然，他曾经就是一名武警战士，还是军人的后代。他的父亲小吉村曾经给甘孜军分区首任司令员孔诚当过警卫员。

尔后他把母亲留存的父亲与司令员的两张合照，还有孔诚所著的《军旅生涯》一书的图片发给笔者。一张照片是1961年拍的，是肖东红父亲与孔司令的并排室内照，从两人的笑容能看出除开军阶之外的深厚友情；一张是1965年在义墩县剿匪时的室外合影。

"万万没想到，这位身经百战的战斗英雄，跟你父亲有这么一段令人羡慕的缘分。"笔者在一次建军节时参加过甘孜军分区的活动，了解到孔诚司令员的生平。他出生在湖南浏阳一贫农家庭，1935年参加红军。之后的数十年，便在战斗岁月中度过。他亲历了"皖南事变"突围战，他还冒着枪林弹雨将首长安全护送到驻地，电影《渡江侦察记》的原型就来自他

《军旅生涯》图书插页：小吉村与孔诚司令员合照。肖东红提供。

所带领的二十九军八十六师东线突击团二五六团。

肖东红告诉笔者，"父亲生前曾对我讲，当警卫员的日子里，孔老对他十分照顾，也十分严格。记得一次翻越大雪纷飞的罗锅梁子，他患了重感冒。半夜时孔司令员特意把皮大衣给他盖在身上，他再三推辞，说帐篷里冷，司令员冻坏了，他无法向上级交代。他的推辞被强行呵斥了，'听我的命令好好睡觉！'这之后他在温暖的皮大衣里美美地睡着了，醒来时孔司令员已经将稀饭和馒头端来放在他的枕边。他感动得哇哇地哭出声来。

"父亲还说他的老上级从不为自己谋私利，三年困难时期，长期坚持在机关食堂就餐，下基层吃饭坚持交伙食费。他甚至要求家属自己开荒种菜、挖野菜，不能到食堂或后勤去要任何东西。孔诚告诉小吉村，最大的心愿就是想把革命军人坚韧不拔、吃苦耐劳、为民着想、誓死保卫祖国的精神传递下去。"

"我也在你身上看见了传帮带的精神品质。"我半开玩笑对肖东红说。

"还别说，父亲那些话，潜移默化地在记忆里发酵，要等到懂事后才能理解他的良苦用心。记忆犹新的是，我在当乡干部时，参与处理草场纠纷，曾粗暴地向对方挥拳头，扬言对方如果敢接招，就打得他满地找牙。父亲获知后，狠狠地教训了我，说人民内部矛盾不比敌我矛盾，打自己的人没本事。我还反驳，那你打过多少敌人？父亲非常生气，下意识地握紧了拳头，问我，你真的想听？我看见他握拳是在提醒我，如果顶嘴，挨揍吧。我用沉默的方式向他求饶。日后，他给我聊起孔司令员在闲暇时讲述的一幕幕难忘的战斗。"

1941年1月，国民党发动震惊中外的"皖南事变"，新四军军部直属部队9000余人，遭国民党7个师约8万人突然袭击。激战七昼夜，大部分人壮烈牺牲，只有2000余人分散突围。

孔诚时任新四军新一支队司令部警卫连连长、特务营副营长。他所在的支队为左路纵队，约3000人，由傅秋涛担任司令员兼政治委员。他们当时原本以为被调去攻打日本鬼子，没料到中途遭遇截杀。情况最恶劣时，纵队和军部失去联系，粮食吃完，阵地失守，四周山头都是敌人。纵队领队开会后商议决定一部突围，一部撤退，一部担任掩护任务。

孔诚率警卫连跟着支队机关，担任前卫突击，特务营断后。趁着大雨的黑夜行进，却在一个山垭口误入敌人重机枪阵地。正是在这里，孔诚率部下撕开一道口子，紧随其后的支队司令部机关和一些部队跟着冲出来，当时突围的部队约有300多人，最后他又巧妙地把支队首长安全护送到新四军苏南驻地，为新四军重建延续了火种。

很多去参观过四川省博物馆的人都知道，里面收藏有一把日军的指挥刀。实际上这就是孔老在2005年时所捐赠的。这把刀缴获自1939年，是他率队在安徽青阳县木镇日伪据点伏击时所获。这次战斗，战士们将据点内的日本少佐军官三本纯一郎活捉，并将其身上的手枪和指挥刀一并缴获。缴获的物资全部上交后，上级领导特地将从三本纯一郎身上缴获的战刀奖给了孔诚。

后来，无论是继续参加解放战争和随后的抗美援朝战争、康巴平叛斗争，还是转到四川安家落户，娶妻生子，静享晚年，这把战刀始终陪伴他的左右。

多年来战刀始终是他的珍爱，总是置之高阁，不准别人动，连儿孙们也难得摸着战刀看一回。上海一家博物馆找来欲巨资购买收藏，他没有答应，最后郑重地将战刀捐赠给四川省博物馆，放到博物馆领导人手里，说："我在四川生活了40多年，当年跟随的陈毅老总也是四川人，我还要在四川生活下去。让岁月永记历史。"

肖东红知道，父亲讲述的关于他和孔司令的故事，实际上是在用故事训诫他，你的拳头能和孔司令的铁拳相比？孔司令是打在敌人的要害处，他对敌人的恨和事业的爱，对人民的情怀，特别是为人民谋福利的执着，这才是拳头挥出的方向。

"看来父亲的话，现在被你真正消化和领悟了。"

"四十好几，快奔五的人了，还不开悟，对不起老前辈啊！"肖局长接话后，停顿半响，仿佛有很多重要的话堵在喉管里，最后说，"我现在在琢磨如何在乡城倡导消费式扶贫。都知道近年来，乡城县深度挖掘位于大香格里拉旅游环线腹心地带地理优势，走'农旅结合、产村相融'的特色旅游发展路子，打造藏乡田园旅游目的地，以全域旅游带动一二三产业深度融合，力争让乡城成为香格里拉旅游环线游上的一颗耀眼明珠。消费式扶贫尤为迫切。"

2019年11月13日，笔者来到肖局长介绍的消费式扶贫的最佳去处，青德镇仲德村，别具一格的"皈院"矗立在藏乡田园间，显得十分光彩夺目。住在皈院的钱萍女士来自广东，她感叹道："在净土香巴拉乡城，我找到了诗与远方！"

笔者了解到，两年前乡城县旅投公司以租赁的形式，与青德镇的农户康则达根签订20年租约，成立了皈院藏香田园民宿。乡城县旅投公司投资200余万元，将闲置的藏房三层、四层和庭院进行改造，重新设计布置了卧室、观景阳台、休闲吧。

皈院一角。彭健摄。

在改造之后的白色藏房院落里，有特色的山景房、视野开阔的观景窗、可以沐浴高原暖阳的观景阳台，潺潺的溪流，山间的鸟语和花香，无一不展现"康巴江南"远离喧嚣的纯净美好。在房屋内部，现代化的元素将高品质的生活与藏地风光完美地融为一体，入住民宿的游客在享受生活的同时又能更好地了解香巴拉文化。

一期火遍市场，二期迅速面世。在整个二期里，数栋崭新民宿隐藏在一个小果园里。蓝天白云，远山近树，小桥流水，一方镜湖，成为高端民宿群落生动的注解。

典范带动，跟随者众。引山泉、架小桥、养鲤鱼，小桥流水人家的意境引人入胜。像七湖花园这样的农家民宿在县城有20余家。七湖花园老板杨洪霞表示，时代在发展，民宿接待必须考虑功能性和舒适度，实现全方位和高品质服务。

在肖局长的眼中，风景成为"钱景"，"美丽经济"在乡城蓬勃兴起。2018年，乡城县共接待游客约55万人次，实现旅游收入近5亿元，创历史新高。如今，青德镇藏乡田园景区成功创建为国家4A级旅游景区，更是为乡城旅游发展注入强劲动力。

5. 第一书记郭开春：帮助最弱势群体是共产党人的本色

对郭开春的采访在深入，而他对孤寡老人的帮助在持续。他知道他们不光清贫，更是寂寞。为了让他们更好地生活，他做了一个大胆的决定，承诺在2019年藏历新年期间和老人家们一起过新年，让老人们感受到家的温暖。春节是中国人一年中最重要的节日，都在风尘仆仆中回家，而他，却带着家人千里上高原，逆行在归家的途中。

巴协老人是瓦尔村的一名建档立卡贫困户。交往中了解到巴协过去是帐篷小学的民办教师，由于长期住在帐篷里，患有高血压、慢性胃病和风湿性关节炎，行动不方便，早已退出了教学行列。

老人经常去康定、炉霍和色达县城的医院看病，但对贫困户医疗报销和转院就诊的政策、特惠政策不清楚，希望获得帮助。

得知老人的诉求后，我找到负责医疗报销的经办人拉布泽朗，他告诉我："2018年之前的报销标准和转院程序与现在不同。现在建档立卡贫困户住院没有门槛费，住院期间是不需要缴纳押金的，除享受医院的基本医疗报销外，剩余的根据不同的就诊情况，由他代为通过县卫生基金、扶贫基金、大病救助基金和红十字会救助基金等相关的救助平台，帮助报销费用，报销比例达到95%，个人支付比例不超过5%。这就是现在的建档立卡贫困户享受的特惠政策。"拉布泽朗告知得非常清楚。

我用笔记录着这些卫生扶贫的相关政策，以便今后遇到相关的问题好向求助者作解释和沟通。

巴协老师年龄大，出院后各种单据比较多。这些单据中，有的已经报销完毕，有的正在报销当中。单据多了老人家搞不清楚，经常打电话咨询我，鉴于他的实际困难，我经常主动上门去他家，一方面了解他的身体状况，另一方面帮助他把这些医疗单据逐一汇总，已经报完的单据放在一边，未报的单据整理到一起帮他拿回乡上，报销后直接打到他的一卡通上。完了后及时通知他去核查，看是否已经到账，金额是否正确。

老人身边需要处理的问题一个个得到解决，我们也慢慢变成了好朋友、好亲戚。老人很是感激，主动帮我当翻译，把很多困难群众家里的真实情况及时地告诉我，便于我精准地掌握民情和了解村情。

在巴协老人那里，我了解到更加真实的村情。村里还有几位孤寡老人，没有儿女，家中缺劳力，生活非常困难。总书记"在扶贫的路上，不能落下一个贫困家庭，丢下一个贫困群众"的叮嘱再次在耳边回荡，随即我带着人走村入户逐一核实孤寡老人的情况。

扎卡村有一对低保户夫妻，男的叫柔扎，76岁，女的叫措拉，78岁，膝下没有儿女。措拉长年坐在椅子上基本不能走动，柔扎能够做一些烧开水煮茶和面条、拾点小柴火等轻微的事情，稍微重一点的活就无法做。

一天上午，巴协老师和我来到夫妻俩住的不到20平方米的屋子，问他们家里的房子是否需要维护和扩建？巴协老师翻译后，老人告诉我，他们不需要在房子上面投入更多的钱。因为共产党对他们已经很好了，他们过去什么都没有，现在吃穿都不愁，有低保、有养老保险，各方面都非常不错，房子对他们来讲，能住就行了，不需要再花钱整房子，况且自己也活不了几年。国家给他们修了水井，安了水泵，可以把水井的水直接抽到家里，要比原来方便多了。

老人朴实的语言，特别是提到共产党时，知恩感恩的表情深深地打动了我，我情不自禁地转过背，面对远处的山峦悄悄地掉起眼泪来。

从那以后，我经常去老人家，帮他们扫地、劈柴火、提水。虽然水管安装到家门口，但离他们的炉灶还有三到四米的距离，对普通人来讲根本不是问题，但对于七八十岁、身体十分虚弱的老人来讲，这些都是非常具体的事情。我每次去都把炉灶边装水的桶装满，虽然做的是微不足道的小事，但对老人们来讲，却是非常珍贵的实事。

我开始到他家去时，他们只知道我是一个汉人，时间久了，他们记住了我的名字，用不太流利的汉语叫我郭开春。要知道，在这个地方，老乡们能记住你的名字，用汉语说出来那是很不容易的，也就说明他心里面有你，认可你。我从老人们慈祥的目光里感到，我已深深地扎根在他们的心里。

认识瓦洛老人是我从柔扎老人家回去的路上。

记得那天是2018年10月27日，头顶有阳光，远处却在飘雪，气温-8摄氏度，高原的天色变幻莫测。路上看到了一个身材消瘦、穿一件单薄的长袖T恤、衣服上还有好几个破洞的老人在村口行走。这样的冷天，我都早穿上羽绒服了，这么冷老人去哪里呢？他一只手拄着拐杖，另一只手夹着盆子，一瘸一拐艰难地向前走。

我停下电瓶车主动和老人打招呼，但老人听不懂我的话，表情木讷。我搀扶着送他回家，走了十来分钟到家了。我把他送进屋里时，看到他居住的小木屋里没有一样像样的东西，再看看他身上的衣服，破旧而单薄，心里有种莫名的心酸和难受。

我赶紧骑着电瓶车回到宿舍，把自己最厚的外套拿了两件给老人送去。我拿了一件给他披上，老人一直说："莫里果！莫里果！"我听不明白，就到村头路口找了个路过的少年来翻译才知道，老人是说："不用了！不用了！"少年是霍西小学五年级学生，正放学回家。少年告诉老人，这些衣服干干净净的，天气寒冷，免费送给他不需要给钱。

老人听完用微弱的声音说，他自己是一个快要死的人了，衣服给他是浪费，让把这些衣服给更需要的人。当时我听了后非常震惊，又非常感动。

我了解到老人有两个名字，一个叫瓦洛，另一个叫尼玛，今年79岁，没有儿女，是一个五保户，一个人生活，住在旁边房子的是他侄儿，是一个喇嘛，经常在外面念经，偶尔也会过来帮他做点事情，照顾他的生活。

前段时间老人一直生病，身体一点劲都没有，连端碗吃饭的劲都没有，两个多月没出过门。老人自认为活不了几天了，所以什么都不需要。

交谈中我看到木房子门口堆了一捆白布，这些白布就是老人给自己料理后事用的。眼里的这一切让我的心情十分复杂，老人认为自己快要死了，还时刻想着别人，真是太纯朴太善良太有爱了。我向他表明了身份，告诉他如果有什么困难，我会尽力帮助他。他听到后只讲了两点：第一个

就是他这里什么都挺好的,不需要给我们添麻烦,感谢我了;第二个就是如果方便,能不能帮他买一双又厚实又暖和又轻便的鞋子,他会付钱。

听后我到老街去买鞋,选来选去,虽然厚实暖和,但都太重。我回去告诉老人,请他等几天,我会把他需要的鞋子给他送过来的。我通过京东商城给老人买了一双108元的哈尔滨雪地靴,又厚实又轻便又暖和。

十天后鞋子寄到,我立即给老人送去,老人穿上鞋子,笑眯眯地看着

郭开春到藏族老人家了解情况。陈倩提供。

我，一直对着我比大拇指，不停地说着："卡卓！卡卓！"然后问我多少钱，坚持要给我钱。我坚决不收，并告诉他："你的这个夙愿，我们来帮你完成，钱就不用给了，今后还有什么需要就跟我说。"

后来，我每次到他家里，都发现那双雪地靴基本都在那里放着，我问他，为什么老是不穿呢？他让翻译告诉我说："这个鞋子太好了，我舍不得穿。"我急得快要生气了，大声说："你放心地穿，穿坏了我再给你买。"

和老人家的交流慢慢多了起来，得知他右脚残疾，长时间生病，连吃饭端碗的力气都没有。此后我便每天从单位食堂多打一份饭菜，每到吃饭的时候就给老人家送过去，并一勺一勺地喂到他的嘴里。刚开始他还有点腼腆，很不习惯，但自己又没办法，只能默默地勉强接受我为他喂饭，时间久了老人家也就慢慢习惯了，每次喂完饭后都一直说："卡卓！卡卓！"

在我第三次给老人家送吃的的时候，遇到了他的侄子。他告诉我，老人家常年在家里坐着不动，消化不好，让我今后不用给他送肉和干饭。在后面的一个多月里面，我坚持给他送面条，送稀饭，并为他烧茶提水送医送药。有时周末，我还会带着霍西小学的小学生到他家里陪他唠家常。

经过一个多月的照顾，老人家的精神状态比原来好很多，身体状况也一天天好起来，双手勉强端得起饭碗，心情也比原来开朗了许多，脸上开始漾起幸福的笑容。

我依旧隔三岔五地去陪伴他，帮助他。老人知道我的名字叫郭开春，而且时不时地问我现在工作怎么样？生活好不好？在这里习不习惯？有一次，他还主动跟我提出，他想吃牛肉。第二天我请假到县城为他买牛肉和糌粑，晚上把煮好的牛肉和糌粑给他送了过去，满足了老人的心愿。

从他接纳的眼神里，我明白自己走进了他的心里，成为老人来自温江的汉族亲人。随着时间的推移，老人的身体也一天天地恢复，放在门口的白布，也不知道什么时候不见了。

说实话，这是我最愿意看见的景象，人一旦有幸福感，死亡就溜走了。

2019年4月，我被调到拉当村当第一书记，距离瓦尔村有64公里，这样一来去老人们家里的时间少了，只有返回霍西乡政府时才能顺路去看一看，帮助他们劈柴提水搞卫生。

中秋节那天，我特意准备了月饼、苹果给老人们送去中秋的祝福和礼物。老人们看到我时很意外也很激动，怎么也没想到调到其他村去了还会回来看他们。尤其是98岁的孤寡老人昌热奶奶，赶忙拉我坐下喝茶，跟我拉家常，话语虽不多，但十分亲切。她平时只能坐在凳子上或是坐在门槛上，稍微挪一挪身子晒太阳，几乎不能行走。

让所有老人惊呼的是，我做了一个超乎他们想象的决定。

2019年大年三十，当所有人都从四面八方赶回老家陪伴父母吃团圆饭、看春晚、放烟花、辞旧迎新的时候，我带着妻子、女儿冒着零下十几摄氏度的严寒，从成都赶回色达县霍西乡，来到昌热老奶奶和巴协、柔扎、瓦洛、仁拉等十余个孤寡老人和困难家庭家中，陪他们过新年，贴春联，送祝福，吃团圆饭，迎接藏历新年的到来。

我先到退休老干部单裴叔叔家中，邀请他参加吃年夜饭，我偷笑着对他说，还兼职当翻译。

他爽快地答应，告诉我："当地藏族群众大年三十不吃荤，只吃素，没有吃年夜饭的习俗，而是藏历新年第一天吃荤。"因此，原本计划的年夜饭便改到藏历新年第一天，而年夜饭改为素饺子，为他们送新春的祝福。

一大早我把韭菜拿到水池边清洗，刺骨的冰水把我的手冻得发麻，手背像被刀割一样。炊事员梅朵看到后问："冷不冷，加点热水。"我说："不冷才怪！"随后，我将洗好的韭菜切末，再将妻子打好的鸡蛋炒熟搅碎，把女儿泡好的粉条也剁碎，最后将调料加入切好的食材中，在盆中搅拌均匀，一锅美味可口的韭菜鸡蛋粉条素馅便大功告成。

　　饺子包好后，我和家人在同事卓玛的陪伴下走村入户为困难群众送春联，给体弱多病、身体不便的孤寡老人挨家挨户贴春联、窗花和门福。老人们脸上绽放出开心的笑容，并请卓玛告诉我们，这是他们一生中第一次有汉人来到家里为他们贴春联，送祝福，太感谢我们了。

　　我对老人说，春联是老书法家们书写的，其中有位抗美援朝老兵，叫陈开业，今年85岁高龄，得知要为藏族的孤寡老人和困难群众送对联，不顾癌症的折磨，主动为你们题写新春祝福，为团圆饭撰写了"藏汉一家团圆饭"的祝词，表达他对藏族同胞的深厚感情。

　　晚上6点半，我们一家三口穿好羽绒服，戴上手套和围巾，将煮好的素馅饺子逐一打包装入保温箱，在寒风中挨家挨户地去给孤寡老人们送饺子。

　　第一家是91岁的仁拉老奶奶家，当我女儿双手为她呈上热气腾腾的饺子时，老人高兴得合不拢嘴，激动得双手接过装满饺子的碗，却不知道该如何下筷。我赶紧靠到老人身边，用筷子迅速把饺子夹起来，缓缓放到老人嘴边，老人开心地咬了半个水饺，慢慢咀嚼后示意再来一个，问这是什么？我请卓玛告诉她："这是水饺，祈福新的一年幸福吉祥。"老人听后激动地说："太好吃了！"

　　一家接一家地送，最后一家是98岁的昌热老奶奶。老人用手拿过一个饺子掰成两半，仔仔细细地查看馅，确定是素馅后慢慢地放入嘴里，连吃了两个。老人伸出大拇指，流着热泪说，这是她这辈子吃过最好吃的东西！"卡卓！卡卓！"

随后她让卓玛告诉我，她要为我和我的家人祈福盖顶，用藏家礼遇为我和我的家人祈福。卓玛翻译给我听后，我感到无比的震撼，双手抱住老人，激动的泪水止不住地往下流，就如同儿子在母亲怀抱中一般温暖。

这也是参军至今20年来第一次流下感动的眼泪，尽管在部队很苦很累很寂寞，流血流汗但从未流过泪，但今天我却流下了这辈子永远不会忘记的泪水。因为藏族老人的这份善良与纯朴让我觉得，能够为老人们做事是我的福气。

大年初一一早，我把带来的老腊肉、香肠、新鲜猪肉、鸡蛋、土鸡、虾球一一放在案桌上，考虑到老年人牙齿不好，特意做了一道四喜丸子。

我们来到仁拉家中，告诉她今晚在她家中，邀请孤寡老人一起吃团圆饭，老人听后高兴地说："太好了！我太开心了！家里几十年都没有这么多人一起吃过团圆饭了！终于可以一起热闹热闹！"

随后，我和妻子、女儿、卓玛一起打扫卫生，很快室内焕然一新。

我们开始做团圆饭，妻子帮着把切好的香肠、腊肉、蒸饺、团圆饼放在蒸锅里加热，女儿也帮忙摆碗筷……在我们正要准备煮长寿面时，色达县委常委、宣传部长呷绒志玛和电视台的记者老师也闻讯从县上赶来，参加我们的团圆饭。

经过一下午的忙活，团圆饭的各色菜肴、长寿面、团圆大饼、水饺、汤圆，还有我妈特意为老人们包的红豆椒盐粽，满满一桌美味佳肴就制作完成，团圆饭开始。

我将长寿面逐一送到老人们的手里，告诉他们：这个四喜丸子炖煮了三个多小时，特别软烂，非常适合他们吃。仁拉老人吃后又夹了一个，说:"太好吃了!"大家就像一家人一样有说有笑品尝着。

团圆饭结束后,我们将为老人们准备的糖果、鸡蛋糕、营养粉、清油大米等逐一送到老人手里,并将他们一一安全送回家。

看着老人们不时回头向我挥手的背影,我感到无比的幸福。在家人的陪伴下和同事们的支持下,终于圆满履行了一名共产党员、一名驻村队员对民族地区困难群众的承诺。

6. 接过父辈的旗帜之三:高原缺氧但不缺记忆

笔者采访到老革命李二喜之子李强是在2020年4月上旬。李强在父亲最初建县的色达已经整整工作了38年,长期在政法部门工作,现已担任领导职务,去年从政法委书记调整到县委副书记职务,脱贫攻坚的联系点在色达年龙乡。

在李强的记忆中,因为父母在单位从事领导工作,无暇顾及他和姐姐的生活,从1岁到7岁,姐弟俩都是在甘孜县婆婆家里,由婆婆看管,所以幼年对父母的印象几乎是空白。只听阿婆说,他们都很忙,要帮助很多受饥挨饿的农牧民过上吃得饱穿得暖的日子,所以很少从色达回来看他们。他们很累很辛苦。

"我是8岁那年去色达的,在色达同父母一起生活了3年,1973年随着父亲的工作调动去了乾宁县,后因撤县设区,5年后举家搬到炉霍县,父亲在炉霍任职县委副书记、县长,后到县人大当主任,直到2012年患病去世。虽然同父亲转战南北,但他在我眼里仍像一个'影子'存在。他永远是工作第一,家庭第二。"这是他长大成人后,特别是当上县级领导,对父亲留给他的记忆空白有了理解后的补充。

采访中笔者感到，1到7岁时的李强渴望着父母的温暖，他特别羡慕别人家的孩子周末跟父母在雅砻江边玩耍的场景。他不太清楚父辈最初干革命的艰辛历程。笔者把《钦绕回忆录》中的一段念给他听，将他带入到父亲当年出生入死为人民服务的岁月。

……二喜和我是第一次看见色达出来的人，与我们农区代表的样子不大一样，脸黑黝黝的，穿的衣服也很花哨，有的是牛皮，有的又是绵羊皮，有的有布面子，有的连面子也没有，而且酥油味特别大，再加上大家都在一个会议室里，气味就更大了，这给我留下了很深的印象。

同他们接触，我首先是要认识人，于是我和二喜就将他们的名字一个一个地记下来，一两天认不完，好几天才慢慢一个人一个人地认识清楚了，有十七八个人，其中有些是头人派出来的代表，还有一部分是头人带的用人，被称为"娃子"，也作为代表，但真正亲自参加会议的头人只有几个。团长叫阿乌所达，他是上色达一个小部落的头人，但色达大头人仁真顿珠却委托他作为自己的代表，所以成了色达代表团的团长。参会的头人中最大的叫曲塘窝江，是色达东部的一个大部落曲塘部落的头人，号称管辖有四五百户人家。他来参会时，将自己的老婆、女儿、女婿都带来了，于是他的老婆、女儿、女婿也成了代表。其余有一个叫桑桑塘洛，是一二十户部落的小头人；一个叫扎洛，是色达东部的一个部落的头人；有个叫巴亲的，是下旭他部落的头人，他带的一个随从是小扎巴，名叫马洛；有霍西部落的头人乌它，已经六十多岁了；还有一个头上长大瘤子的人，他平时将头发往前梳就把瘤子遮到了，头发一拉开就是羊肚子大的一个瘤子，这个人也是代表，加起来总共有十七八个人。

那个时候会议一般开得比较长，因为要向大家宣传党和政府的各项方针政策，让他们了解共产党，了解人民政府，这是一项很细致的工作，不能有一点的马虎，还要通过藏语将这些内容讲清楚，让与会的代表能正确地理解并进行讨论，等于就是办了一个政策学习培训班，又是汉语又是藏语，小组讨论里面也是汉语藏语都要用，所以会议时间比较长。会议期间西康省来了一个副省长，姓刘，人有点胖，说话也是直截了当，听说是军队上才转到地方的。他参加了这个会，会议结束时候请他讲了个话，就是讲大的形势。讲得很好，很生动，很吸引人。

会议结束后，其他代表都走了，只把色达代表团留了下来，又给他们开小灶，重新给他们讲党的方针政策。这个会我也一直参加，并且充当了翻译，开始他们的语言比较难懂，我就十分用心地听，然后研究他们的发音，后来我基本上掌握了他们发音的特点，翻译也就十分顺当。在这次会上，刘副省长也专门来同大家见了面，同大家进行了座谈，询问大家到过康定没有？来时走了多久？见到过什么？等等。当色达的代表告诉他，他们很多人都还是第一次到康定，最多就是到过色尔坝或者甘孜、炉霍去买粮食和交换酥油、畜产品等。刘副省长就说，怪不得你们对外面的世界不了解。这次出来得好，通过学习宣传，你们对共产党的政策也了解了，你们回去后就要学会自己管理好自己，共产党会帮助你们办好事，这次我们将派干部同你们一起回到色达。刘副省长说到这里，就指着我说，就是这位，也是你们的藏族同胞，叫钦绕，还有一位叫李二喜。我们派他们同你们一起回去，你们欢不欢迎？由于我已经与色达的代表们在一起开了十多天会了，与他们每一个人都很熟悉了，他们都觉得我这个人还和蔼可亲，又懂藏汉双语，对他们也很耐心，所以他们都很高兴，异口同声地说："欢迎。"刘副省长又说，我们这次不管是派汉族干部还是藏族干部进去,都是我们共产党的干部,我们派他们进去不是给你们搞破坏,也不增加你们的负担,给你们添麻烦,而是帮助你们搞建设,发展生产,改善你们的生活,把你们那儿的生产发展起来,将来能有更多的东西和外面交换,这样你们的生活就会过得更好,你们不要有什么顾虑。刘副省长讲得很干脆,大家听了他的话,都很高兴,表示很拥护……

李强听着,吃惊地摇着头,"上一辈打天下真是太不容易,后来的平叛我知道,色达烈士陵园躺着那么多的先烈就是在平叛中牺牲的,让人肃然起敬。在我分管政法这一块,维稳工作也就是上一辈统战工作的延续,不从事这项工作就不知它有多难。现在从你提供的故事,我父亲的'影子'变成了实在的身体,重合了父辈留在我记忆里的身影。这部回忆录出版后,我要买回来珍藏。"

笔者听后竖起拇指,"现在国家强盛了,大家安居乐业,你现在的工作重心也从维稳转到组织工作,脱贫攻坚成为重点,你的帮扶点在哪里?"

"色达年龙乡,"李强说,"脱贫攻坚以来,我们在基础扶贫、产业扶贫、新村扶贫、生态扶贫、能力扶贫方面成效显著。仅从我去的联系点年龙来讲,现在的交通条件大为改善,精准扶贫这5年,色达县实施国省干线、通乡油路、通村公路建设就达345公里。新建管饮32处、水井248口,解决近25000人的饮水难题。实施无电地区电网覆盖工程,推进农网和城网改造升级工程。新建移动通信7座。全力打造县城二完小,整县推进'6+3'精品学校建设,学前教育覆盖15个乡镇;新建县城急救中心、汉藏医院医技楼和乡镇卫生院11个,村卫生室31个。驻村帮扶上,突出'谁来扶、怎么扶'两个关键,优化配置帮扶力量,三四十名县级领导全覆盖联系指导17个乡镇，先后选派287名党员干部到村担任'第一书记'，选派204名驻村工作队员组成89个驻村工作队，181名农技员组成多个农技服务小组驻村开展帮扶。县委书记、县长遍访134个行政村，县级干部覆盖联系乡镇每个行政村，乡镇党委书记和乡镇长遍访定居点，驻村工作队走访贫困户、非贫困户达到两个'百分之百'，创新'县级领导挂帮、帮扶单位联帮、机关干部协帮'的'1+N'全覆盖帮扶工作模式，有效解决了帮扶力量不均衡、非贫困村帮扶力量弱的问题，实现了帮扶力量全覆盖。"

采访李强结束，笔者的深刻印象是：高原缺氧但不缺记忆，李强书记对工作数据的记忆令人赞叹。俗话说，上阵离不得父子兵，岂止父子兵？如今李强的女儿也在色达工作，三代人扎根在高原的故事，或许传开来就是一段佳话。

7. 第一书记郭开春：帮助弱势群体办事就是要发自内心

不带个人的主观色彩去评判一件事，始终是笔者追求的写作宗旨。然而，在记录中一次次被郭开春的行为所感动，笔者只想把被感动的采访告知更多的人，让所有关心中国贫困地区的人，从点点滴滴看见一位扎根在基层的扶贫干部的真实行踪，看他怎么用心用情去向官僚主义、形式主义、"数字脱贫"说不。

2019年4月8日，云层很厚，飘着细细的雪粒。

上午霍西乡党委书记慈诚嘎瓦开会宣读决定，调整我到拉当村担任驻村第一书记，组织驻村队开展脱贫攻坚工作。

开会前慈诚嘎瓦书记、周健勇乡长找我谈话，说原来拉当的第一书记调走后，村两委班子比较散漫，整体工作推进力度不大。经考察，他们认为我是军人出身，能吃苦，愿奉献，肯干事，半年的时间在瓦尔村建立了良好的干群关系，老百姓很认可我的工作。

我清楚，2019年全县要脱贫摘帽，将迎接州级、省级的检查验收，原来的第一书记工作干了三四年，各方面的情况都比较熟悉，而我是半路上去拉当村开展工作，没有群众基础，情况又不清楚，工作难度是非常大的。瓦尔村的第一书记拉多主动找到我，说："你在瓦尔村干得那么好，群众基础又扎实，何必从零起步呢？拉当村情况很复杂，村里离乡政府又远，你语言又不通，又是外地干部，管理难度非常大，村里也还经常停电停网，开展工作异常困难，会遇到很多你意想不到的问题和困难，还是留下吧。"

实际上，在拉当村我经历的困难，跟拉多书记所说的一样，异常艰辛。

但我认为，既然书记、乡长把那边的真实情况告知我，组织上希望我去打开局面，作为一名党员，就要积极发挥先锋模范带头作用，如果遇到困难就退缩、逃避，那入党誓词就成了空话。何况过去还在部队摸爬滚打锻炼了18年，有什么困难不能克服？我只提了一个要求，希望搭配一个双语干部，便于开展工作。

霍西乡地广人稀，长期以来，所有行政村书记都是由当地干部担任，外派的援藏干部担任驻村第一书记还是第一次。

拉当村位于色达县与炉霍县交界处，离乡政府64公里、县城104公里。该村村民与炉霍县卡娘乡东谷村、色达县霍西乡甲日玛村村民交叉混合居住在一起，情况十分复杂，边界矛盾纠纷较多，打架斗殴时有发生，基层组织涣散，群众等靠要思想严重。群众外出放牛，家中无人是常态，找干部、找群众就成了一个看似简单，实则非常具体的工作。

记得上任第一天，2019年4月9日上午，村支部书记央洛带着贫困户忠波和她下身瘫痪的女儿木托找到我，希望我到县上相关部门去申请办理残疾证。

通过了解，我得以在前期全县开展的"回头看"中，查找出木托的实际情况，通知木托抓紧时间体检，如符合残疾条件，便能享受国家的补贴。

我带着木托和她的家人、村支部书记央洛、驻村队员扎西泽吉一起到县城，通过温江援藏队的刘小书副院长的联系，医院同意给木托做残疾评级体检。填写了残疾证申请表，又带着木托来到照相馆拍了证件照，完后又将她抱上车送到医院体检，最后为她鉴定为二级残疾。

办完事后我请他们吃面，木托妈妈忠波讲，木托是2016年在色达中学读初二时检查出患了骨结核，突然就不能走路了，下肢瘫痪。家人2017年带着她到陕西治疗，没有太大效果。出院回来后，相关部门除了为她报销医保外，还通过扶贫基金、大病救助基金解决了大部分医疗费用，但当时的政策还不健全，没有按照分级诊断，逐级转院的要求，导致当时的报销比例只达到70%，没有达到95%的报销比例标准。

可喜的是2019年9月，县上专门下发补充文件，通知2015年以来至今建档立卡的贫困户，按救助政策补报，都能够享受到95%的报销比例。

得知政策后，我专门抽出时间和驻村队员秋巴、村委会主任玛罗玛、村统战宣传员瓦洛一起骑摩托车，沿着崎岖的山路翻山越岭20多公里，跑到他们家的牧场去通知她。遗憾的是他们把剩余的单据弄丢了，只有病历。我听后非常遗憾。

其间我发现木托的自卑心理很重，为了让她走出自卑，有时我会送一些做好的饭菜到她家,一起拉家常。时间久了,我发现木托的汉语水平比村里多数人好很多,完全不是我第一次帮她办残疾证时所见到的木托,内向、拘谨。而且她喜欢玩手机,打字聊天发短信都没问题,不过手机陈旧没有上网功能。我鼓励她说:"虽然你脚残疾,但你的思想没有残疾,应该寻找自己的价值所在,试一试做电商销售和网络平台,用知识改变命运。如果你愿意,我们会全力帮助你。"木托微笑着点点头,眼神里充满感激。

为了增加木托家的经济收入,拓宽就业渠道,我们为她的母亲忠波申请了森林防护员的公益性岗位,每月500元,并将木托的妹妹满托送到县上参加餐饮服务员就业培训。10月又将木托的哥哥意勒安排到县就业局参加摩托车维修技能培训班。知道木托平时喜欢看书,我和队友们为她送去图书。年底时,我们驻村队队员凑钱为她购买了一部智能手机,通过智力扶持为她今后的发展打下一个良好的基础。

在我到村工作的半年多时间里,先后多次将爱心人士和我的原单位柳城街道办捐赠的衣服、电热毯、蓄水桶、大米、粮油等生活物资送到他们家里,解决暂时的生活困难。

木托即将领到残疾补贴,她的哥哥妹妹也学到了一技之长,家里渐渐摆脱了贫困。国家的各项政策扶持还会继续,全家致富的日子一天天靠近。

上任的第一个星期,我将村上的基本情况进行了梳理。当时全乡只有一辆公用车,下村都是自己解决交通问题。按照省委组织部的要求,援藏工作队员是不能够私自开车前往工作地的,我没有开车过来。我把乡上一辆闲置多年的摩托车推出来修好,带着自己的笔记本电脑、洗漱用品,骑着摩托车沿着蜿蜒曲折的山路骑行三个多小时到达村上。记得到了村上后发现整个村几乎是空村,一了解是春季牧场搬到夏季远牧点,绝大部分人都去牧场了。我打电话给六个村骨干,只有村委会主任玛罗玛和统战宣传员瓦洛联系上了,他们在家看小店。

我找到村委会主任玛罗玛,让他联系其他几位村干部。玛罗玛告诉我不好联系,远牧点没有信号,只能带口信通知他们回来。等了三天他们才从牛场上赶回来,原定于当天下午5点召开的两委班子会议,结果6点半人才陆续到齐。会开了不到一个小时,他们又陆续去上厕所,有的人上了厕所就再也没有回来。会上我做了自我介绍,并就乡上的工作要求和近期的工作任务进行布置,同时每天安排两个村干部陪我一起入户了解情况。

与会人员的表情好似没听到一样,会后我找到村支部书记央洛,告诉他,咱们村委班子这样可不行,希望他和我一起改变当前的局面。他说知道了,再也没有更多的建议。

接下来我准备挨家挨户了解情况,可村干部通常9点过都没来,直到我打电话,才慢慢悠悠地来,经常是走几户,就告诉我家里有事,最后只剩我一个人。我的短板是不能进行深度藏语交流,所以我又把走访中发现的懂汉语的群众请出来,帮我翻译,继续入户工作。

通过一段时间的走访,我了解到村里一大半的群众大半年时间在拉当沟放牛,手机没有信号。我就和村干部翻山越岭骑行两个多小时来到拉当沟,到了沟里就没有路了,经常是一天爬了一座山才找到人家,好不容易找到人后,家庭的户口本、身份证、银行卡等信息资料不在牧场,都放在定居点家里,工作推进异常艰难。

为了有效破解这个问题,我常常利用老乡从牧场赶回家里取东西的时间,早上六七点出门前或是晚上八九点回到家中的这个时间,上门宣讲政策,了解家庭情况,做好相关登记,完善家庭信息。

我还根据牧区群众居住分散，经常早出晚归不在家的生活特点，总结出一套找群众的工作方法。每次早上入户前一大早跑到山头制高点，清点群众家冒烟的烟囱，只要烟囱冒烟就有人在，然后及时入户做好登记；晚上八九点走到群众家门口看看家中的灯光，发现白天不在晚上亮灯的群众家庭，立刻入户核实家庭情况。白天走村入户，晚上加班加点整理档案资料，每天都工作到深夜1点左右。

在平时，遇到群众到村上或者乡上来办事，无论是上班时间还是下班时间，不管是周末还是节假日，我们都力所能及地为他们办理。

在入户中，为了减少做饭的时间，把更多的时间投入到了解群众中，我经常吃百家饭，入户到谁家就在谁家吃饭拉家常，通过拉家常来详细了解他的家庭情况和困难情况，建立朋友亲戚关系。每次吃完饭给钱他们都不收，说给钱就是看不起他们，群众的朴素感情感动着我。

走访中，村干部和很多群众从一开始的反感，到观望，到信任，是一个循序渐进的过程。因为这个村过去的几十年里，从来没有来过汉族干部，更别说是第一书记。村里的干部群众没有接触色达以外的世界，突然来了汉族干部，语言不通造成交流上的障碍，干部和群众一开始不适应，甚至反感。有个别村干部私下给群众说，新来的第一书记人不好，别听他的。我没有退缩，坚持走访群众，并把群众的困难、诉求一一登记，发现问题及时解决。

为了让两户贫困户的孩子继续上学，我三次独自一人骑车前往炉霍县降达小学，为两个孩子办理相关事项。两次途中都遇到暴雨和泥石流。

记得8月20日下午我去学校时，艳阳高照，可两小时后突降暴雨，在为两个孩子办完毕业证从炉霍返回村委会途中，泥石流将唯一的道路给淹没了，路上堵满摩托车和汽车。面对险情，我找来树棍，测试后发现泥石流深到膝盖处。我组织群众把老人和小孩转移到安全地带，青壮年劳力把摩托车抬过去，叫汽车回撤。我浑身稀泥返回小学，通知为孩子们报名的家长，趁黑前返回村里，不然很不安全。

通知完我赶回村里时，在一处拐弯处，由于身体过度疲劳，地面非常湿滑，摩托车冲到水沟里，连人带车倒在了水沟中，疼痛难忍，正好路过的炉霍县卡娘乡的一对藏族夫妻，把我搀扶到路边，打电话要送我去炉霍医院，可没有信号，只能干着急。休息了半小时后，我看看腿上和手关节处是表皮伤，有流血但没伤到骨头，于是我咬咬牙强忍着骑行到村上，把毕业证交给了两个孩子的亲戚，让他们赶紧报名。我来到村委会主任玛罗玛家，没有酒精消毒，有瓶泸州二曲，倒在伤口上痛得我哇哇直叫。村委会主任一个劲地赞叹："郭开春，你真行！"

不到20天，村里大部分群众认识了我，了解了我，接受了我，对我产生了信任感，谣传的"人不好"成为过去时，认为我是真心帮他们做事的人。群众对我说："你是我们村里这几十年来，第一个走进我们家里解决我们实际困难的汉族干部。"

我的行为打破了"常规"。一天，村里一名后备干部找到我，说："如今村里群众都说你好，现在我们一点威信都没有，这样下去那我们还怎么开展工作？"

听后，我耐心地告诉他："我们这些一线的村干部，就应该心中时刻装着困难群众，时刻牢记全心全意为人民服务的宗旨，少用点时间晒太阳，多抽点时间搞服务，真心真意为他们办事情，他们才会从心里面认可，跟我们走。要知道水能载舟亦能覆舟的道理。"听后，他点点头说："看来你是对的，今后我会注意和群众打交道的工作方法的。"

在短短的几个月里，我走遍全村的家庭，就是想帮助贫困群众解决就医、就学、就业培训、住房安全、养老保险、户籍调整等实际困难。分别为两名残疾人申领残疾证，为两名小学毕业生办理毕业证，为9户临近贫困家庭、低保户、五保户申报危房维修改造，为6名贫困户申请参加厨师、装修、酒店服务、摩托车维修就业培训，为26名群众申请户籍信息变更，为2019年的7名新入学的大学生争取助学补助。在对7名大学生的帮扶工作中，从发现到精准帮扶，我得到了原单位温江区柳城街道办和柳城街道商会的大力支持。为了彻底帮助他们摆脱贫困，街道办和商会将对这些大学生进行全面长期的帮扶，支持他们完成学业，改变家庭命运，斩断"穷根"。

我就这样从一个不被大家看好的外来人，慢慢变成村干部眼中的"疯子"（疯狂干工作的人），群众心里的知心人，村里不可缺少的"疯狂人"。

在2019年11月，村支部书记央洛找到我，说他有几句话心里话想对我说。他说："你来我们村大半年了，我和村里的群众都喜欢你。你工作很负责。过去，很多人开车都不愿意到村子来工作，嫌弃这里路又远，条件又差，来了开个会看一看就走了，而你经常骑着摩托车来回100多公里，不怕危险、不辞辛苦来到村里为群众做事情。我在这里几十年了，不光是我们村里，就是周边的几个村里，都从来没有见过你这样一心一意为群众做事情的人。过去大家开会都说得很好，可会开完了就完了，很少有人能真正地去那样做，你是真正干事的人，我们愿意听你的，跟着你干。我自己没什么文化，但和你一样想给村里做事情，你今后有什么事情跟我交代就行了，我会认认真真地跟着你做好工作。"

央洛书记的话让我感动，我融进了村民，也融进了干部，喜悦之情难以言表。我说，作为驻村第一书记，我的工作任务是和村两委干部发展集体经济、建设基层组织，提升村级治理水平，推动脱贫攻坚，为群众服务办事。

你才是村里的第一责任人，只有你带领的村两委班子战斗堡垒作用发挥好了，拉当村的未来才有希望。他听后，表示非常赞同我的意见和看法。

在深度、偏远的贫困村，确实每天都会出现你意想不到的困难，有件事令我至今记忆犹新。

村里在2017年就已经开通4G移动网络信号，但信号不稳定，遇到刮大风、下大雪、泥石流等恶劣的天气就会因为停电导致信号中断。2019年7月，村里遭受了有史以来最为严重的泥石流，多处道路、桥梁、电杆被冲毁。长时间的暴雨冲刷，导致村道沿途多被泥石流堵塞。其间我们多次给乡政府汇报，乡政府及时派出挖掘机、推土机开展救援。但前前后后20余次，头一天刚把路推通，晚上下一场雨又被堵塞。其间村上停电停网也是常有的事情。

最为严重的一次是中秋节的第二天，通村的光缆断了。中断了两个多月的4G移动信号，11月底才被抢通。在此期间，村上失去了与外界的网络联系。为了破解这个难题，我们想了很多办法。我们骑摩托到十多公里以外的炉霍县卡娘乡降达村，打电话和乡上联系，要进行网络办公就跑到降达村中心小学或路口的小卖部蹭WiFi。

那段时间，乡上和村上的联系，都是头一天约定好，第二天按约定的时间进行联系。如有特殊紧急情况，他们就赶到降达小学来给我打电话联系——降达小学成为我们的中转通信站。上级也关心这个事情，一直在积极地与炉霍县相关部门取得联系，希望得到他们的帮助。由于我们村属于三边村，离乡上县上比较远，而离炉霍比较近，村上的通信网络、电力设施都是从炉霍迁入，也就导致有时候出了问题扯皮的现象。比如我们用的电，是从炉霍县那边迁过来的，归炉霍县泥巴乡供电所管理，而泥巴乡供电所离我们村有30多公里，每次出了问题，很难第一时间联系到供电所的师傅来修；如遇到大风天气导致变压器的保险闸跳闸，老乡没办法，只能擅自拿着个长木棍去推保险闸，存在重大安全隐患。我都会及时劝导制止，等待专业人员来维修，的确不方便。

在脱贫攻坚检查验收的指标里面，"一超六有"是标准要求，家家户户通电，是硬性指标。县乡和电力公司对接，投入800多万元终于帮群众解决了这一难题。

村上有一建档立卡贫困户让曲多，2018年易地搬迁选点修建的时候，他选的建房点位离村上的定居点比较远，导致家里一直没有电。当时为了解决他家通电的问题，我们专门向乡上申请，为他家配发了一套光伏发电设备，暂时解决他家的基本照明用电需要。

2019年11月，为了彻底解决让曲多家庭用电的根本问题，县上又安排相关部门组织专业电力施工队，为他架设电杆，搭建电网。当老人看到电力施工队到他家门口架设电杆，并为他接网拉线通电时，老人高兴得连鞋子都没有穿，光个脚，冒着零下几摄氏度的严寒，穿着短袖的衣服就从房间里冲出来，一直守候在施工人员身边，激动得合不拢嘴，一个劲地说："卡卓！卡卓！"我赶紧脱下我身上的大衣给老人披上，并跑到他家里帮他把鞋子拿出来。他家通电后，驻村工作队的三名队员帮他把电视信号设备调试安装好。当听到电视里发出声音后，老人走到电视机面前两眼盯着电视机屏幕上的画面，双手在屏幕上摸来摸去，那惊喜、高兴的样子难以形容。

在拉当驻村的这一年遇到的困难和挑战太多，坦诚地讲，作为一名援藏干部，我可以和很多人一样，轻轻松松干工作，不担责任少干活。但作为一个驻村第一书记，当每次走村入户看到一双双期盼和无助的眼睛，听到一句句"卡卓！卡卓！"的谢语，想想组织的期望和群众的托付，我又精神满满，力量满满，充满活力去履行一名共产党员的初心和使命，不求锦上添花，但愿雪中送炭。

我在想，看第一书记合格不合格，只需走进村里看通村硬化路是否修好，看住房安全是否有保障，看粮食、副食、蔬菜等食物是否满足基本需要，全年是否缺粮，看有无安全饮水，看家庭成员的衣服、被褥是否齐全，全年是否有缺换季衣服情况，看有无生活用电、有无广播电视、有无文化活动室、有无通信网络，看医疗是否保障，看孩子是否入学，看创建"四好村"情况。这一系列的看，如果其中一项不合格，你就不合格。

其实，对郭开春的采访只能说暂告一个段落，但在段落之外，他的故事还远未结束，他依旧在驻村第一书记的位置上践行着一个共产党员的使命。

8. 群英荟萃脱贫路

2019年，习近平总书记的元旦贺词温暖了乡村的第一书记和公职人员的心，他说："我时常牵挂着奋战在脱贫一线的同志们，280多万驻村干部、第一书记，工作很投入、很给力，一定要保重身体。"总书记充分肯定了第一书记工作制度的重要性，彰显了第一书记这个特殊群体在乡村振兴中的使命与地位。甘孜州1360名第一书记们在贫困乡村各显身手，找到了发挥所长的用武之地。

井钟，省城来的"第一书记"

采访援藏干部井钟是在2020年1月21日下午。

地点：成都市枣子巷省侨办井钟的办公室。

笔者：听闻你刚去时，俄达门巴村的牧民都叫你"小白脸"，能否就从这一绰号说起？

井钟：（开心地笑了）是的，他们是这么叫的。2015年我担任呷巴乡党委副书记、俄达门巴村第一书记。海拔4200米的俄达门巴村，一个纯牧区，高原强烈的紫外线让牧民们的脸膛黑黝黝的，相形之下，我从海拔500米气候温润的成都上高原，白白净净的脸，牧民不叫我小白脸就不正常了。说实话，最初进入一个完全陌生的环境，语言又不通，很不适应，交流自然就少，最好的伙伴就是电脑和手机。

笔者：融入有一个过程，这个过程用了多长时间？

井钟：还得向秋吉村村主任致谢，他们一家三代人都做过村主任，在群众中很有威信。村主任见我沉默寡言的，每次家里有什么活动都叫上我，这样一来二往的，同村民们渐渐熟悉起来。

笔者：关于你的事迹，是州扶贫开发局的穆撼副局长介绍给我的，他说，有一次他陪同一位省里来的领导调研，在一旁听你介绍，他觉得你的能力强、水平高。

井钟：过奖了，一切都是发自内心所致，说白了，就是要靠支部的动员力、公信力。做群众思想工作的能力，重要的是要深入调查研究，不能看图说话，要有自己的思想，要听老百姓讲真话，替他们排忧解难。

笔者：对，没有调查研究就没有发言权。谈谈你是怎么深入调查研究的。

井钟：不深入调查研究，不摸清贫困底数，就难以厘清发展思路。俄达门巴村为纯牧区，有87户358人。牧民分散居住在偏远的山沟，长年过着游牧帐篷生活，他们没有增收的能力，更缺乏致富的技能。我初到时，还有相当一部分村民很贫穷。为尽快掌握村情和贫困户的第一手资料，到任后，我带头成立由驻村第一书记、乡包村干部和村两委干部组成的工作小组，逐步分批对全村开展逐户调研摸底，对数据进行不断核实、修正、公示，最终使37户138名贫困人口得到精确识别。

在调研过程中，我们总结出"一图一册一卡一规划"的调研经验。所谓"一图"，即卫星定位图。利用GPS定位技术绘制出全村贫困户分布图，使贫困户的地理位置，水、电、路等基础建设情况一目了然。所谓"一册"，即扶贫手册。详细登记贫困户的贫困属性、家庭情况、收入状况、成员信息等基本情况，形成一张充分反映贫困户基本信息的情况表。所谓"一卡"，即爱心帮扶卡。将填写了贫困户基本信息和帮扶措施等内容的爱心卡贴于贫困户门口，公示公开，接受群众监督。所谓"一规划"，即脱贫规划。综合分析贫困户致贫原因，充分征询其发展意愿，因户因人制定脱贫目标和规划，认真记载工作推进情况，构成了贫困户脱贫奔康的工作蓝图。我们的经验得到了四川卫视、康巴卫视、康定电视台和《甘孜日报》等省州媒体的关注，对我们村开展精准扶贫的这一做法进行了专题报道。我自己也通过掌握上级的最新要求，及时修正观念和思路，较好地实现了从机关干部到第一书记的角色转变。

笔者：对于精准扶贫，你觉得该怎么样扶呢？

井钟：我认为，扶贫不是找到每个地方的穷人，一起来分国库里的财产，如果可以提供很多的就业机会，就是真正的扶贫，授人以鱼不如授人以渔。关键还是立足特色资源，统筹协调抓好产业发展。

我到任开展工作以来，重点抓好村两委成员、党员致富带头人、技术骨干的培训，引导他们解放思想、更新观念、理清思路，增强村级自我管理能力。通过调研，把特色产业发展作为该村长远发展、牧民持续增收的重点。始终把精准扶贫与当地旅游开发结合起来，协调省"同心专家服务团"深入呷巴乡，对旅游发展、黑青稞产业发展等项目进行调研，为所管乡村产业发展提供智力服务。对已引进的木雅景区建设积极支持，帮助企业做好与当地党委、政府的沟通协调。专门争取到省林业厅20万元资金在景区种植林木，美化环境。引导企业在招聘员工时优先解决当地建档贫困牧民，促进贫困户就业增收。

专门抽时间组织30名牧民赴泸定、成都进行语言和职业技能培训。我离开时，景区已为俄达门巴村每个牧民购买养老保险和医疗保险，每年给俄达门巴村分红80万元，仅2015年就支付景区务工村民工资36万元。针对俄达门巴村牦牛产品资源丰富的实际，我们通过帮扶单位省委统战部争取省财政专项扶贫资金130万，用于发展牦牛奶产业。我挨家挨户走访牧民，对牦牛奶的生产、加工、储存、销售等问题作深入分析，充分征求牧民意见，同乡村两级领导多次反复与知名牛奶厂商蓝逸集团洽谈对接，初步达成了合作协议，拟通过修建牦牛奶初加工厂、"奶吧+奶站"定点收购牧民牦牛奶等方式，解决牧民牦牛奶的储存、收购、销售问题，促进牧民增收致富。

我们还充分利用俄达门巴村地处318国道的交通便利优势，与村两委一班人多次讨论，动员村里一批致富带头人改变思路，积极创业，通过合伙、自筹、贷款等方式，购入运输车20辆，带领群众发展好路沿经济，激发了贫困牧民脱贫致富的信心。

笔者：除了从产业发展帮村里找到了出路，牧民还说，你平日心里想着他们，主动帮助他们解决实际困难，这从何谈起？

井钟：我印象最深的是日泽，今年69岁，他家是俄达门巴村的贫困户。日泽身体不好，基本没有劳动能力，大女儿勉强小学毕业，小女儿从未读过书，小儿子现在正读小学，一家5口人的生活就靠妻子放养20余头牦牛来维持。除此之外，日泽还要照顾残疾的弟弟，这无疑让本已贫苦的生活雪上加霜。面对日泽家的现状，我同村两委商量，让他的两个女儿参加就业技能培训，有了技能就能到景区上班，这样家里有了收入，日子渐渐好转。另一件事是，俄达门巴村仍然有42户牧民家没有通电，我和村委将无电户纳入"十三五"光伏工程规划解决的范畴，主动与省委统战部、省农业厅对接协调，通过配发大功率太阳能设备，解决无电户家庭照明和生活用电。还与省委统战部、省中华职教社、电子科技大学、四川省民族学院等定点扶贫单位协调联系，围绕旅游服务、家电维修、种养殖技术，分批次、分阶段、分类别开展实用技能培训，使村里拥有更多技术能手，逐步解决就业问题。通过着力实施旅游新村、基础建设、产业扶贫、能力提升、组织帮扶"五大工程"，俄达门巴村逐步成为康定市脱贫致富、建设幸福美丽家园的标杆。

就这样，笔者带走了井钟"一图一册一卡一规划"的经验，经过整理，成为一篇记录井钟和俄达门巴村如何互动的故事。

康定日泽村优秀第一书记孙雪花

认识孙雪花是缘于她写了很多美妙的诗，出过一本诗集，用女性的视角呈现着她眼中的康藏高原，以及高原宁静中的禅意。读她的诗，红尘中也有空灵，关键在于心对红尘的态度。让笔者吃惊的是，这位优秀的第一书记，当脱开一天繁杂的事务后，居然能迅速清空工作之事，投入到写作中去。

她是康定市委宣传部网络舆情中心干部，2017年下派到日泽村。在农村长大的她，对农村没有陌生感，融入是自然而然的过程。她熟悉农村的味道、农村的日常，因此很快就和村民打成一片，成了为村民排忧解难的朋友。

她受到省委省政府的表彰，一点也不意外。意外的是，笔者在采访中发现她的几篇有感而发的扶贫美文，生动、真实、有情、有趣，不忍删改，不忍添枝加叶，"来函照登"。

这个夜好美

夜很黑，轮胎摩擦的声音格外清晰，村民大会到这个点才开完，为了不影响白天村民上山挖虫草，有些不急的事放在了以后。

会的内容，每次都安排得很丰富，因为有好多村上的事情要宣布，要安排。

正开会时，习惯性想拿手机拍几张照片，摸来摸去摸不着，心里发怵，哪里去了？清理思绪，6点过村会计甲玛来接的我，一路上摆谈了很多关于村上资金如何管理的事情，谈得很愉快。一下车，就直奔村会议室，没去留意自己的手机，不是在车上就是在活动室，心里略有几分不安，关键是所有的工作照片都在里面，装满了老百姓的"油盐柴米酱醋茶"，弄丢了很可惜的。

会完了，还是甲玛送我回去。村民听到我手机掉了，都留下帮忙找手机，地上、车上、会议室里，找了个遍，"不要担心，我们一起帮你找，会找到的。"甲玛把车灯打亮，村民们找得很认真，看着他们弓腰埋头，像非洲旷野的夜晚，一头头狮子在静静地用放亮的双眼觅食一样，我很感动，心里好温暖。时间在分分秒秒流逝，几十个人仍不罢休。其实掉手机不可惜，可惜的是里面的东西，是和村民一起的点点滴滴的记录，村舍在变，村道在变，面容在变，一切都在变美变好。

找遍了，没有，只好回去。甲玛开着车，他推测大概是之前要到村子时，路过沙堆因车颠簸，手机滑落到马路边了，但我始终认为应该在车上。跟在我们后面的红色车车主是日泽村的布初，甲玛认识他便给他打电话，但是我没抱好大希望，因为都过了四个多小时，即便捡到现在也找不到我们。打了几次无法接通，最后一次通了，果然布初捡到，听甲玛说布初也很着急，准备明早一早拿到活动室的。村子里今晚手机没有信号，之前打了几次我的号码都是关机，甲玛一再坚持今晚就去取，便转回去到布初家取手机。到了半路，布初的女儿也打着电筒跑着，把手机送下来："书记你担心了吧，今晚太晚了，我准备明天拿到活动室去的。"

一个让人感动的夜晚，在电筒光影里我看到了他们纯纯的笑容。

拾金不昧这个词，出现在今夜的日泽村。闭上眼睛就看见几十位男女老少弓着腰在黑暗中寻找的影子，不知不觉流出泪水来，不是因为手机，而是村子朴实的干部和村民们，与生俱来的品质，令我欣慰和钦佩。

回去的路上，心久久不能平静，我想了很多，暗暗为村民点赞。空旷的夜，时时传来俄色花醉人的香，为这个夜增添了一份浓烈的暖意和美丽。

我们之间，那碗抄手

脱贫攻坚的工作日子里，扶贫干部几乎没有空闲时间，忙碌时竟然不知道星期几，即便如此，也会有很多小故事令人难忘。

这段时间为了贫困户户口的准确登记，需要统一到乡政府进行电脑登记。从早晨9点开始忙到午后2点后，早已饥肠辘辘，心想忙完后好好地吃一顿饱饭，越想越饿。不觉中贫困户白玛泽仁悄悄端来一碗抄手，说是给我吃。我坚决不要，再三推辞，他硬塞给我，"你不吃，我就生气了，你从中午到现在没吃饭，肯定很饿了，就算我给你的招待。"白玛泽仁边拆开卫生筷边说。

盛情难却，我从包里拿出刚好有的20元零钱给他，"你自己也没钱，我不能白吃你的。"

他不接，生气地说："这是我的一点心意，你给钱我就生气。"

吃完抄手舒服了，不饿了，解馋了，继续做着手里的表格，心里暖流涌动。干群之间一些普通、细小的琐事，浸透着一种不断深化的情感，无意间触及的一双双真诚、期待的眼睛，我有何理由不把他们的事情办好。

我和次姆的悄悄话

缘分让我在扶贫的路上遇到日泽村的农牧民，一路走来有苦、有泪，但更多的是收获和感动。

每当夜幕降临，村子就被黑色包裹，我记完日志，便躺在床上思考很多东西，思绪从工作飞到生活，包罗万象，但是今晚却被贫困户次姆触动了。

一到她家，像姐妹一样，每一次她总是那么热情大方。次姆是2016年脱贫户，个子高挑，皮肤特别好，每当看到她干活回来，皮肤粉嘟嘟的，我就跟她开玩笑，说她是日泽村贫困户妇女中的最美"金花"。每每听到这赞美，她的笑声特别让人愉悦，真实地感觉到是从心底里笑出来的。

今天又到她家整理入户资料，一进门她正打理洋芋，看到我们，急忙放下手里的活计，笑嘻嘻地出来迎接，手搭着我的肩膀到她家楼上客厅。

桌椅整齐地摆放着，火炉上，擦得发亮的茶壶里清茶噗噗地顶着茶壶盖，茶香扑鼻而来，我和驻村工作队的何哥坐下来贴上帮扶表册。这时，打茶机发出有节奏的声音。我们说已经吃过饭，她根本不听，热情地倒上热气腾腾的酥油茶，并做了一盘油果子款待我们，不停地塞给我果子。我连续喝了三碗酥油茶，总觉得要喝完时，她趁我们不注意又倒上，还不停地开玩笑。这样的氛围让人十分放松。

吃着喝着，便和她聊起了生活方面的话题。虽然我不懂村子的本地藏语，她汉语交流也很吃力，但是我从她幸福的表情里感受到了她热热的内心，我也混杂地说了一些平时学到的本地藏语，她还给我竖起大拇指。

次姆记性特别好，我们举办"政策明白人培训班"，今天顺便抽查次姆，看她记住了多少。最初她还有点害羞，手捂住嘴不好意思开口，我用手指往我的脸蛋上划了几下，说："羞羞，没记到。"她反而认真地回答起来了，我问她"四个好"是什么，她熟练地说了起来，我还真低估她了，她把自己的收入都一一地说给我。

在她旁边的弟弟简单翻译下，我知道次姆真的记住了培训的内容，更重要的是她知道村上发生了大变化，她自己家发生了大变化，嘴里一直说："共产党亚莫热！"这个我是听得懂的，我很高兴。她的热情、大方、善良、贤惠和懂得感恩，是我到村子里最想看到的场景。端着无数次被她倒满的酥油茶碗，手中沉甸甸的，心里暖烘烘的，我们几个相互开着玩笑，虽然彼此不能完全听懂，但我们心里都懂得对方的心意和真情。

从次姆家出来，朝白玛泽仁家去的路上，天空下起雨来，细雨滴答在脸上，微微有些凉，心情却无比惬意。

一把灰伞

高原的天气说变就变，明明早晨都是晴空万里，下午成了乌云密布，整理了一些资料，准备去看看蔬菜大棚基础施工的状况。

接到帮扶单位农行杨原的电话，说是已经到村子了，要到我村贫困户家走访。天空忍不住打雨点了，带着杨哥一行往瓦吉家走，瓦吉很热情地倒茶，拿出麻花状的酸奶酪，满脸笑容。

农行的干部跟他们拉了一阵家常，便离开瓦吉家，这时，雨大起来了。

送杨哥他们一行时，我发现头上多了个东西，瓦吉在我身边忙着给我撑伞，无论我怎样走动，他都跟上节奏，生怕我淋雨，而他自己淋着雨。我给他说，不用管我。

他说什么也不听，直到把工作组送走。瓦吉的头发湿透了，带着雨滴的自来卷头发下，眼睛一眨一眨的，眼神里闪着质朴和善良的光。那打伞的认真劲，深深触动我的心。

"书记，不要感冒了，雨太大。"瓦吉关心地把伞塞给我，让我带回去，我看着他鼻尖上的雨水珠，一滴滴往下掉，让他赶紧回去。

我打着还带着体温的伞，心里暖烘烘的。驻村的这些日子里，和村民相处得越来越融洽了，我心里明白，他们已经把我当家人了。

瓦吉虽然汉语很不流利，但是说出的每个字都是对我这个第一书记发自内心的关心。第二天，看了看这把似乎有些破旧的灰伞，拿在手里却沉甸甸的。

彝族同胞心中的许新

2015年11月,中国石油西南油气田公司的许新,来到九龙县乌拉溪乡石头沟村任第一书记。从国有企业到农村最基层工作,无论是生活跨度还是工作跨度都是巨大的转变。突然从工业转到农业,从石油转到农事,他有些手足无措,环境变了,流程变了,对象变了。

面对乌拉溪乡石头沟村的群山,眼里是郁郁葱葱,森林植被超出他的想象,但心里有点"望高原茫茫,问腹中空空"的茫然。如何打开工作局面成为摆在他面前的第一道难题。

许新从到达石头沟的第一天起,便对村两委班子成员表达了自己的初步想法,他选择从加强宣传、搞好思想动员工作入手。他说:"物质上的贫困只会制约一时,精神上的贫困才影响长远。"

他知道,开展农村工作,赢得村班子的共识是第一步。

在森林环抱的村子,他组织村干部召开了一次讨论动员会,目的就是统一干部思想,树立建设幸福美丽新村的信心,并和村干部一起讨论村集体发展难题,确定发展目标,激发村民全面干事创业的热情;与村支部书记、村委会主任等村组干部交流自己近期打算、石头沟村的长远规划和发展等问题,与公司挂职干部一起组织村两委成员、群众代表、贫困户召开座谈会,集思广益,共谋石头沟的发展之路、致富之路。

共识虽然达成,但他仍然感到还有许多事情不扎实,便开始走访群众做调研,"刚开始接触和走访时,多数群众对我抱着怀疑和不相信的态度,认为是上级派来的一个镀金干部,只会当看客、做过客,做不成什么事情。"这是许新初期走访村民获得的"回报"。

许新是个遇弱不强、遇强不弱的汉子,越是这样许新越是坚定了做好调查摸底的信心。"我一定要消除大家认为我只会当看客、做过客,做不成什么事情的印象。"他心里与自己较劲,让自己的嘴动起来,脚步活络起来,真正做到一看房、二看粮、三看劳力强不强、四看家中有没有读书郎的"四看"。精准细致的调研,为贫困户找到脱贫发展的潜力和对策。他把群众关心的热点难点问题摸清、摸准、摸透,更新完善了建档立卡贫困户资料,并录入四川省扶贫开发系统。

不到20天,许新走遍了村里的每个角落,35户贫困户平均每户走访10次以上,多次召开村两委会议、党员大会、村民代表大会,全面深入地掌握了村里的班子、党员队伍建设情况,农业发展、种植、养殖情况,外出务工经商人员情况和民风民俗,在此基础上理清自己作为第一书记的工作思路,即紧紧围绕发展石头沟村经济建设这一中心,强化班子建设、基础建设、文化建设、民生建设,有效实施干部结对帮扶计划,帮助贫困户脱贫。

思路一定,真抓实干才是行动落地的表现,"不能光打雷不下雨,我们不光要听他说了什么,更要看他做了什么。"他时常用这些话提醒自己。

通过前期的走访接触,石头沟村的干部群众开始对许新寄予厚望。他通过调研了解到石头沟村大多数村民以种植洋芋、玉米等传统农作物为主要经济收入,生活并不富裕。

在2016年藏历新年前夕,他争取到西南油气田公司资金6.6万元,对全村特别是生活有困难的贫困户和低保户开展了新春走访慰问活动,为他们发放了米、油、毛毯等生活必需品。但在他看来这只是凭借上级的关爱,而非自己努力所做的实绩。

为提升贫困地区教育发展水平,提高贫困群众的素质和能力,从根本上阻断贫困代际传递,他将35户建档立卡贫困户家庭中接受各类教育的40名子女全部纳入派驻单位"一对一"结对帮扶,资助他们完成学业。这一举动,得到了贫困户的积极响应。

在他逐一列在动作计划中的第二步里，记录着全村90%的村民石木结构住房的调查记录。这些住所没有厨房、厕所，按照"地方财政出一点、企业帮扶一点、农户自筹一点"的原则，他动员每家每户不要错失良机，享受政策，协调落实"彝家新寨"项目资金333万元，争取中石油西南油气田公司帮扶资金30万元，实施完成包括30户贫困户在内的148户彝家新寨建设，同步建设了厨房、厕所、院坝、垃圾池等配套设施，实现住上好房子的愿景。

功夫不负有心人，他协调落实通村路建设资金440万元，完成了11公里的通村路建设，打破了制约该村发展的交通瓶颈。2019年，许新与村两委一班人继续努力，解决近5公里村内环线路及6公里联户路建设资金，彻底解决了群众"行路难"问题。

石头沟村群众都说："真没想到一个大城市来的80后年轻人这么富有实干精神，能一下子为我们村做这么多实事。"正是以真情换真心，许新得到了群众的尊重，获得了群众的信任，群众都把他当成贴心人。

在产业发展的路径上，许新了解到部分村民靠种核桃、花椒致富了。他想，何不大力发展核桃和花椒种植，使之成为全村的特色产业。有了这一想法，他立刻牵头编制乌拉溪乡石头沟村精准脱贫规划，并征求村民的意见，得到了大家的一致认可。

结合村情实际和群众意愿，他指导建立了"种植+养殖"产业发展机制，确立了短期以生猪、土鸡养殖，长期以花椒、核桃、苹果、白芨等绿色生态经济林木种植为主的产业发展方向。按照"支部+合作社+农户"生产模式，采取集中养殖和群众散养相结合的方式，指导村两委牵头成立石强生猪养殖合作社，整合资金70万元建立规范化养殖基地600平方米，集中养殖生猪200头、散养土鸡1500余只，种植核桃、花椒、苹果5万株，白芨

15亩；争取企业帮扶资金30万元帮助购置两辆专用运输车及冷链车，并指导该村在县城农贸市场租赁一个门市，专售本村出产的有机猪肉、土鸡及特色果蔬等。2016年，合作社累计出栏生猪180余头，实现销售额30余万元，为35户贫困户户均增收2000余元。

一年多时间，许新带领大家完成了通村公路硬化，打通了群众致富的最后一公里；重点扶持养猪专业合作社建设，2016年实现了集体经济零的突破；全面完成彝家新寨建设，让村民住上了好房子；集卫生室、文化室、幼儿园等多种功能为一体的村民活动中心也将建成投用。

一年多来，村民们对许新的态度从怀疑变成信任，从观望变成支持，现在大家都说："有了许新这样的第一书记，石头沟村的发展步伐会走得更快。"

村干部们淘"经"的机会

采访众多的第一书记后感知，如何以驻村第一书记为支点，清除在脱贫攻坚道路上的各种壁垒和障碍，拉近与群众的距离，是推动乡村转型发展的重要途径。不难发现，一大群从不同岗位抽调到农村的驻村第一书记们，用各自的"招数"夯实着基层组织的堡垒作用。

淘"经"小故事之一：

雅江县红龙乡措柯二村第一书记毛富贵常挂在嘴边的话："如果真正要了解群众，就要与他们同吃同住同劳动。"

措柯二村地处海拔4200米的红龙草原，经济发展滞后。按照"一村一品、一村一色"的发展思路，毛富贵带领村两委干部进村入户，常常同牧民群众同吃同住同劳动，这样的工作态度为大家提供了在相处中全面了解村里的基本情况、经济发展现状、群众脱贫愿望的便利。拿到第一手精准的调研材料后，结合实际编制《贫困户建档立卡资料汇编》，并与村班子结合村情，反复论证找出问题症结，找准致贫原因和制约本村经济发展的致命原因，编制出《雅江县红龙乡措柯二村精准扶贫规划》，为本村脱贫致富奔小康绘制了蓝图。

村两委班子积极争取政策和资金，政府为该村修建了8个暖棚。暖棚的搭建，充分利用了高原日照长的优势，温度上升了，形成了与室外有差异的"小气候"。暖棚每年创造13.6万元的经济价值。在毛富贵的带领下，抓住地缘优势发展旅游产业，充分利用措柯村地处318国道交通便利和草原独特的风情风光，建设"帐篷城"，争取到援藏单位四川硝化棉股份有限公司30万元援助资金，"帐篷城"已初具规模，2019年7月挂牌运营。措柯二村还采取贫困户成立专业合作社办水泥砖厂的形式，建设了红龙"平安水泥砖厂"。砖厂现已建成投产，日产量1200块砖头，日产值达到3840元，极大地满足了村周边的市场需求。毛富贵作为书记的发展秘诀就是，"算好扶贫细账，当好群众的家"。

淘"经"小故事之二：

白玉县章都乡金沙村第一书记杨跃康颇有心得地说："只有通过走、访、查、看、听等方式深入群众家中，才能真正让党和国家的好政策落地到位，家喻户晓。践行群众路线才能提升精准扶贫能力。"

结合金沙村实际，村支部班子因地制宜，大力发展以特色种植、标准化养殖为主的现代农业，改变简单、常规的传统农业生产模式，提高农业综合效益的全村发展思路。着重大力发展青稞、马铃薯、芫根等特色种植业和"1+3"牦牛养殖业（即村主任饲养一头种公牛，覆盖三户贫困户的模式），支持全村22户农牧民换种康青七号青稞20亩、高原紫皮马铃薯6亩，试种药材1亩。解决康青七号青稞种子2000公斤，高原紫皮马铃薯种子2500公斤，秦艽幼苗1万株，羌活幼苗100株。还制定了农牧民家庭学生考上全日制中职或大专及以上的奖励资助办法，对考上全日制本科的每学年奖励5000元，对考上全日制大专的每学年奖励4000元，对考入高中、全日制中职和中专的每学年奖励3000元。

金沙村还注重提高生态环境质量，改善人居环境，培养群众养成良好生活、居住和生产习惯；大力推进改厕、改圈、改灶、改院和治弃、治污、治理乱搭乱建，推进藏地新居、危房改造建设，2016年完成建卡贫困户新建房屋3户，危房改造建设3户，协调解决22台太阳能热水器；同时强力开展"除陋习、树新风"活动，认真总结开展"陋习革命"活动经验，开展"一年一场"文化活动及"一年一次"图书下乡等文化惠民活动；开展送文化、送科技、送卫生、送法律"四下乡"活动，让农牧民群众文化生活不断丰富。

淘"经"小故事之三：

理塘县委宣传部下派奔戈乡扎吉贡巴村第一书记李睿深有感触，他说："看到濯桑乡汉戈村的旅游服务公司和无公害蔬菜种植专业合作社已成立起来，我'淘'到了经验，作为纯牧业村，在草和牛身上做好文章，迫在眉睫。"

时间紧、任务重、贫困面广、贫困程度深、财力十分拮据是理塘县扶贫脱贫面临的实际问题，如何开好头、起好步将影响到今后的扶贫步伐、脱贫攻坚成效。理塘县筛选出前期工作做得比较扎实的乡村示范引导，组织县级干部、十大专项牵头单位主要负责人，各乡（镇）党委书记、乡（镇）长，扶贫专干及贫困村第一书记代表组成的观摩团158人对甲洼镇、濯桑乡、下依村、汉戈村一镇一乡两村的精准扶贫精准脱贫工作进行现场观摩。

观摩团一行实地查看内业资料、现场听取工作汇报，并深入贫困户家中了解情况，与农牧民面对面交谈，就一镇一乡两村基层扶贫对象精准识别、贫困户建档立卡、产业脱贫发展思路、工作开展情况等工作亮点进行交流讨论，对不足之处进行了一次全方位的集体"会诊"。与会人员通过听思路、观做法、看变化，边看边议、边议边想，在比较中寻找差距，在学习中互相提高，在交流中凝聚共识，明确目标，营造了一种"赶学比帮超"的良好氛围，明确了下步工作目标任务。理塘县要求全县上下本着缺啥补啥，补齐短板，始终突出"科学谋划"，把摸清情况、做好规划放在首要位置，把争取项目、推进项目作为重要手段，把创新机制、发展产业作为主要支撑，进一步完善乡、村两级精准扶贫"十三五"规划和贫困户帮扶规划，并将脱贫攻坚作为"十三五"期间头等大事和第一民生工程来抓，作为未来五年的政治性任务来抓。掌握好政策，找准工作的着力点，以责任担当意识，认清"扶持谁""扶什么""谁来扶"的问题，坚定信心，强力推进，决战贫困。

9. 公心为民是对公仆的最好诠释

2019年7月，四川省委、省政府印发《关于表扬2018年脱贫攻坚先进集体和先进个人的决定》，甘孜州获"先进市州"称号，7个市县获"先进市县"称号，获得表彰的还有一线优秀扶贫干部56名，先进集体6个，先进个人118名，优秀第一书记71名，优秀驻村工作队队员47名，优秀农技员29名。篇幅的限制，他们感人的事迹只能取其一二。俗话说得好：一粒米中见世界，半边锅里煮乾坤。

优秀扶贫干部万俊蓉

2018年8月1日，省政府公布当年退出国家贫困县的名单中有泸定县，这条重磅喜讯，在刷爆泸定县扶贫开发局局长万俊蓉的朋友圈的同时，也沸腾了大渡河畔的英雄城。这一消息让万俊蓉喜极而泣，泪水模糊了手机视频，但很快又恢复了常态。

"我这个年龄的喜悦虽说是不显山露水，但却热血喷涌，正是处在上有老下有小的阶段，因此沉甸甸的喜悦是藏在心里的。自2014年《泸定县十三五农村扶贫规划》出台以来，县委确定了'高标准、高质量、示范性'在全州率先脱贫摘帽的奋斗目标。五年来，我与同事们走遍了全县12个乡镇154个行政村。哪个村有多少贫困户、多少贫困人口，哪个村急需什么项目，我们都了然于心。俗话说：一根针穿起万条线，扶贫开发局在脱贫攻坚工作中就是那根针。省、州、县级各部门，12个乡镇，22个专项部门，大事小事，千丝万缕，都得从这个'针眼'穿过。所以，工作起来既是压力，更是动力。"

上面的这段话是2019年的初冬，笔者在采访万俊蓉时，她的开场白，用"针眼"来形容扶贫开发局的工作，听上去很妥帖。

"但是，这些成绩已经成为过去时，接下来就是乡村振兴，任务还很重。你们采访，我和局上的几位领导商量，不安排线路，你们想去哪里都可以。一来可以随机抽查，二来可以感受我们的工作没有样板，是遍地开花。"语速略微偏快的万局长话语中透出自信，"建议先去看看岚安红色老区，去年一家贫困户出了一位考上清华大学的学生；去看看黄草坪的高品质苹果；去看看沙湾村几户用小额信用贷款致富的人家；去看看大渡河沿岸

5000亩仙桃基地，5000亩羊肚菌大棚；去看看东湾村上千亩佛手柑种植基地……"

车行驶在去泸定岚安的盘山公路上，县扶贫局的干部桂世高和固包村优秀第一书记王昇与我们一道同行，路上谈起万俊蓉局长的工作风格。

"万局长给我的印象是干练，做事雷厉风行，带着一帮男同胞风风火火的。"笔者说。

王昇介绍说："脱贫攻坚五年来，她和同事们没有朝九晚五的上下班时间，每天手机打得发烫甚至电池没电，为了了解情况核数据，深更半夜还在追着部门、乡镇打电话。由于经常给相关的干部打电话，弄得人家都害怕接她的电话。有乡镇干部说：'万大姐啊，我都怕你这拼命劲了，你不困吗？你咋没瞌睡呢？'其实，她不是没有瞌睡，而是脱贫攻坚马虎不得、糊涂不得，也等不得、慢不得。为了知实情、施实策，把县上整合的8亿扶贫资金、750个扶贫项目全部具体落实到44个贫困村的3043户贫困户10493名贫困人口中去，她走遍了全县的村寨。"

"蛮拼的。说说那些感人的细节。"笔者对王昇说。

"她有一次走山路，左脚鞋子的鞋帮和鞋底'分了家'，她索性把右脚那一只也丢了，打着赤脚跑完剩下的路程，由此得到一个'赤脚大仙'的绰号。后来她买鞋一买就是同款的两双，即便这样鞋子还是破得快，经常去鞋店买鞋，弄得老板都摇头说，阿姐，你是铁脚板么，穿鞋这么费……脱贫攻坚这几年，她很少坐在办公室，几乎上山下乡忙走访，笔记记了一大箱，单位需要啥情况，都在万局长的笔记上找得到，她的笔记成了'百宝箱'。她常常说，跑路辛苦不算啥，最恼火的是村民最初不支持工作，嘴皮磨破一层又一层，说得喉咙冒青烟，西瓜霜只有随身带，喉咙发痒赶紧吃两片。"

扶贫开发局的桂世高插话，"得妥镇天池山村是泸定最偏远又不通公路的彝族村寨，在大渡河畔的半山腰，坡陡谷深，上山只有一条羊肠小道。为了了解该村的真实情况，她和同事们手脚并用、相互鼓励，历经3个小时攀爬，才到达了村口。眼前的一幕让万俊蓉惊呆了：地里种的是苞谷和土豆，土坯房，遍地粪便……经过多次深入调研，了解到全村30户123人，基本靠天吃饭。看到天池山村的窘况，万俊蓉暗下决心，不管有多难，都要让这村子变样子。正是凭着让老百姓甩掉穷帽子、过上好日子的愿望，凭着这股绝不向贫困低头的'狠劲'，万局长连同相关部门和乡镇为天池山村制订了详细的脱贫计划。如今，10公里的上山水泥路修到了家门口；村民们种植了乌梅、重楼、花椒，收入成倍增长。通过帮扶，贫困村民阿尔乌嘎建立了养殖规模200头的藏香猪养殖场，年收入20余万元，成为天池山村第一个买轿车的人。他逢人便说：'当开着车子跑在水泥路上时，我就想到万阿姐冒着大太阳满头大汗为我们修路的样子，我们过上了好日子，要感谢万阿姐啊。'"

有新闻报道称：杵坭乡杵坭村蕨溪坡组贫困村民陈建军是万俊蓉的联系户，妻子有先天疾病、母亲重病，长久以来致富无门，家中房子开天窗，只有用花胶布遮风挡雨，整个人也是破罐子破摔。万俊蓉第一次上他家门时，他就对她发飙，撵她走，说她是假惺惺作秀。万俊蓉吃闭门羹后第五次再来时，他终于感动了，说："阿孃，你不假，你说咋干我就咋干。"现在，陈建军住上了60平方米的新房子，他和妻子都实现转移就业，家庭收入明显增加，人也变了个样子，积极投身村里公益事业。陈建军感激地对万俊蓉说："阿孃，是你让我重新活过来了。为了阿孃你，我都要活出个人样来。"听着这话，万俊蓉无比欣慰。

天池山村只是万俊蓉脱贫攻坚工作中的一个缩影，陈建军也只是万俊蓉帮扶的12个贫困户之一。5年来，万俊蓉与泸定扶贫工作者在脱贫攻坚路上攻克千难万险，正是这样倾心倾情、干群齐心，让群众过上了好日子、奔向了小康路。

但因为忙工作，她"冷淡"了家庭，她知道，最为亏欠的是家人。结婚30年来，她的婆婆一直无怨无悔支持她的工作，替她带着孩子、管着家庭。不经意间，婆婆从精明能干的家庭主妇已成为满头白发的耄耋老人，当婆婆说"只要你们好好干工作，我再苦也要支持"时，她愧疚得潸然泪下。去年下半年，她患慢性病的父亲身体每况愈下，住进了县医院。由于手里一大摊子事让她脱不了身，父亲住院半年来，她去看望老人家不到10次。当父亲病危转院到成都时，她正在丹巴县出差，她只有歉疚地向电话那头的家人嘱托，让他们照顾好父亲。等她忙完工作赶到医院时，父亲已住进了重症监护室，她望着插满管子的父亲，泣不成声。

大年二十九，万俊蓉的父亲去世。她只能祈求在天国的父亲原谅自己这个不孝女。事后妹妹对万俊蓉说："姐，爸知道你很忙，一直都叫我们不要耽误你的工作，叫你好好干。"

知女莫如父，"好好干"这三个简单的字从小就是万俊蓉的座右铭，她把这句话牢记在心间。"好好干"是她攻克艰难困苦的不懈动力。泸定县在甘孜州率先实现了高质量脱贫摘帽，被评为"全省摘帽工作先进县"，万俊蓉被评为"全省一线优秀扶贫干部"。有人叫她"巾帼英雄"，有人赞她是"扶贫专家"，她说她都不是，她只是一名普通公务员，做人民的公仆、当好人民的服务员是她的本职工作。

卓达雪山下的优秀扶贫干部杨志刚

2019年9月7日，被誉为甘孜州粮仓的甘孜县晴空万里，高原的阳光给雅砻江畔开阔的甘孜县城铺上一层淡淡的金色，这给以卓达拉雪山为背景驱车前行的我们，增添了开阔的遐想，如果有无人机航拍，一定是大片里的壮观。

笔者在车上同杨志刚局长聊地形的壮美，杨局长却不以为然，笑笑说："也许看多了，审美疲劳。拐过前面的大湾就快到吉绒隆沟易地扶贫安置点了。"

笔者顺着他指的方向看去，阳光下，一个现代村落跃然眼前，一栋栋新修的民房整齐有致地排列着，黄色墙体、绛红色的廊檐和窗框，庭院式的护栏，屋顶上安装了太阳能热水器，飘扬着国旗，庭院和街道两旁的八瓣波斯菊和红苕花，金黄和浅紫色争相斗艳。"修得就像别墅一样。"笔者感叹。

"前不久，尹力省长和省农工委主任曲木史哈来过，当时我心里还是有些发怵，生怕某一个环节出纰漏。结果领导们看后，总体印象非常不错。这让我松了口气，不过，细细一想，这些年来倾力扑在工作上，整个局的干部职工齐努力，迎检心理是经得起考验的。最亏欠的还是家人，我一次腰扭了，在家里休息，我儿子却很意外，板着脸问，你不去开会，不去出差吗？"这位敦实、干练的康巴汉子滔滔不绝地谈开来。

"另外一次让我提心吊胆的是，2019年7月3日，州委书记刘成鸣来到我们县卡龙乡易地扶贫搬迁户白玛邓珠家中，墙上贴着的一张二维码标签，一下吸引了他的眼球。当得知这是用于贫困户信息管理的二维码时，刘书记立即用手机扫码进行了现场查验。那一刻，身处在当时的场景里，我的心怦怦直跳，生怕出纰漏。通过扫码，白玛邓珠一家的信息和脱贫轨迹在手机上一目了然。那一刻，我悬着的心落回了肚子里。正当大家赞叹之际，一名乡干部从抽屉里拿出了一部'小蜜蜂'，说这是乡上给每户农牧民家中配发的，专门用于播放法律法规和扶贫政策。刘成鸣对卡龙乡在脱贫攻坚中的先进做法给予充分肯定，并当即要求相关部门根据各地情况在全州进行推广。"

扶贫开发局苏青接受采访时这样介绍杨局长，"一年365天，有300天走村入户，所以全县各乡村的贫困现状，他心里有本明白账。他和村两委都办有微信群，别以为是远程遥控，给群里的感觉是在远方，殊不知他却在你背后，他为改善贫困群众的生产生活问题而奔波，为增加农牧民收入而想尽办法。"

"共产党员要时刻怀着一颗关爱群众之心，随时解决他们最盼的、最难的问题，这样群众才能服你，才能做到说话有人听，办事有人跟！"这是杨志刚写入个人学习笔记中的一句话。

组织部的领导告诉笔者，杨志刚时时刻刻把党和群众的利益放在首位，踏实地在农村牧区认真工作，充分展现了当代共产党人的精神风貌和公仆本色。作为农民的后代，他知群众饥饱冷暖，懂群众疾苦，晓群众心声，因而对贫困群众有着深厚的感情，有着为他们改善生活条件的强烈愿望和志向，有着踏实苦干的品行修养；作为一名扶贫干部，他一心做好本职工作，常常废寝忘食、夜以继日扑在工作上，朋友说他疯、同事嫌他傻，他知道扶贫工作大于天，心里的委屈只有自己往肚子里咽。然而正是他的"傻"和"疯"换来了全县扶贫工作的高效率和高质量。春风化雨暖民心，点点滴滴都是情，杨志刚满腔热忱地为民用心想事、用心谋事、用心干事的事迹赢得了好评、拥护和支持。

几年来，他多次获得"优秀共产党员""先进工作者""优秀党支部书记""劳动模范"等荣誉称号。面对组织的信任、群众的赞赏，他却坦然地说："组织把我安排到这个位置上，我仅仅是履行了自己的工作职责，但我所做的工作同组织和群众的期望、要求还有很大差距，我唯有把成绩转化为工作的动力，进一步做好各项工作，才对得起养育我的这方山水。"

"全县的村党支部书记和村主任几乎都是他的朋友，贫困村里的老百姓更把他当亲人。"这是乡村干部对杨志刚的评价。杨志刚有着长期的基层农村工作经验，对农村有着深厚的感情，深知农牧民疾苦，也深知扶贫工作不是一朝一夕的事，不是立竿见影、速见成效的事情，怎么扶才能让老百姓脱贫，一直是困扰着他的一大难题。直接给钱，有的贫困户会顺手花了；给物资，用不了多久就没了……

为了准确把握目前农村贫困状况，有针对性地做好扶贫开发工作，他经常深入全县各乡镇、村开展调查研究，全县绝大部分乡村都留下了他的足迹。

特别在易地搬迁上，杨志刚没少费心思。通过两年的建设，位于县城新区和斯俄乡接壤的吉绒隆沟易地扶贫集中安置点，已经接纳了来自各乡镇的151户易地搬迁群众。来自斯俄乡也伦达村的昂翁绒波，正在新家里和爱人计划着今年给新房内添置一些家具。自从去年11月中旬搬迁到了新房中，全家人都感到幸福无比，昂翁绒波的妻子说："这简直就像做梦。"

"没有党和政府的好政策，我们一辈子都不可能住进这么好的房子。不仅有单独的客厅和厨房，还有厕所，通水、通电、通宽带，设计非常合理，比我原来冬冷夏热的老旧房子好多了！"从甘孜县下雄乡三村搬迁至吉绒隆沟集中安置点的泽伍拉姆告诉记者，"一下雨，我们就怕山上塌方，滚石头，晚上都不敢安心睡觉；现在好了，我们都搬出来了，不仅住进新房，过上了像城里人一样的生活，而且再也不用提心吊胆地过日子了。"谈到如今的生活，满脸洋溢着幸福的泽伍拉姆乐开了花。

走进如今的甘孜县吉绒隆沟集中安置点，看到的是一栋栋崭新的藏式民居拔地而起，一条条干净整洁的水泥路通至每户家门口，安置点内的排

吉绒隆沟安置点为村民统一安装了太阳能热水器。彭健摄。

十八军窑洞遗址。彭健摄。

水工程、太阳能路灯、广场、村级活动场所等基础设施和公共服务设施一应俱全。

值得一提的是，在安置点内还有一幢特别的建筑镶嵌在甘孜金色的土壤里，与搬迁安置点浑然一体，那就是安置点的窑洞式活动室。1951年，为和平解放西藏，十八军进入甘孜修建补给机场，留下了很多可歌可泣的故事，同时留下了弥足珍贵的历史遗迹——窑洞群。为传承红色基因，弘扬艰苦奋斗精神，2018年，甘孜县决定修复搬迁安置点内的六个十八军窑洞遗址，并将它作为移民安置点内的活动室。该活动室建筑兼具了临时党支部办公、党员活动、日用品销售等功能。

杨志刚介绍说："在窑洞遗址上修建村民活动室，就是要让所有的搬迁户吃水不忘挖井人，进一步增强感恩意识。同时，通过党建引领，让红色文化在甘孜大地继续发扬光大，通过旅游业的带动，为搬迁村的持续发展和贫困户的持续增收增加动力，使贫困户真正能'搬得出、稳得住、能脱贫、快致富'。"

脱贫攻坚这几年，杨志刚已逐步成长为一位精通业务、了解政策的扶贫行家。一分耕耘，一分收获，如今的甘孜大地上，坑坑洼洼的泥泞路变成了平坦通达的水泥路，破旧不堪的土坯房变成了繁花掩映的小洋房，广种薄收的田地变成了孕育财富的产业带……在甘孜县的农村牧区，一幕幕跃动着希望的画面，描绘出这个贫瘠山乡在扶贫开发浪潮中发生的变化。

获省"记一等功公务员"荣誉的晓娜姆

大山的深处，能听见她背着挎包哼哼几句山歌的声音，看见她行进在山路上的身影。在她的手机里，除访贫问苦的照片外，各卡乡一年四季的美丽风景填补了她路途上的寂寞。

各卡乡地处稻城县南部，北连香格里拉镇，南邻吉呷乡，西接云南香格里拉市，东与凉山州木里县接壤，全乡面积710平方公里。各卡乡建档立卡贫困户共35户180人，贫困村3个。

晓娜姆怎么也忘不掉，那天她带着干部们走进桑村家的场景。眼前的破旧不堪让晓娜姆为之一惊，她甚至不敢相信眼前的景象。住房因年久失修，屋顶摇摇欲坠，屋内空间十分狭窄，破旧潮湿的棉被杂乱地堆在床上，锅碗瓢盆散乱地放在一起。

用她的话说，"整个房间根本找不到落脚的地方，没想到还有这么贫苦的村民。"走进桑村家的记忆，让晓娜姆深刻认识到各卡乡脱贫任务之难、肩上责任之重，同时也更加坚定了她带领农牧民群众致富奔康的决心。

"说了就要算，定了就要干，干了就巧干，干要干最好"是晓娜姆一以贯之的工作作风。在她的带领和推动下，各卡乡实施安全饮水工程、通村路硬化、电网改造、危房改造、太阳能路灯、易地搬迁等惠民项目。

她提出"党建引领、产业主导、精准扶贫、强村富民"的发展理念，着力探索出"支部+基地"、"致富能人+产业项目"的模式，以民俗展示+景观打造+产业发展+产品研发，打造生态旅游观光型苗木花卉基地两个、海椒（酿酒大麦）种植基地一个，形成了串联三个贫困村辐射带动全乡的党建产业示范带。积极引导群众依托马帮服务、民宿体验、农产品销售拓宽增收项目，打造出"乡村旅游+资源链接"分红、"乡村旅游+产业链接"增收的旅游扶贫项目，实现群众逐年递增共享旅游发展红利。

一系列的项目扶贫、转移就业扶贫、结对子帮扶，使各卡乡由"输血式"扶贫过渡为"造血式"扶贫，为贫困户、贫困人口顺利脱贫提供了坚实的保障。

再次走进桑村家，从前那个凌乱不堪的家庭有了变化，桑村说："晓娜姆书记为了我们大家过上好日子，太辛苦了，她扎进村里，下田间，走地头，访农户，为穷人办好事的身影让我们心疼。"

在她的带领下，该乡连续四年综合目标考核为一等奖，两个贫困村在脱贫攻坚工作中获得州、县表彰，两名贫困村第一书记分获全省、全县优秀第一书记，村集体经济产业发展案例多次在省、州媒体转播。

晓娜姆舍小家为大家，全力奋战在扶贫一线。谈到工作，信心满满、干劲十足；谈到家庭，她深感幸福的同时，更多的却是愧疚。

她挺着八个月孕肚奋战在脱贫攻坚一线，生产后又在产假还未结束时便回到各卡乡，投入到繁忙的扶贫工作中。为了工作，她缺席对孩子成长的守护，孩子生病了，只能靠电话询问病情，孩子过生日也只有在视频里给予祝福，视频电话成了她跟孩子之间的情感桥梁。她说："我对母亲愧疚感最深，在她年迈之际不能在身边尽孝照顾，还将孩子交由她照看，生了两个孩子，就像是给我妈生的孩子似的。但是工作和家庭总是要有所取舍的，这么多年也习惯了。感谢家人的理解与支持，如果没有家人的默默付出，我的工作也不会有今天的成绩。"

一句"习惯了"，包含了多少的苦涩与无奈，不是不想离开，但总要有人留下。

"要时刻把人民群众装在心里，关心他们的冷暖，关心他们的疾苦，为他们多办实事、多办好事。"这是晓娜姆担任书记时的郑重承诺。她是这样说的，也是这样做的。

她倾听群众的所期所盼所想，为群众切实解决生产、生活中的许多难题，帮助贫困群众走上致富路。她说，对比各卡乡这几年的变化，内心一股自豪感油然而生，这何尝不是自我价值的表现，尽自己的能力，使得农牧民群众的生活质量得到了实实在在的提升。

工作没有终点，只有起点；没有最好，只有更好。如今，只要提起晓娜姆，农牧民群众都会竖起大拇指说，这是个做实事、做好事、会做事的好书记。

"人民对美好生活的向往，就是我们奋斗的目标。"晓娜姆时刻用自己的实际行动践行着共产党人对老百姓的铿锵诺言，在脱贫攻坚一线展现出了一名共产党人的担当和作为。

稻城县各卡乡党委书记晓娜姆，2019年获四川省"记一等功公务员"荣誉称号。生在高原，扎根高原，她以巾帼不让须眉的担当和勇气，为官一任、造福一方，用实际行动践行着"全面小康路上不让一个掉队"的铮铮誓言。在她的带领下，各卡乡这个昔日在稻城县中发展落后的乡村，实现了脱贫"摘帽"，社会经济发展实现跨越赶超，农牧民群众生活水平得到稳步提升。2017年，这位用脚步丈量民情，用行动扛起责任的晓娜姆，当选为甘孜州人大代表，代表着人民的根本利益奔走在村口和议题间。

从"铁塔人"到优秀村干

在2018年，甘孜铁塔公司党委书记、总经理汪建红曾邀约笔者为高原"铁塔人"写歌词。他告诉笔者，脱贫攻坚这五年，甘孜州的网络和通信发展惊人，农牧民揣着手机放牧，干活可以随时看天气预报，一步跨千年不再是梦想。

笔者至今都记得歌词这样写道：

当哨音带着柔情追向天边
那是阿爸借助风儿的召唤

牧归的孩子忘却了哨音的约定

踩着马蹄的节点拨响了铃音

铁塔的一端早已将千古的遗憾

瞬间化为柔情传递亲人

波浪般涌起的山峰

铁塔人屹立起爱的铁骨

恋人和羊羔见证了铁塔的誓言

这是化彩虹为梦想的声音

从此，爱在风里穿越

爱在云端滑过

爱在心中留住

……

这首歌记录着铁塔人将现代化通信带给闭塞的农牧民的情怀。

两年后的初夏，汪总兴致勃勃又将一个铁塔人感人的故事推送给我。

四郎多吉是中国铁塔驻甘孜州德格县龚垭乡雨托村的扶贫干部，2018年，他主动请缨来到雨托村开展驻村帮扶。

雨托村藏语意为坐落在绿松石上的高山村落，一直是不通路水电等的"五不通"村，村里人缺乏致富门路，一度成为脱贫"老大难"村。雨托村地处高山河谷地带，可利用资源少，整村搬迁后，致富增收成为摆在脱贫攻坚路上的一道槛。

四郎多吉刚到雨托村时，村民已完成整体搬迁，可许多人的情绪却不稳定，每当碰到不顺心的事情，就会拿搬迁说事。比如进入秋季老人布根家牦奶牛产奶量减少，就找到村里责怪是搬迁之后水土不服造成的。刚搬来时类似的事情经常发生，这说起来让人啼笑皆非，问题的根源还是心中守住"穷窝子"不放的思想观念。

刚参加扶贫时，四郎多吉对农村工作不熟悉，于是他白天干工作，晚上忙充电，恶补"三农"知识，熟悉村规民约等。村民开始以为他是个很严厉的人，可看到他憨厚的模样，大家都愿意和他唠叨，就连爱抱怨的村民也会打开话匣子。田间地头、农家炕头，他和村民面对面、心贴心拉家常，放下架子、俯下身子，把身心融入农民群众。

四郎多吉的"随身本"密密麻麻记下了驻村生活的点滴，简单的数字、常规的走访、平凡的座谈、透明的公示，凝结了驻村工作的辛勤和汗水，"随身本"变成了他的"护身符"。经过一番思考和讨论，在他和三名党员致富带头人、一名优秀返乡青年党员的带动下，村里先后创建了党建引领示范项目，建设了党员示范棚，着眼为大家开辟一条脱贫道路。

如何帮助贫困户持续脱贫，让大家搬得下来，稳得住人，留得住心，必须有产业支撑才能长久。四郎多吉走村访户与第一书记、村干部谋划，决定大力发展雨托特色产业。搭建了蔬菜大棚，种上了白菜、青笋、萝卜、苔尖等蔬菜。在党员示范棚的影响下，越来越多的群众愿意把以往各自的土地用于村集体产业建设，以集约方式"腾出"建设用地，着力打造集农家体验、农业观光、餐饮、娱乐为一体的雨托产业园区。

群众纷纷参与到美丽新村和观光农业相互匹配的产村融合中，走出了一条农家乐产业发展的路子。通过将雨托村花园农家乐租出去，帮群众栽了"摇钱树"、养了"下蛋鸡"，2018年至今村集体收入每年达到10万余元，117户523人的生活发生了翻天覆地的变化。在四郎多吉的推动下，邀请学校老师、技术人员、机关党员干部，以"课堂理论教学+线上网络教学+基地实训"的教学模式，对村民进行政策法规宣讲、基础知识学习、实用技术培训等等。当村民提出:"村里种土豆的人多,有好些个病不知道该咋个弄,咱夜校能不能开个这个课?"四郎多吉便主动衔接开办起了农牧民夜校,不仅是简单组织,还定期对村民和教师开展考评,奖优罚劣。

他还推动建起了文艺演出队,专门请老师教授龚垭乡特有的锅庄舞。因为特色鲜明、节奏感十足,很快便有20多名村民参与其中,组建了"雨托歌舞团",这既丰富村组活动和村民的精神文化生活,又与当地乡村旅游形成互补,推动乡村振兴。

四郎多吉了解到该村日巴组有一户贫困户居住于山上,因为身体残疾无法下床走动,基本生活都成问题。第二天他就走进贫困户家中了解情况,当即利用现有政策打电话帮她申请到了一个轮椅,还亲自帮忙取回来。因为开车不能到达,他只好大热天背着轮椅上山,亲自送到对方手中。对方看到他大汗淋漓,感动得竖起了大拇指,眼里泛着泪水说:"泽仁,卡卓。"可是紧接着问题又来了,那家的院坝坑坑洼洼轮椅无法正常使用,四郎多吉又求人帮她修院坝,才铺就了舒心路。

"既然来了,就要踏踏实实干点事。"四郎多吉常用这话勉励自己,把帮扶工作融进了生活的点点滴滴。他乐于助人,每天早上开车从家到单位,路上会碰到去西藏朝圣磕长头的人,便停下车子帮忙把东西用车带下去,有群众到村上办事,他总是主动走过去帮忙翻译,有群众到村里办事回去时天色晚了,他就开车送他们回家,成了村民的暖心人和贴心人。四郎多吉赢得了群众的认可和尊重,获得了"四川省优秀驻村干部"的荣誉称号。

不该忘却的纪念

截至2019年底,甘孜州在脱贫攻坚工作中涌现出一大批基层扶贫干部模范，而其中有5人倒在了扶贫的一线，没能和乡亲们一起见证全面脱贫的到来。他们分别是：牺牲在扶贫路上的石渠干部杨国龙，甘孜县贡隆乡夏拉卡村驻村第一书记马伍萨，州人大常委会副秘书长、办公室副主任、德格县竹庆镇档木村第一书记袁剑，德格县卡松渡乡党委书记拉巴泽仁，德格县温拖乡党委书记徐贵勇。

让我们永远记住他们的名字。

杨国龙：男，藏族，四川炉霍人，1971年11月生，1990年11月参加工作，2001年6月加入中国共产党，生前系石渠县人民法院党组书记、院长，先后在炉霍县人民法院、石渠县人民法院工作，历任炉霍县法院副院长、石渠县法院院长等职务。2019年8月19日，杨国龙到石渠县瓦须乡开展脱贫攻坚领域"两不愁三保障"回头看大排查过程中发生交通事故，经抢救无效，不幸去世，年仅48岁。

马伍萨：主动请缨，驻村抓扶贫。2019年5月13日，马伍萨在甘孜县驻村扶贫期间因突发疾病，医治无效，不幸离世，时年38岁。马伍萨，四川冕宁人，1981年2月出生，2005年6月参加工作，2010年9月加入中国共产党，生前系甘孜州农机推广服务中心助理工程师、甘孜县贡隆乡夏拉卡村第一书记。

袁剑：冲锋在前，到攻坚一线去。2019年12月6日，袁剑在德格县竹庆镇开展脱贫攻坚工作期间，突发心脑血管疾病，经抢救无效，与世长辞，时年42岁。袁剑，1977年2月出生，1997年7月参加工作，2005年11月加入中国共产党。生前系甘孜州人大常委会副秘书长、办公室副主任、德格县竹庆镇档木村第一书记。

拉巴泽仁：坚守一线，带着乡亲搞扶贫。2019年12月13日早上，拉巴泽仁在德格县卡松渡乡开展扶贫工作期间，因突发疾病去世，时年36岁。

拉巴泽仁，甘孜州德格县人，出生于1983年4月。2003年12月至2005年12月，在部队服役。2006年9月参加工作，2016年10月至2019年12月13日，任德格县卡松渡乡党委书记、人大主席团主席。

徐贵勇：心系百姓，书记领头抓扶贫。2019年7月29日，徐贵勇在脱贫攻坚工作期间，因突发脑出血，经抢救无效，不幸离世。徐贵勇，甘孜州丹巴县人，出生于1978年9月，2004年6月入党。生前系德格县温拖乡党委书记。

在采访中笔者了解到，从脱贫攻坚工作开始到2019年6月底，全国已有770多名扶贫干部牺牲在脱贫攻坚战场上，在此，笔者向这些牺牲者们默哀，向奉献者们致敬。

2019年10月17日，国务院扶贫开发领导小组办公室发布了《国务院扶贫办关于关心基层扶贫干部保障安全工作的通知》，要求保障扶贫干部交通安全、关心身体健康、免除后顾之忧、切实减轻负担。

正是有280万扶贫大军在一线的苦干实干拼命干，才让我们清楚地看到，贫穷正在中华大地上一点点消失。

甘孜县下雄多吉绒隆沟安置点。彭健摄。

精 准 篇

‖ 使命不止 ‖

家庭情况怎样？脱贫情况如何？吃得饱吃不饱？家里有没有存粮？易地扶贫搬迁是否满意？危房改造后感觉怎样？教育、健康、产业、就业、金融扶贫有效果吗？……精准十三问是将目光死死盯在精细工作上，同时也成为考验扶贫干部工作作风的硬核。唯有两者的精准互动，才能达到目的。

一

唯有精准才能开出良方

关于精准，笔者从不同的层面做了采访实录。不妨在历时一年的采访大数据中，抽取一组具有代表性的，结合本地实际融会贯通地加以回顾。

2019年9月5日，色达县扶贫办干部马静介绍着脱贫攻坚文化墙上一幅照片里的故事。

"根间措，乖孙女，坐爷爷身边。"根间措的爷爷笑着喊调皮的孙女。

2016年盛夏的一个傍晚，色达县杨各乡下甲斗村的山峦被阳光染成金黄，省民族宗教委下派到该村的第一书记张宜，正给贫困户仁青罗吾一家八口拍全家福，"大家注意，笑笑，我喊几尼桑（一二三）就按快门。就这样，大热特（好）。"他用汉语混着藏语的"团结话"提醒着大家按下快门，相机里留下了第11张下甲斗村人家的合影照。

攻坚办通知，全县要建立脱贫攻坚信息指挥体系，做到挂图作战。张宜接到通知后，便立即着手采集全村贫困户的基本信息。

每户贫困户采集一张全家福、一张房屋的图片、一张户主的图片，以及一份贫困户的基本信息。这个基本信息就是一张精准的贫困户建档明白卡，它包括13项内容，户主姓名、家庭人口、建档前人均纯收入、家庭住址、致贫原因、计划脱贫时间、帮扶措施、增收目标、帮扶单位、县级联系领导、驻村第一书记、帮扶责任人、农技员。一张明白卡看似简单，可要在15万平方公里的甘孜州展开，其工作量不言而喻。

89个贫困村的第一书记，负责采集全县3850户贫困户的信息，张宜便是其中之一。县脱贫攻坚办正谋划着这个精准蓝图，他们要将张宜和各村收集的所有贫困户、行政村、乡镇及县级部门的数据汇总，目的就是建立全县脱贫攻坚战略信息指挥体系。这个体系就是中军帐，是运筹帷幄决胜千里的指挥中心。

驱车从康定的正北方丹巴县出发到西南方乡城县，需要两天时间。2019年11月16日，笔者正好在乡城县青德乡采访地色拉姆一家的脱贫情况，采访快要结束时，青德乡书记太机说县长黄进在办公室等我们，我们便驱车赶回距青德18公里的县城。来到黄县长的办公室已经是下午6点，他刚开完会，神态略有些疲倦，但思路清晰，谈吐很接地气。

对于精准扶贫的"精准"二字，在乡城县工作八年的县长黄进颇有心得。他认为，看真贫、扶真贫、真扶贫，是生动实践，是能力展现——将"挂包帮""转走访"作为扶贫开发最基础的工作摆在突出位置，做到村不漏组、组不漏户、户不漏人，紧扣"扶持谁""谁来扶""怎么扶""怎么摘帽"等关键问题，摸准扶贫对象、找准致贫原因、拟准治疗"药方"，确保精准施策、精准推进、精准落地，不能"将就"。

2019年12月4日，笔者走完最后一个采访点，丹巴县。在丹巴县扶贫开发局的办公室，一个大沙盘置于办公室中央。我们的采访也围着这个沙盘展开。

丹巴县扶贫开发局徐茂局长满含深情地介绍说:"这个沙盘为开展工作提供了精准、直观、一目了然的最佳效果,它是解放军某部无偿支援的,按水平1∶30000、垂直1∶20000的比例尺标准制作。在面积5400多平方公里的丹巴县境内,插着54面贫困村的小旗。这些小旗在2018年的8月1日从沙盘山头与河谷间被全部拔掉,让丹巴县的绝对贫困成为历史。它见证了我们在扶贫攻坚五年来的无数次围盘开会和部署,见证了同志们五加二、白加黑的夜以继日。自从有了这个精准的向导,县委四大班子关于扶贫的专项会议都在这里开展,它像一个缩小的丹巴,倾听和目睹了县委带领丹巴人民的脱贫部署和指令,更见证着丹巴人民对幸福美好生活的憧憬……"

听着徐局长的介绍,有一种特别好记录的感觉,层次分明、条理清晰、逻辑性强。

"记得在2015年底,州移民扶贫局周局长带队到丹巴部署工作,那是一个大雪天,天很冷,他把我们召集到一家网吧,因为只有网吧才有几十台数量的电脑。各项数据的填报和录入就在网吧有序展开,工作餐就是方便面,累了抽支烟,困了打个盹。最让我提起就想掉泪的是,2016年的一个夏天,天黑尽时我路过单位的楼下,看见办公室的灯还亮着,我还以为是哪个同事大意,下班忘记关灯,上楼推开办公室的门,看见吕副局长带着几位同事还在加班。我让大家回去睡觉,第二天再做,大家都满口答应。第二天天刚亮我去康定开会,出发时看见办公室的灯依旧亮着,我站在楼下有一种莫名的感动,不会是加了一个通宵吧?当我再次推开办公室的门,浓烈的烟味扑面而来,看着一双双血红的眼睛,我说不出话来。为了表达我对攻坚办各位同志的敬意,我在2019年3月15日搞了一个颁奖晚会,我郑重其事打心眼里感激地给大家献了哈达,给抓易地搬迁有功的吕副局长颁发了'拼命三郎奖',给抓档案整理工作的兴大初女士颁了'老黄牛奖',给下派到八底乡沈足二村当第一书记的小郭颁了'最佳演说奖',大家给我颁了'最强大脑奖',嘿嘿……"

徐局长洪亮的嗓门掠过沙盘,仿佛在丹巴的各个扶贫点传播着,给笔者留下深刻的印象。

近一年的采访告一段落,笔者2019年12月9日在成都采访到了省扶贫开发局局长降初。

有着基层工作经验的降初局长在接受采访时谈道：2013年11月,习近平总书记到湖南湘西考察时,首次提出了"精准扶贫"的概念,强调"扶贫开发贵在精准,重在精准,成败之举在于精准",标志着扶贫治理告别了"习惯将就、默许将就",开始迎来了一个"崇尚精准、追求精准"的全新时代。"精准"也逐步成为一种理念,一种常态,一种态度,一种习惯。

说完这个开场白,降初局长不紧不慢地翻开他那本厚厚的工作笔记,但在笔者的观察中,发现他非常熟悉工作笔记里的记录和数字,这个本子基本就起一个提示作用,大量的数据早已了然于心。

按照建设户有卡、村有册、乡有簿、县有档、市有卷、省有库的"六有"大数据平台要求,省委十届六次会议后,省扶贫开发局在全省范围内集中开展了三次建档立卡"回头看",对所有建档立卡贫困户进行了复核、比对,及时清退了不符合条件的人口,将符合条件的贫困户全面纳入。同时研发并建立起"六有"大数据平台,精心编制了指标体系,在全省范围内开展了精准扶贫、精准脱贫数据采集、录入等工作,对脱贫攻坚"五个一批"所涉及的扶贫对象进行了因症分类工作。

据"六有"平台数据统计,2014年底四川省农村贫困人口中,涉及产业就业发展一批有239万人，移民搬迁安置一批有116万人，低保政策兜底一批有178万人，医疗救助扶持一批有171.3万人，灾后重建帮扶一批有7.9万人，扶贫对象实现从初步精准到进一步精准。

采访结束时，降初局长说，毫无疑问，脱贫攻坚贵在精准。精准扶贫是一项长期的系统工程，需要循序渐进，做好大量艰苦细致的工作。我们的广大党员干部、社会力量都要以强烈的使命感和责任感，立下愚公志，扎扎实实打好脱贫攻坚战。

二

唯有精准方能各显神通

脱贫进入攻坚阶段,各县使出浑身解数一改千篇一律、千家一面的扶贫帮困方式,实施'一户一策一干部'的精准措施,因户而异送岗位、送医疗、送助学、送文化、送项目……一场伟大的变革在横断山脉的大山皱褶里发生着。在15万平方公里的广袤土地上,看见全州18个贫困县(市)1360个贫困村4.8万户贫困户19.36万建档贫困人口全部摘帽脱贫。基于此,笔者将22个扶贫专项分解到各贫困县,突出各县的扶贫亮点,使内容更加丰满和完善。

1. 泸定——红色基因浇铸的精神之钙

1935年5月29日,大雨滂沱,被雨水淋透的红军急行60公里于凌晨6时抵达泸定桥西岸,经过激战,红四团22勇士飞夺泸定桥,"十三根铁链托起了一个共和国",成为革命史上的经典传奇。为此,毛泽东留下"金沙水拍云崖暖,大渡桥横铁索寒"的著名诗句。

泸定桥。刘国兴摄。

时隔84年，泸定县再次延续传奇，在甘孜州18个县的脱贫攻坚战中，率先脱贫摘帽，"两不愁三保障"让贫困者获得了生存和发展的广阔空间，绝对贫困的帽子被丢进大渡河。这一大喜讯，是对革命先烈最好的告慰。

在做记者期间，笔者不下20次采访泸定县。该县是甘孜州的农业大县，20世纪八九十年代，蔬菜是比肉蛋还珍贵的副食，蔬菜奇缺的其他高原县城会到烹坝、沙湾、鸳鸯坝购买泸定蔬菜，因为这几个地方靠近318国道线。而其他不顺路的农村乡镇，蔬菜却卖不出去，泸定依旧贫穷。

为发展经济，泸定绞尽脑汁，也曾搞过花岗石产业，办过水泥厂，搞过林产品粗加工，都因技术、资金、交通等方面的问题而搁浅。

"所以说，每一位扶贫战线上的人，只要认真回味州委书记刘成鸣再三强调的一句话——脱贫攻坚是最大的政治工程、最大的民生工程、最大的发展机遇——你就能借精准扶贫的国家力量，看见生存和发展的希望所在。"在扶贫战线一泡就是20年的万俊蓉局长，经历中装满了扶贫的甘苦，她的感慨颇深。

泸定县地处甘孜州东大门，有汉、藏、彝等17个民族，总人口近9万人。脱贫攻坚五年来，大力科学实施"高半山扶贫攻坚""交通三年攻坚""水电惠民两年行动""三个五万亩特色产业发展"等专项行动，确立了在全州"率先脱贫、率先小康"目标。经过不懈的努力取得脱贫攻坚首战首胜。

2019年秋末冬初，笔者来到当年红军驻地岚安。

记得1998年6月30日，笔者随时任甘孜州委书记刘发生骑马上岚安，在崎岖的狭窄山道走了3个多小时，如今乘车40分钟即到，硬化的村道通往每家每户。岚安是红色文化、藏羌文化、茶马古道的交汇地。"岚安红军烈士纪念碑"、四川省第八批文物保护地"岚安苏维埃政府"旧址、"红军医院"旧址等红色遗址透射出岚安人求翻身、求进步、求幸福、跟共产党走的坚定选择。

2018年,这里一位叫王志龙的高三学生考上清华大学土木工程系,他的金榜题名,轰动了全县,轰动了全州,一时间纸媒、网媒都纷纷报道了这只"山坳里飞出的金凤凰"。固包村第一书记王昇就先带我来到王志龙家。

王志龙的母亲徐花兰同我们坐在院子里,一边替我们削苹果一边说:"这是个边看电视边做作业的娃娃,高考前还帮我去县城卖过菜。今年暑假回来摘了七天的花椒就回北京了,说是要参加70周年国庆大典,他是清华大学方队中负责抬习总书记画像的,觉得自己能参加70周年国庆大阅兵非常幸运。去年入学参加军训就被确立为入党积极分子,现在是一名预备党员。考上清华大学后,不像高中多少有点贪玩,大多时间都待在图书馆。平日里很少给家里打电话,即使打,都是在晚自习后视频通话,最多两分钟……"

"了不起,已经是预备党员了,真替王志龙骄傲,岚安的红军传统后继有人。"

不久前刚被评为"全州优秀第一书记"的王昇指着远处的山峦说:"隔河对岸是黄草坪、固包、喇嘛寺三个村,除了大渡河两岸谷底,其他都是像岚安这样的高山、半高山,过去交通不便,自然条件差,群众居住分散,生存、生产、生活条件都差。如今早已今非昔比。"

笔者随王昇来到黄草坪,采访到村支书康有全是在一个阳光明媚的午后。在他家的苹果树下,边吃苹果边听他讲,"黄草坪村山高陡峭,45度的山坡,土地无法平整,如果不种果树就是荒山。全村有建卡贫困户9户31人于2018年最后一批脱贫摘帽,全村立足于苹果和仙桃种植,现有的500亩

黄草坪村支书康有全在他家果园。彭健摄。

苹果树产量已达150万斤。目前从壮大的集体经济中补贴全村每户5万元，再种500亩，三年后挂果，就能达到300万斤，可以在人均收入两万元的基础上翻倍。黄草坪地处海拔1500~1800米的半高山，日照时间充足，极其适合种苹果。眼下我们正着手申请注册'雪域野农'的商标品牌，走特色、高端、健康的有机产品路线是我们的发展方向。"

来到加郡乡的海子村，看到村头的扶贫帮扶一览表里写着，全村贫困识别建档立卡40户170人，表格对每一户的经济收入及来源、基本情况、致贫原因、需要解决的问题进行罗列，并针对每家每户制定了帮扶措施，确定了帮扶单位、帮扶责任人和脱贫年限。

村民叶夫贵说："我的电话随时都畅通，进村的路修得很好，以前村里买生活必需品都很困难,现在打个电话就能送到村里。路通了,家里的收入来源也多了,种果种菜遵循市场需求,农忙时在家忙,农闲了出去打工。"

帮扶对象舒远贵家有两个劳动力,但缺技术,村里为他制定了帮扶措施:参加专业的核桃和蔬菜种植技术培训,提高种植效率。他说:"学会一门技术,脱困一户人家,现在争取到了新农合的资金扶持,种下的核桃和蔬菜都见到了效益。"

对此,县委书记陈廷全说得通俗透彻,"无论在大小会上,在田间地头,我都强调各乡扶贫工作分类定制,精准确定贫困对象,量身定制扶贫措施,实现'一村一策''一户一方案''一人一办法'的分类扶持。村里适合种什么,我们就发展什么。做到'春种一筲子,秋收一帽子'。冷碛镇的尖茶坪村有贫困户27户97人。该村就依靠'牛背山'景区的区位优势,找准以旅带农、农旅结合的产业发展思路,依托农业景观化、农村公园化的理念,坚持政府、金融和市场三只手捆绑发力,在该村建立苹果种植示范园,成效显著。"

烹坝镇科技示范户谢学林家,金融扶贫的方式让他家脱贫奔康。他的妻子罗德珍领着笔者参观了他家的圈舍。最初通过小额贷款贷得9万元,目前养了80头猪,估计明年出栏一部分,目前卖了11头,获利4万元。还贷5万元后,从网上购买了产床,这样一来猪仔的成活率极大地提高了。她打开手机的网页给我们展示她成功的秘密武器:"我们的饲料基本用正大的,加上部分玉米。"勤劳的夫妻俩还贷款买了重楼种子,开辟了五分地种下利润率极高的重楼。在罗德珍家的院子里,她讲述着一个好政策带领一家人走上幸福路的故事。她的两个孩子一个在读高中,一个在读初中,罗德珍的愿望是只要他们愿意读,能上大学,她会拼尽全力供他们。

同样和谢学林获得扶贫小额贷款的沙湾村古学均，贷款5万元发展到现有生猪110头，今年猪肉价格好的时候卖了4头，再准备卖10头，估计能赚6万元，准备明年正月时出栏50头，把贷款全部还完。

2019年初夏，在泸定县杵坭乡金鸡坝村和杵坭村的"幸福桃源"，桃花竞相绽放，一片片充满生机的台地俨然是一片花的海洋。趁着和煦的春风，沐浴着温暖的阳光，无数游人纷至沓来，让杵坭乡村变得格外热闹。

1988年就开始种植桃树的刘代伦是杵坭乡的"桃王"，种植12亩桃园，亩产5000斤，年收入20余万元。"以往桃子品种单一，桃子要挑到县上卖，也卖不了好价钱。今年以来，杵坭乡创新升级，桃子品种优化到7个品种。乡村旅游发展起来了，桃子价格也起来了，在家门口就把桃子销售一空，这是以往做梦都想不到的。"

"幸福桃源"的幸福并不止于简单地卖卖桃子，"衍生产业链"尤为丰富，农家乐更是乐了农家。正是春末夏初时节，杵坭乡板板桥农家乐门前，停着不少挂着川V、川T、川A牌照的车辆，门庭若市的胜景在这里上演。

这家创办于2011年的农家乐几经周折，迎来了今天的好日子。"万事开头难，说老实话，起步的时候是很难的，但经过7年的发展，特别是近年来，泸定县委县政府带领我们创新升级农家乐，我们的致富路越走越好。"2018年，板板桥农家乐经营收入达60万元，"看这趋势，今年收入可能还要增加。"老板邓安美信心十足。

泸定的樱桃品牌近年来有了声誉，"中国红樱桃之乡"核心产区杵坭乡，老宅山庄的老总刘万莉就率先尝到了甜头。山庄营业的第一年赚了4万，比她老公在外打工一年挣的钱还多。随后逐步增加娱乐休闲设施，一年下来收入增加到10多万。机会抓住了，生意不断壮大，老宅山庄成为杵坭乡发展乡村旅游的领头羊，入选全省休闲农庄。

如今杵坭乡已有农家乐、乡村酒店30家，形成了生态观光、农家休闲、特色餐饮、赏花品果、民俗文化为一体的发展格局。2016年以来，接待游客人数近7万人次，旅游产值700万元，成为该乡经济发展的重要支柱产业。这是"一村一策"上演的生动脱贫大戏，与红色旅游、牛背山风光游、海螺沟休闲游交相辉映。

在老宅山庄的回廊，泸定扶贫开发局的干部桂世高告诉我，脱贫攻坚五年来，泸定全力打造"连通内地、服务全州、辐射西藏"的菜篮子供应基地，已发展上万亩的核桃、特色水果、魔芋、花椒基地，上千亩仙桃、羊肚菌、佛手柑基地，登记认证"三品一标"农产品24个，创建了泸定"红樱桃""雪域野农苹果""幸福仙桃"等本土农产品品牌。

桂世高曾在何家山村做第一书记，四年下来他的心得是，书记只要带头、只要有公心，就会赢得群众的信任和尊重；唯有发展稳定的产业，利用好精准扶贫的政策和脚下的资源，才能多头并举。多头并举的意思是不外出打工，自己给自己打工，既照顾了生意，更照顾了家人。"仓廪实而知礼节"，生活水平提高了，家庭风气、文明程度、卫生状况、道德素质都会随之提升，更多的"四好村"将会应运而生。

2. 康定——文旅挽手发展助脱贫

一提起《康定情歌》，不妨哼哼"跑马溜溜的山上，一朵溜溜的云哟，端端溜溜地照在，康定溜溜的城哟"，聚会时只需开了个头一定会有人跟着哼唱，原因很简单，这首歌太出名了，"全宇宙都知道"。

康定市委书记邓立军在成都的旅游推介会上，充满自豪地对外界发布：

这首四川民歌,是联合国教科文组织向世界推荐的唯一一首中国民歌。

据不完全统计,全世界约70亿人,每8个人里就有一位会哼唱《康定情歌》,大概有上千种乐器都演奏过《康定情歌》。

1977年8月20日,美国肯尼迪航天中心成功发射旅行者2号宇宙飞船,将《康定情歌》带入宇宙,向宇宙发出记录地球文明的生命信息、爱的信息,这足以显示全世界对《康定情歌》关于爱和人性的普世认同。

不过,康定不光有《康定情歌》,还有游不尽的雪山草地、神山圣湖。

15万平方公里的甘孜大地,处处是景点,步步是美景。贯穿甘孜的318国道,早在2006年就被《中国国家地理》杂志推介为最美的景观大道。2011年,甘孜州提出"全域旅游",目的是充分利用甘孜州优质的旅游资源让甘孜人吃上"旅游饭"。同时出台了全域旅游发展方案,在生态保护的大前提之下,将全域旅游作为发展的重中之重,开始在全州设立全域旅游示范区,着力实施文旅、农旅、城旅、体旅"四个融合",有效地推动海螺沟、泸定桥、木格措、甲居藏寨、格聂神山、措普湖、新龙丹霞地貌开发等,引领全域旅游提档升级,将甘孜旅游精准定位为"全域山地旅游"。

州委书记刘成鸣和州长肖友才分别在全委会和两代会上强调:要完成脱贫攻坚任务,甘孜州最具潜力的就是旅游。实施全域旅游,是造福百万甘孜百姓的必然选择。未来5年,甘孜州要围绕创建国家全域旅游示范区、打造世界旅游目的地,把旅游业打造成战略性支柱产业,使其成为扶贫攻坚的重要产业支撑、农牧民脱贫致富的重要途径。

2016年8月7日,四川首个以藏族木雅文化为主题的木雅圣地景区开园,资源变资产、村民变股民的模式走进了康定的高寒牧区。负责景区开发的木雅泽朵公司将村里空置的49套牧民定居房以资产入股方式进行打造，每年出资40余万元为该村724名牧民购买医疗保险和适龄人员农村养老保险，贫困村村民可优先选择从事景区服务性工作。每年年底，公司与村集体按照7∶3的比例，对景区收入进行分红。2015年，全村分红35万元；2016年将实现保底分红85万元。这样算下来，俄达门巴村或许一年就将打赢这场脱贫翻身仗。昔日的牧民定居点成为如今的旅游接待点。从游牧到定居，从帐篷、草坯房到明亮、宽敞的砖房、楼房。红顶白墙的新居，平整干净的水泥路，忙着装修的村民……

该村牧民扎西和往常一样，把牦牛放到草场后，回到家里喝着酥油茶。我们在扎西的牧民定居点看到，各种电器、配套设施一应俱全。扎西说："现在的生活和以前相比有了很大变化，我把我家空置的房子租给木雅泽朵公司，他们出钱装修开发，我坐在家里领钱就是了。"

省委统战部派驻第一书记井钟帮扶俄达门巴村，利用牦牛资源丰富的优势，把培育牦牛产品加工产业按照"产业主导、龙头带动"的思路，对接蓝逸集团，筹建该村第一家乳制品加工厂，以"奶站+奶吧"的模式，形成牦牛奶收购、运输、销售一体化，带动村民增收致富。并在州职业技术学校、省旅游学院开展"双语"和职业技能培训，帮助贫困群众就业增收。

康定市计划投资1000万元，在俄达门巴村实施通村通达工程，建设通村公路10公里；投资56万元实施农村饮水安全提升工程，确保村民安全饮水有保障；投资1000余万元，实施农网改造升级工程，解决45户用电难问题；积极与电信公司衔接，力争2019年通电话、通宽带；围绕打造318线最美景观大道的重要节点，投资60万元，实施318沿线加水点风貌改造工程，把14个加水点建成集加水、餐饮、休闲、特色农畜产品销售于一体的小型特色综合服务站；投资92万元，实施生态提升工程，山植树、路种花、河变湖。

俄达门巴村70岁的村民日泽说："3年前的村子，萧条落后，我家算是全村最穷的一户。一年之后，村子被打造成了景区，我家的牧民定居房也被改造成游客接待住宿房。而今手捧旅游饭，一夜之间就脱贫了。"

2017年初夏，全省藏族地区脱贫攻坚现场会在俄达门巴村召开，时任省委书记王东明在现场对俄达门巴村借力全域旅游推进扶贫攻坚的工作方法给予了充分肯定。

精准扶贫建档立卡工作启动以来，康定市有贫困村59个，贫困户2978户，贫困人口11202人，贫困人口占全市农村总人口的15.8%。要小康，就必须补齐贫困短板；要摆脱贫困，就必须走精准扶贫精准脱贫之路。

2015年以前，康定市孔玉乡色龙村以种植玉米、土豆、黄豆等传统农作物为主，自产自食。为改变单一落后的产业形式，全力打造规模化特色产业，2015年，村支部书记陈永强和村两委一班人，结合实际，抓住特色产业资源，积极争取上级部门优惠政策、技术帮扶、资金扶持，成立种植专业合作社，以"合作社+农户"的方式，带领村民积极投身经济建设。截至2018年，全村种植羊肚菌100亩、重楼20亩。村民们在合作社务工，通过土地流转资金、分红等方式实现稳定增收，平均每人每年增收约3000元。

在打造色龙村初期，因请来的设计师接手项目众多，精力不足，整体规划渐渐偏离了原来的打造理念，也不符合村内实际，项目不得不暂停施工。陈永强开始寻找新的设计者，经他人推荐，他请来甘孜本土设计师，并与其彻夜长谈，明确定位，重新制定了规划，将建筑风格融入自然，把文化注入一景一物。工程建设渐渐步入正轨，发展方向逐渐清晰，乡村新貌逐渐成形，在他的鼓动和号召下，原先搬离该村的5户村民也回村修建房屋，3名大学生主动返乡投身旅游发展。

借助民宿改造，色龙村开展了独栋酒店、游客集散中心、民俗馆、步游道、柏油路、隧道亮化等一大批工程建设，村容村貌发生了巨变，成为让人羡慕的乡村振兴示范点。

2019年5月1日，色龙世外桃源景点正式营业，五一期间，共接待游客约1200人次，留宿旅客110人次，餐饮收入20829元，民居接待收入10200元。

作为州人大代表，陈永强注重收集群众诉求和建言，广泛采纳意见建议，并以示范带动全村村民投身经济建设，在全村、全乡乃至全市起到先锋模范作用。在全市脱贫攻坚工作中，他以身作则，先后为孔玉乡贫困户高启珍、陈松柏捐资6000元，用于补贴产业发展；为孔玉乡寸达村贫困户黄拥捐资1万元，用于补贴家用；为三合乡二郎村捐资10万元，解决约400人安全饮水困难；为捧塔乡三家寨捐资20万元，用于村硬化路建设。

雅拉乡距康定市区不到4公里，去到4A景区木格措就要经过这里。8月末，雅拉乡二道桥村村民陈继平的楼房已经封顶。我们参观他刚建好的新房。三层楼共有六个带卫生间的标间，三个宽大的客厅安装大幅落地玻璃，放眼窗外，画廊般的山型层峦叠嶂，苍翠的树木和漫山遍野的花朵尽收眼底。这里是康定闻名数百年的温泉群区，南来北往的游客途经康定必来二道桥享受温泉，同盟会元老于右任曾给二道桥温泉留墨，著名画家张大千还曾牵着他的藏獒来泡温泉。

陈继平笑着告诉我，女儿工作后家里就他们夫妻俩。他有严重的风湿性关节炎，干不了体力活，爱人也是疾病缠身。"这次康巴艺术节，康定来了那么多游客，住宿一房难求。我们两口子决定赌一把。以前我的房子是用卵石垒砌的窝窝，不防震又简陋，但是位置很好，正好处在木格措景区和二道桥温泉的要道上,我们就想,开办家庭旅馆应该是一个不错的选择。说干就干,看准就干,干输了是自己的能耐不够。于是我们开起家庭旅馆,条件尽量向宾馆酒店看齐。只有环境舒适,服务到家,游客才愿意来。我们留下自己住的三间,装修了四间供游客住宿,还利用特色农家菜招揽游客,没想到一年下来收入就达5万元。过去真的是端着金碗却讨口,脑筋转不过弯!"

分管旅游的副市长李尚谦告诉笔者,"康定的冬季,只要解决好保暖,游客会来旅游的,我们正在规划在这里建立大型的温泉度假区。"

"十三五"期间,甘孜州要让18个县市的1360个贫困村19.36万贫困人口脱贫。政府通过人员培训、资金投入等方式,让农牧民与旅游紧密相连。

与此同时,依靠旅游的牵引,甘孜州特色文化产业得到迅速发展。各种特色文化与旅游展演相结合,得到延续发展;州民族博物馆、州民族体育馆等文化项目陆续建成。

居里村村民洛让仁青的儿子和女儿都在忙着开学前的准备。洛让仁青和妻子正在准备装修房子的木料。独立卫生间,卧室里都有衣柜,地上铺上了光洁的地砖,"我们以前的房子在地震中受损严重,在市委市政府的关怀下,我们利用6万元灾后重建资金,花了3年时间才建好这个房子,还利用每年的结余资金装修房屋。"洛让仁青13岁时因感冒发烧失聪,是一级残疾人,只能依靠在新都桥藏文中学念书的女儿用手语和他沟通。

洛让仁青的爱人患有肺结核病。他因为残疾和照顾妻子也不能外出打工。他失去听力以后,开始自学绘画,因为家里穷,没有条件进行系统学习,他就用木棍或石块在地上和石头上画画,坚持不懈,竟然掌握了绘画技巧,在村里帮村民绘画挣钱。现在村民绘画的需求不大,去年,村委会邀请他给村级活动室画画，8个月能够挣到4万元。

"今年，村委会要求我在村级活动室外墙绘画，我就在想，过去由于道路难行，连拖拉机都难以开进来，现在水泥路修到了家家户户门口，富裕后的村民都买了拖拉机、摩托车和小汽车，我要把这种变化融入我的绘画设计里面，让村民感党恩，永远跟党走。"

洛让仁青的女儿告诉笔者，接到任务后，父亲很快就构思好画面的内容了。绘画每天按照150元的工钱计算，预计有2万元的收入。她和弟弟都在读小学，每年每人有800元的补助，没有任何自费开支。父亲为了让他们好好读书，早上5点过就起床，打扫卫生做饭，督促他们看书。

"去年，我家工资性收入9000元、生产经营性收入5060元、转移性收入4891.11元、财产性收入1060元，年度总收入20011.11元，人均收入5002.78元。"洛让仁青的女儿清楚地记得家里的收入情况。

洛让仁青说，国家脱贫政策好，他要不等不靠让家人过上好日子。

用甘孜州委常委、康定市委书记邓立军的一番话来总结康定的前景："不是我邓立军好有能耐，而是我作为当地的干部，赶上了西部大开发的好时机，赶上精准扶贫的空前力度，仅去年康定市获得的扶贫资金就达44亿。从这个层面上，我吃惊于全国一盘棋协调发展的中国力度、集中力量办大事的中国体制的优越性，系统性发展让东西部发展更加协调。精准扶贫下一步是乡村振兴，我断言，那时康定最穷的是干部。"

3. 丹巴——中国最美乡村的活态广告

《中国国家地理》杂志连续十年重推丹巴，如今，中国最美乡村之地，早已成为中国西南地区的活态广告，美人谷的美景和故事正孕育着全域旅游的蝶变。

在丹巴县城新区政府综合楼的广场中央，一尊丹巴女子的现代雕塑伫立其间，回应着历史深处的东女国神秘故事。《西游记》中唐僧是否被女王挽留有待探究，但传说中女王的银铃声似乎一直回响在美人谷，它清

丹巴县美人谷。苏碧群摄。

脆、执着，飘忽在梭坡、甲居、中路藏寨的千年碉楼间，呼朋引伴的神秘力量在脱贫攻坚的助推下成为文旅叠加的硬核。

"弘扬丹巴人民修砌古碉藏寨的工匠精神，下足丹巴儿女制作嘉绒服饰的绣花功夫"，丹巴县委书记何文才两句化用入木三分，也是对"千碉之国""美人之谷""中国最美乡村"人文精神的精准刻画。

二万五千里长征途中，红军于1935年6月中旬到达丹巴，先后两次往返于其间，次年7月离开北上。红军留驻近一年期间，建立了一支藏族红军队伍——"丹巴藏民独立师"，两千多名丹巴藏族优秀儿女参加了红军。

原成都军区后勤部政委金世柏，曾经担任过"丹巴藏民独立师"的副师长，他在原成都军区后勤部党史资料征集办公室整理出版的《红军长征回忆与研究》一书中，详述了独立师建立的过程。金世柏回忆，1935年10月16日，红四方面军南下占领丹巴县后，在组建丹巴县苏维埃政府的同时，开始组建丹巴民族地方武装。丹巴县藏族同胞马骏主动配合红军，同国民党作斗争。1936年1月，红四方面军总部和川陕省委决定：任命马骏为师长，李中权为政委，金世柏为副师长。

独立师建立后依靠当地群众，积极为红军筹集粮食和其他物资。筹集的粮食保证了红三十一军九十一师的供应，为红军北上后勤提供物资保证。独立师建立的最大功劳在于扩大了红军在康巴的影响，也表明藏族群众对"打土豪分田地"、翻身当家作主人的决心。丹巴作为红四方面军南下和西进康北的后方和中转基地，为红四方面军数万人马成功翻越海拔5470米的党岭雪山，西进康北，与红二、六军团在甘孜会师做出了重大贡献。

1950年，邓小平同志做出了"甘孜藏区人民对保存红军尽了最大的责任"的评价。著名的"甲居藏寨"，至今都保留着"红五军团政治部"驻地、"藏民独立师师部旧址"。至此，红色旅游成为美人谷旅游的一大亮点。

自甘孜州推出全域旅游的方案以来，丹巴"甲居藏寨""中路藏寨""梭坡古碉""墨尔多神山"，这些景区的火爆场面让交警日日加班，从梨花盛开的时节，延续到满山红叶的秋末冬初，游人如织，酒店、民居夜夜爆满，当地经济收入年年递增。这片文旅结合、农旅结合、红旅结合的殊胜之地，7万多嘉绒儿女在精准扶贫的攻坚战中，于2018年8月把贫困县的帽子彻底甩进滚滚的大小金川。

梭坡乡末依村82岁的老者更登拉布，站在岔路口的硬化路上对县扶贫开发局的徐茂局长说："现在路都修到我们家门口了，十分钟就走到自己的葡萄园子，浇浇水、施施肥、驱赶偷吃葡萄的鸟儿。好日子来了，我不想死，还想多活五百年。"老者的这番话深切地表达出他对眼前幸福的留恋。

"我不想死，还想多活五百年。"这番掏心掏肺的话，毫无疑问印证了脱贫攻坚的深度成功。

然而，在迎接2020年全面脱贫奔康的攻坚办的眼里，他们的视角和切入点并非"讴功颂德，赞歌高唱"，而是在冷静中寻找好上加好的新路径和增长点。

在县扶贫开发局，徐茂局长看着沙盘间插着的小旗，既兴奋又担忧地告诉笔者："目前，存在的最大问题是基础设施建设亟待提升。丹巴县的优质瓜果蔬菜常常在出州的公路上因灾受阻，有时整车整车地坏掉。丹巴县境内山高谷深地质脆弱，就像现在在沙盘上俯瞰到的，丹巴的行政村多数地处高山和半高山间，地理条件恶劣，生态环境脆弱，路、水、电、通信网络等公共服务基础设施建设滞后，亟待国家项目资金投入。再者，产业发展壮大面临瓶颈，近年来全县在财政增收、产业拓宽上花了大力气，下了狠功夫，发展了中药材、食用菌种植，畜禽养殖等短平快增收项目，增加了贫困户收入，但产业发展现状处于小、散、乱的状态，且缺乏精深加工企业，距'产业化、规模化、品牌化'的要求仍有较大的差距，带动群众持续稳定增收难度大。这几天你去了党岭、丹东、大桑、聂呷、梭坡、边耳、大小八旺，能感受到我们的进一步诉求；另外，丹巴县素有地质灾害博物馆之称，地震、山洪、泥石流、滑坡、危岩崩塌等自然灾害多发，下一步巩固提升任务还十分艰巨，不过我们充满信心。"

徐局长道出了丹巴攻坚路上的艰难。丹巴既被称作"地质灾害博物馆"，也是旅游大县。错落有致的藏寨是丹巴最亮丽的风景，但暗藏地质灾害隐患。自2014年以来，省国土资源厅投入3.52亿元，对703户地质灾害危险区的群众实施了避险搬迁安置，对30处威胁群众多、危险性大的重大地质灾害隐患开展了治理，对45处中小型地质灾害隐患实施了排危除险，为当地脱贫攻坚筑牢地质安全保障。

如今丹巴的五条沟壑纵深的高山、半高山上的盘山公路像温暖的"血管"通往群众的家门口，仅凭这一点，就能体现五年的精准扶贫不是口号，而是国家脱贫的决心。

在去各个采访点的路上，县扶贫开发局副局长吕国林滔滔不绝：这五年我们突出产业培育。投资1910万元全面完成红五军团政治部遗址、藏民独立师师部遗址纪念馆修建；甲居景区游客中心主体、县非物质文化遗产展示和帕拉梅拉大酒店工程建设，均进展顺利，目前已完成49处。你一路上也看见各处旅游标示、标牌和服务点建设。2014年，丹巴被评为"中国最美乡村旅游目的地"。

农业局局长陈淼说，丹巴县山地多，土地不连片，农作物总播面达8.9万亩，粮食总产量达2.24万吨，山地玉米高产示范片平均产量处于全省前列；

建成酿酒葡萄基地4126亩,以核桃为主的生态林果基地6000亩;各类牲畜存栏15.9万头,生猪、肉羊、牦牛和药材种养殖规模逐步扩大,培育农产品加工销售企业7家、专合组织58个;特色农副产品落户成都"红旗""德惠"等大型超市,"丹巴香猪腿"获得国家农产品地理标志登记证书。

来到边耳乡,乡党委副书记华剑接受了笔者的采访。他是都江堰四川工商职业技术学院下派的援藏干部,"我是2017年来到边耳的,从老师的角色转变成乡领导,对我而言是一次蜕变。边耳的条件并非我想象中的穷山恶水,只要在产业上加以引导,主要是开拓市场,这里的群众就不缺吃不缺穿。因此我们的主要精力也放在发展产业上,目前60亩草莓大棚的产销情况良好;成华区、县政协、四川工商职业学院、县农牧局共同投资140万,在亚可村建起了藏香猪养殖场,2018年利润一般,今年销售收入特别好。目前存栏有400头,今年出栏100头,下一步进一步开拓市场,成立边耳乡农产品加工厂,包括加工野生菌、猪肉、牛肉和蔬菜,追求高附加值。加工厂由乡政府主导,前期工作由我来牵头,包括土地征用和厂区规划等,计划资金290万元。这样可以从两个方面促进帮扶:一是农特产品销售不愁市场;二是为贫困建卡户提供就业岗位。"

在海拔3500米的党岭,县里大胆引入大学生创业。北京农业大学毕业的何小平,带着同样来自北京农业大学毕业的女友,来到丹巴创业,他们在党岭和丹东建起了两个60亩的草莓大棚。同何小平一道驱车来到距县城80公里的丹东,走进他的大棚,何小平说:"县委何书记等领导对我们的支持很大,前些年我们在阿坝州挨着九黄机场不远的地方搞大棚,草莓可以利用机场直接发货到上海的'盒马鲜生',后因地震,我们的损失惨重,只好移师丹巴创业,不过我们已经积累了不少的管理和销售经验,我们看好这一产业。"

"蓝天、白云、青山、紫花，再加上村民藏红色的外套，觉得特别美，就拍下来了。"乡长文建康描述着中路乡的美景。

这张照片背后还有一段精彩的脱贫故事。中路乡呷仁依村原本没有薰衣草，祖祖辈辈种的是苞谷和小麦。要想改变呷仁依村广种薄收的局面，助力当地脱贫，文健康认为必须调整产业结构。在他看来，"中路乡的水土光热条件与薰衣草的故乡法国地中海气候相似。另外，生长期比新疆薰衣草长近两个月，部分关键指标更好。"他们请来成都沃云乡土公司的专家考察论证，决定在呷仁依村种植薰衣草，打造集观赏、加工为一体的薰衣草种植基地。

"刚开始有些群众不理解，算了一笔账后，大家都明白了。"呷仁依村第一书记牟毅说，村民流转土地每亩每年租金1200元；在薰衣草种植基地负责锄草、施肥、收割等工作，每天还能收入80元；更主要的是，呷仁依村薰衣草全部由专业公司负责收购，并制作薰衣草精油等精加工产品；精油销售后，可以增加村集体收入，还能给村里建档立卡贫困户分红。小小的呷仁依村上演起"三产融合"的好戏，由此带动观光旅游业；每年6月和10月收获两季薰衣草，用来发展加工业。村里的建档立卡贫困户阿姆初尝到了甜头。土地流转出去后，阿姆初到村里的民宿打工，再加上到薰衣草基地务工收入，每月能挣3000多元。

产业扶贫是精准扶贫的核心，只有明确产业、培育产业、提升产业、聚焦产业，才能使贫困户早日脱贫。丹巴县在贫困村大力实施"一乡一业""一村一品"工程。在做大蔬菜、畜禽、林果等产业的同时，充分依托当地美丽的自然风光，大力发展旅游业。

地处高山峡谷的丹巴县梭坡乡宋达村，村民一直以传统农作物种植为生，村里的贫困户过半。脱贫攻坚以来，县乡帮扶工作队进村入户寻找

"立村之业",拓宽"致富之路",结合村情提出"旅游兴村",帮助村里组建旅游管理机构,重新修建观景台、停车场、旅游厕所和综合服务点等旅游公共设施。如今,村里硬件齐全,旅游产业办得红火,常年游人如织,村民收入可观。

"过去,丹巴是农业大县,但依靠传统农业,村民增收难、发展难,扶贫效果始终难以提高。近几年,县委、县政府在因地制宜培育产业上下足功夫,改善村级交通设施、改造农房、发展乡村旅游。不仅如此,县上还帮助各村成立合作社,引导困难群众利用本地优势产业以'支部+合作社+市场'的形式,抱团发展。现在,村村有产业,户户见收益。"丹巴县委书记何文才说。

狠抓基础建设,注重产业发展,最终目的是民生改善。县委书记何文才认为,党的十九大报告指出,农业农村农民问题是关系国计民生的根本性问题,必须始终把解决好"三农"问题作为全党工作重中之重。丹巴县在摘掉"贫困县"帽子的基础上,全力推进乡村振兴战略。目前,正在积极打造大甲居片区"最美乡村"、美人谷中路、梭坡"东女秘境"三大康养休闲示范区,让更多贫困老乡吃上"旅游饭"。在丹巴,"中国最美的乡村"已成为该县一张享誉国内外的名片。

4. 九龙——教育是开启扶贫的钥匙

什么是九龙特色?在这片6700多平方公里、人口67000人的区域,居住着藏、汉、彝三个民族,一句扎西德勒、你好、卡莎莎,分别代表三个民族发音各异意思相同的问候。

这个紧邻凉山彝族自治州的县，在藏羌彝大走廊间，河坝里居住着汉族人，半山腰居住着藏族人，高山上居住着彝族人，被称为"三杯酒"之地。

新中国成立以来，特别是20世纪80年代末，营九公路的顺利通车，让这片自然资源和物产丰富的封闭区域，焕发出强劲的发展动力，九龙进入了让甘孜州其他县羡慕的财政补贴不靠国家的自豪期。

90年代中期，笔者在《甘孜日报》上写过两篇关于九龙经济发展的长篇通讯，《铜龙图腾谣》《大里伍铜矿巡礼》。那个时候的九龙县教育走在全州前列，沙湾中学有学生考上清华大学，那是写进政府工作报告的彩头，开了甘孜州的先河。

重视教育成为当地引以为豪并且向外地传达尊师重教理念的金字招牌，如今在脱贫攻坚奔小康的道路上，教育依旧是当地农民致富的钥匙。

2018年3月22日，斜卡乡洛让村农民夜校里，前来听课的村民挤满教室，"要因地制宜考虑，宜耕则耕、宜种则种、宜养殖就搞养殖……"课堂上，农民夜校老师正在为学员们系统地讲解着关于种养殖的新思路、新技术。不少村民拿出笔记本认真地记录老师的讲课内容，有的则拿出手机把投影的幻灯片内容一一拍下来，准备回去慢慢"消化"。

"办夜校，让我们学到了很多知识。现在有啥政策不懂的，种养技术不明白的，都能在农民夜校找到解答，非常实用。"村民马万秀竖起大拇指为农民夜校点赞，她说，"自己穷了大半辈子，全靠政府救济。自从在夜校听了课后，自己想通了，脱贫还得自己加油干。我家从事藏香猪养殖，但是缺乏养殖技术，刚好借这个机会进行学习。"

"以前，老百姓请都请不来，但是农民夜校开办以后，我们充分征求老百姓的意见，他们愿意学什么我们就给他们提供什么教学。现在每堂课都爆满，深受村民喜爱。"村支部书记洛布扎西介绍。

洛让村的农民夜校只是九龙县以党建引领促脱贫的一个缩影。

为办好农牧民夜校，九龙县成立了以县委主要负责人为组长的农牧民夜校工作领导小组，在全县63个行政村均建立了农牧民夜校，集中教学19万余人次。

九龙县的扶贫干部深知，教育办好了、贫困的代际传递阻断了，脱贫奔康才真正有希望。把教育作为优先发展战略，按照"县城园区化、片区重点化、乡镇精品化"布局和"甘孜一流、人民满意"的目标，强力推进教育发展，补齐设施落后短板，入学率、巩固率、升学率大幅提高，全县上下支持教育的热情高涨，氛围浓厚，全县贫困户适龄子女均在校就读。

采访九龙县委书记赵景强时，他说："坚持党建引领，把基础设施、公共服务和社会保障摆在突出位置，聚力推进产业扶贫攻坚、住房安全攻坚，用项目促发展，让城乡大变样、群众露笑颜。"这些话代表一县书记的站位与高度。他讲：精准扶贫开展以来，九龙县坚持把打赢打好脱贫攻坚战作为最大的政治责任、最大的民生工程、最大的发展机遇，按照"重点帮扶与保持农牧民持续增收相结合、精准扶贫与产业扶贫相结合、精准到户与精准到群体相结合"三结合及"总体谋划、超前实施、补齐短板、聚焦增收"的十六字总思路，迅速绘制了脱贫攻坚时间表、路线图，打响了九龙县"决战脱贫攻坚、决胜全面小康"的"发令枪"，举全县之力推进精准扶贫精准脱贫，脱贫攻坚取得实实在在的成效。

九龙的花椒全省有名，超市里摆放的九龙花椒粉、花椒颗粒、花椒油，早已不是什么新鲜事，而品牌才是他们瞄准市场高位的立足点。

乃渠乡七日村，村民蒋敏慧正在给花椒树培土施肥。"以前，村里缺产业项目、资金和技术，我家守着几亩薄地靠种植玉米、洋芋等粮食作物维持温饱；现在，村里调整产业结构，村民们种植花椒，依靠花椒收入，大家的生活大变样。"蒋敏慧说,"现在党和国家政策好,政府还帮我建了两亩椒园,技术人员免费上门指导管理、传授技术。去年我家花椒收入近两万元,我还不算种植大户,我家的花椒种植面积在村里只占个中等规模。这几年,因为花椒价格好,又有了栽培技术,村民们的收入会越来越高,脱贫致富也不成问题。不仅如此,乡上还为我们建了专业合作社,村民忙时在家务农,闲时去合作社务工,既照顾了家中又赚得了工资,日子越过越舒坦。"

蒋敏慧所说的专业合作社,就是九龙县乃渠乡双富花椒油加工专业合作社。近几年,乃渠乡根据当地气候条件,大力发展花椒产业,依托本地龙头种植企业,推行"公司+农户""公司+合作社+农户"等合作方式,不断壮大种植规模,以此让贫困户在产业链条上持续稳定增收。

三岩龙乡白杨坪村村支部副书记汪杰告诉笔者,该村三垭公组经济发展非常落后,交通不便,两个生产队100多户400多人。以前土地都浪费了,在当地党委和政府的扶持下,两个生产队共同协商,申请成立了猛董种养殖专业合作社。该合作社主要发展牦牛、黄牛、毛驴、山羊养殖,以及核桃、中药材、林木育苗的种植、收购、加工及销售。他们种植冬季储存草料,以保证牲畜在冬季正常生长;牲畜产生的粪便,又可以用作种草料、核桃和果桑的底肥。通过种植业和养殖业的直接良性循环,既实现了农业规模化生产和粪尿资源化利用,改善了农牧业生产环境,提高了牲畜成活率和养殖水平,又降低了土地化肥使用量和农业生产成本,提高了农牧产品产量和质量,确保农牧民收入稳定增加。

从种植业到养殖业,从传统产业到现代特色产业,两个不同的切面折射出的是九龙县产业结构的巨大变革。

"培植地方优势产业,才是实现脱贫攻坚目标的最佳出路。"县委副书记陈林在不同场合介绍情况时说，脱贫攻坚离开了产业一切都无从谈起，只有聚焦产业培育发展，才能增强自身"造血"功能，让老百姓脱贫后不返贫。五年攻坚以来，我们以农业供给侧结构性改革为导向，以农村集体土地流转为保障，大力实施产业扶贫，因地制宜发展以牦牛、花椒、核桃、魔芋、茶叶"五朵金花"为重点的生态农业，推广"农户+支部+基地+企业（专合组织）"的产业发展模式，出台了"一个意见、两个办法"等产业配套优惠政策，整合资金830万元建立农业产业发展风险基金，采取资金扶持、项目支持、政策扶持等方式，加大对龙头企业、专业合作社、家庭农（牧）场、种养殖大户的扶持力度，兑现奖补资金580余万元；全县种植养殖业覆盖贫困人口6985人，实现增收142万元。注重农旅结合，大力发展乡村旅游等服务业，积极推动劳务扶贫，带动550余名贫困群众就业务工，实现月增收4500元。充分发挥四项基金的作用，九龙县设立金融信贷专项基金820万元，共撬动小额信贷资金6548万元，覆盖贫困户1343户。

九龙县委副书记、县长宋晓军谈到产业脱贫的效果时说："脱贫攻坚不仅带动了产业发展，而且还使水电路、村组活动场所、卫生室等基础设施得到改善，脱贫攻坚让群众得实惠，干部作风得转变，九龙正在发生着前所未有的变化。今后，九龙县将进一步聚焦目标、理清思路、强化职能、攻克重点，举全县之力，举全县之智，坚决打赢脱贫攻坚战，确保与全国全省同步全面建成小康社会。"

5. 稻城——5A级景区的脱贫联播

媒体用"四个二十年"总结稻城的发展：

二十年，牛拉马驮的闭塞之地，变成内通外畅的自驾天堂；

二十年，少有人知的无名小城，变成享誉世界的旅游胜地；

二十年，收入无几的贫困群众，变成脱贫致富的奔康人家；

二十年，从落后走向进步，从封闭走向开放，从贫穷走向富裕。

二十年的变迁用四句话浓缩了稻城的发展，总结简洁、到位，但要补充的是，如果前期没有美籍探险家洛克的香格里拉之旅，没有希尔顿笔下的《消失的地平线》，没有20世纪90年代县委县政府的宣传远见，没有著名摄影家吕玲珑的画册的推动，这片"蓝色星球上的最后净土"恐怕依旧藏在深闺无人识。

稻城更得益于香格里拉核心区域的竞争品牌，其强大后盾便是仙乃日、央迈勇、夏诺多吉三座神山的颜值，摄人魂魄；神峰下环绕的牛奶海、森林草地、湖泊溪流、冲古寺……"套娃"般的故事留着且听下回分解的层层诱惑。

即将进入5G时代的人们灯蛾扑火般从雾霾蔽日的大都市闯入八瓣莲花的雪国，一个没有战争、人人相爱、无忧无虑的理想王国，便凸显出它的圣洁与灵动。

一位来自成都的游客，用相机拍下"仙乃日"银剑一样刺向蓝天的瞬间，他自持不住地狂吼："Oh, my God. Oh, my God."之后哭得稀里哗啦。人性、人心被自然界的大美唤醒，迸发出超流量的传播效应，激动之后，他从"my God"回归到"巴适"，继续举起相机，生怕错失良机。

如今的稻城，除了月球表面般的海子山、阳光和水催生的红草地、香格里拉镇的四季莲花客栈、亚丁村的深夜酒吧、金珠镇的万亩青杨林、桑堆的"扎西拉通"七彩滑草道、傍河古老的"自麦经堂"等，还有世界上最先进的圆环阵太阳风射电成像望远镜落地稻城，古老与现代交织在青藏

稻城亚丁仙乃日神山与原始森林。吕玲珑摄。

的天际线。

稻城，一个仅有3万多人的高原小县，在平均海拔4000米的雪域，用不到20年的时间，特别是近5年脱贫攻坚，创造了稻城精神。

这种精神，是在年财政收入仅有20万元的困难岁月，果断拿出15万元"巨款"，聘请专家团队，高标准启动亚丁景区的规划；这种精神，让稻城用30万元、30天时间，修筑了一条30多公里的路；这种精神，终于在2017年让稻城农牧民人均可支配收入首次突破万元大关，达到10895元。

稻城原名稻坝，处于川滇五县交界之地，是川西高原深处一座古老美丽的小城。按照全州全域旅游提出的"山植树、路栽花、河变湖"的总体思路，稻城加大了对县城民族特色、地域特色、生态旅游特色的打造力度，使这个茶马古道上的驿站，变成了民族文化特色突出、现代气息浓郁、商贾聚集、游人蜂拥的高原小城。在这片因全域旅游而获福的土地上，层出不穷的脱贫攻坚新故事，塑造着另一种人间奇迹。

在夏末的稻城河岸边，与傍河乡的电登书记、县扶贫开发局的李丹副局长、泸州援藏干部李华明一道来到计划出资50万打造的"自麦"老经屋。笔者惊叹，这个有600年历史的老宅里面共诞生了13位活佛，讲述着和则共生的命运勾连。文物带故事是文旅结合的亮点。

傍河乡依靠半农半牧的特点，投资170万建造酸奶加工厂。村委会主任扎西说，傍河乡有贫困建卡户83户379人，酸奶厂如果效益好，加上种植业和三个牦牛养殖合作社，加上"登秋节"的帐篷出租，农家乐的收入，傍河乡的提档升级就会成为现实。

稻城扶贫开发局局长格桑刀登带着意外和兴奋告诉笔者：傍河迎来了天降的机遇，国家重大科技基础设施项目——空间环境地基综合监测网，已经落地该乡，目前在建中。该项目将与稻城海子山的高海拔宇宙线观测站一道,助推稻城成为"大天文观测集群所在地"。这是仰望星空的最佳带入地,县上也在考虑集科普、观赏、休闲、旅游于一体的新景点。依托这张名片,稻城正着力推进建设包含一揽子体验式旅游项目的天文公园,使其成为稻城旅游的又一大热点。

"稻城正经历着千年未有的大变革。"稻城县委书记曾关和说,精准扶贫以来,全县上下以"慢不得"的紧迫感、"坐不住"的责任感、"放不下"的使命感,坚定不移推进脱贫攻坚、依法治州、产业富民、交通先行、城乡提升、生态文明建设"六大战略"。从城市到乡间,从景区到牧场,稻城儿女以"每年有新变化,三年上大台阶,五年大变样"为目标,敢于担当,大干苦干,推动着稻城的发展,涌现出一个个感人的故事。

巨龙乡是稻城松茸的主产区,上天的眷顾,四周山上的青冈林成为该乡的"银行提款机"。一到松茸出产的季节,老百姓每家每户便投入其中。然央村的易地搬迁贫困户布邛,在缺劳力少人手的情况下,2019年的松茸收入都达到2万多元。据布邛说,像人手多的娜娃娜珍家,2019年就挣了10万元。他身患残疾,村上给他安排了公益性岗位,做环卫工,每月补助600元。妻子梅绒友珍在乡上打小工,每天能挣到100元。2017年,女儿在宜宾高级护理三班学习,儿子格绒多吉在稻城中学念初三,暑假回来就上山拾松茸。

同格绒多吉一样,然央新村的在西昌读大学的四郎拉忠,放暑假后回家料理家里开办的农家乐"莲生小院",迎接暑期旅游高峰的到来。他说,"旅游旺季就快要到了,我们要先做好准备,以更好的姿态迎接游客。"

巨龙乡副乡长徐少龙介绍着然央新村的故事,他说:"然央新村地处亚丁旅游环线,具有浓郁的藏民族风情。2016年,泸州市援建稻城工作队依托然央村的独特资源优势,投入援建资金300万元,整合其他资金100万元,打造然央田园综合体,紧扣亚丁发展乡村旅游。"

潺潺流淌的小溪,依山而建的石头藏房,幽静别致的休闲步道,房前屋后果树茂盛。身处然央,一幅藏家田园风情画扑面而至,仿佛身处世外桃源。"以前村子的环境非常脏乱,而且村里全是土路,每次下雨出门就会裹一脚的泥。"回忆往事,62岁的村民布呷依然感慨万分,"如今青石板路铺到了家门口,道路两旁全是花丛,整个村子大变了样。"

为促进然央村民致富奔康,泸州援建工作队不仅先后打造了节点景观、水梯景观、游客步游道以及休闲广场,完善旅游服务功能,还创新"支部+合作社+企业"模式,引进企业投资,帮助村民增收致富。目前,然央村已成立了"大棚蔬菜种植合作社""藏香鸡养殖合作社""高山雪

藏家新居。彭健摄。

鱼养殖合作社"等。其中，酉源农业科技有限公司投资1000万元，在然央流转土地90亩，新建了集特色养殖、特色餐饮、休闲体验、高档住宿为一体的田园观光综合体。

援建极大地改善了巨龙乡然央村的基础设施、环境卫生、绿化景观等，将然央村打造成乡村旅游扶贫示范新村样板，成功探索"旅游+扶贫"发展模式，拓宽了群众增收渠道。

稻城有"四绝"，前三绝是"神山"仙乃日、夏诺多吉、央迈勇，均为大自然造就，"第四绝"阿西土陶是由人创造的。有考证表明，阿西村制作土陶的艺人，已传承了16代。这种土陶，因煅烧后呈黑青色，又称"黑陶"，历史渊源可追溯到距今7000多年的余姚河姆渡文化时期。

52岁的降措是阿西村阿西土陶国家级"非物质文化遗产"第五代传承人。走进降措的作坊，他边做边介绍："制作一件土陶，要经过选土混合、捏摇敲打、碎瓷点缀、煅烧成型等工序，每道工序都是手工细活，半点马虎不得。"

在当地，阿西土陶除了作为茶具、酒具、炊具等日常生活用品，还被用作求婚的礼具。如果哪家的儿郎看中另一家的姑娘，通常是由家人提着盛满青稞酒的土陶酒具直奔姑娘家中，如果姑娘的家长喝下青稞酒，婚事就算一锤定音。这美好的习俗保留至今。

"用陶罐煮出来的汤，味道鲜美，泡出来的茶，香味持久，用来插花还能起到保鲜的作用……用来喝酒，更觉醇香。"外来者多了，这便成了降措的广告语。"十二岁学艺，十五岁出师，跟土陶打了四十年交道。"降措说，一代代的制陶人用土陶换粮食养活自己，养活家人。阿西土陶成为"非遗"后，游客慕名而来，"有个北京人，一次就买走了三百多件。"

"阿西土陶成为稻城的一张名片，是我们不遗余力保护的结果。"宣传部长王芳说。降措的新作坊通过县上协调，搬到了通往景区的公路边，前铺后店的设计就是为了让生意更好。

省母村地势平坦，一幢幢石砖垒砌起来的民居，像圣彼得堡的石头城，星星点点，被大面积黑黝黝的农田围绕着，极富田园特色；户与户之间有大车能通过的水泥路，路边的墙体用脱贫奔康的宣传画或标语装饰，充满蒸蒸日上的气息。

年轻的省母村第一书记古古，带着笔者走访了建卡户呷罗家。中年妇女呷罗戴着一顶宽檐的遮阳帽，她刚从外面拾牛粪回家。庭院的一角堆满可以作燃料也可以作肥料的牛粪。呷罗的男人在县城打工，她大致有务工、公益性岗位、惠民资金草补林补耕补、捡松茸、卖土豆和油菜五项收入，2018年已经脱贫。来到她家，宽敞的藏式客厅里，藏式茶桌上摆着可乐、雪碧等饮料，电视机边上放着冰柜和洗衣机。呷罗不善言辞，一个劲地叫我们多喝点奶茶和吃锅盔，不停地重复一句话："共产党对我们太好了。"

在崩一家，她和老公扎西彭措在院子里备木料，准备完成住房的内装修。

"这些房子看上去像别墅。"笔者说。

古古书记似乎听出了话外音，解释说："很多外地来的游客也这么说，其实，老民俗导致了某种攀比心理，修大房子耗尽了几代人的积蓄。一些陋习也制约了发展。"

崩一的儿子在康南中学念高中二年级，立志要考上大学。女儿卓西次姆在稻城中学读初二，藏文特别好。母亲崩一拿出一摞兄妹俩历年获得的各种奖状，看着墙壁上挂着的习总书记像，说："这些年全家有这么好的日子,是习主席和共产党带给我们的福。"

"省母的群众感恩意识很强。"笔者对古古说。

"当然,"古古很自信,"省母有贫困户16户79人,脱贫攻坚以来,一部分就在泸州援建的土豆粉加工厂和菜籽油加工厂打工,这样一来足不出村就能挣两份钱,既能守家,又能就业。"

"挣两份钱?"

"把自己种的土豆和油菜通过合作社卖给加工厂是一份,在加工厂打工又是一份。"古古解释笔者的疑惑,说,"我们有两个加工厂和省母产业文化园,到时就能看到我们的商品。2019年6月上旬,全州驻村干部示范培训班200名学员,围绕产业发展、乡村振兴主题,考察了省母土豆粉加工厂和菜籽油加工厂。学员们纷纷表示,稻城的经验给了大家极大的启发。"

过去的子定一村,是赤土乡的一个贫困村。2013年启动整村地质灾害避险搬迁,全村60户265人全部搬到了山下开阔地,住进了安全舒适的新房子。说起村子的变化,40岁的村支书四郎益西说:"这几年的变化比前35年的变化还要大。"四郎益西是最后一批搬迁户,住进了360平方米的木结构"别墅",其中约100平方米用于自住,其余房间用来接待游客。通往客房的通道两边,挂着很多游客同他的家人的合影,有在厨房打酥油茶的,有晚上搞联欢的,旅游很自然地把乡村和都市融在一起。最让四郎益西高兴的是,两个孩子一个在读大学,不仅学杂费全免,每月还有生活补助,小儿子在县城读中学,同样免费住宿就读。"村里没几个识字的,我这个村支书,也算文盲,但孩子们都上学念书了,下一代就更有希望了。"四郎益西说,村里的孩子,大多被送出去读书了。

如今,村里有20户人家搞起民宿接待,30多户人搞传统牦牛养殖,农闲时还可出去打工或搞农产品加工和销售,家家户户都有了稳定的收入。

2017年，全村通过旅游接待和农特产品生产销售，人均增收2000余元。

王光普是子定二村的第一书记，用党建引领带动脱贫，很有经营头脑。他利用游客去亚丁路过子定的情况，同日松贡布酒店签合同，招租两个大型路边广告牌，每个10万，连续做了3年，20户贫困户每年能分红500元。他还与九龙金刚公司联办了"梅花鹿养殖基地"，年收入11万，全村共享。在宽敞的村活动室，王书记给笔者畅谈着下一步计划，争取县上支持，联合通往亚丁沿线的村种桃树，"打造29公里长的桃花谷，让游客下榻桃花源般的民居，做桃花梦，走桃花运。"

稻城县长樊玉良说，随着全域旅游的持续推进，一系列新业态相继出现，并快速发展。现在的稻城，不仅经济发展更快，民生得到了改善，而且人们在思想观念、发展理念上也有了极大的转变。这种新的变化，对稻城今后的发展来说，是良性的、互动的、可持续的。

6. 乡城——寻梦那只奔康的"香巴拉猫"

国家4A级旅游景区——乡城县青德藏乡田园风景区里的一只猫火了，这些笔者对采访乡城之旅产生了好奇。而一路上的见闻更让笔者感到惊叹。

见闻一：新移民搬出致贫陷阱。

2019年11月16日，笔者去乡城县洞松乡热斗·移民新村采访，路遇搭车的雍初。22岁年轻漂亮的雍初几经辗转从色达回到家乡，抽空回来参加表妹的婚礼。她是色达县羊角乡的扶贫专干，从眉山职业技术学院毕业就考上了乡干。

从被扶贫的对象转变为扶贫工作者，身份角色的转换让她很有感触。回到乡城县洞松乡热斗移民新村，她指着远处云雾缭绕的半高山说："那里就是我们家原来的居住地，陡峭的山坡，匮乏的水源，脆弱的生态，居住环境十分恶劣，干旱、沙尘、霜冻、冰雹、山洪、鼠害等自然灾害频繁，人畜混居严重，不通路，不通电，生产生活物资全靠人背马驮，教育卫生发展严重滞后，长期靠天吃饭，粮食产量极低，由于没有副业，群众收入十分微薄。但自从搬迁到移民新村，一切都发生了天翻地覆的改变，我们热斗村的29户人家，建起了统一标准的单家独户藏式小庭院，像别墅；建起了人畜饮水管道，人畜分离通道；硬化了通村公路，兴建了地下排污网络、村级活动场所、乡卫生院、幼儿园、光伏电站、购物小商店，惠及全村51户325人。事实真是胜于雄辩。"

雍初的介绍让我吃惊，"对，事实胜于雄辩。你怎么记得这么清楚？"

雍初笑了，她说："我每隔两三天就要给母亲打电话，她白天跟父亲一同下地干完活后，爱去村活动室跟邻居聊天，她会告诉我村里发生的新鲜事。也许是工作的关系，'一超六有'对我而言是程序式的提问，所以我很清楚。在参加工作前属于被扶贫的对象，现在做扶贫工作，这种角色的变化，让我十分熟悉被帮扶对象的苦衷和需求。在我上学的时候，未搬迁前，上学很远，山路崎岖，很危险，上小学一年级就住校，半个月放一次假才能回家。那时爸爸妈妈那么穷，靠卖些花椒、核桃支持我和哥哥上学。我现在条件好了，每月能挣到7000元，哥哥在县消防队上班，我们商量要好好报答父母的养育之恩。这次回来把房子装修一下，让老人安度晚年。"

告别雍初，笔者走进格绒家。因为是突访，主人家显得措手不及，在木因村第一书记杜鹃的介绍下,家里人明白了我们的来意。他们非常热情,一点都没有埋怨村干部不提前打招呼做准备。家里里里外外透出洁净。宽敞的院子里晒着乡城一带特有的红树椒,喜庆的色彩同周围盛开的菊花争奇斗艳。院子的左侧是格绒长子的工作室,他叫下公热登,在家务农,农闲时学得雕刻的高超技艺。

藏族百姓有一个愿望,就是有钱后将客厅装修一番,墙面的装饰主要是木雕。近年来老百姓富裕了,因此下公热登的生意很火,可以说凭借这门手艺支撑全家九个人的生活开支没问题。他的妹妹格绒青中在南充卫校毕业后在一家医院实习。弟弟格绒泽仁在四川民族学院念完大专,刚毕业,8月报考了公务员,分数上了录取线,目前等通知面试。

主人家生怕招待不好来访者,不停地朝茶碗里蓄水。下公热登说:"村支部帮助我在困难时去学雕刻,政府的各种补贴起到了关键的作用。当然,回来后自己也很努力。"他把州委书记和州长签名的"康巴英才"证书翻出来,上面写着:在2017年工作中成绩突出,被评为甘孜州"百千万康巴英才工程"优秀基层基础人才。

笔者在乡城县松通移民搬迁点看到,一栋栋漂亮的白色藏房挺立在苍翠的河谷间,似乎在向人们展示着搬迁农户的幸福生活。新栽的大面积经济林木蓄积着未来。

行走在移民新村,在相对宽阔的台地上,村民经营着自己的未来。县上从六公里以外的高山上架设饮水管道,将电牵到荒坝,将公路拓展延伸;勤劳的松通群众用三年时间,便将原来的荒山坡建成了特色浓郁的小集镇。在整个扶贫搬迁建设中,乡城县力破群众观念改变难、搬迁选址难、资金筹措难三大难题,狠抓搬迁群众落户、房产落脚、生活乐业,努力实现搬迁规划设计好、惠民政策落实好、增收致富引导好,确保搬迁农

格绒家晒的乡城红树椒。彭健摄。

正在做木雕的下公热登。彭健摄。

户"搬得出、稳得住、有发展、能致富",先后建成了黑达坝、邛少通等五个集中搬迁安置点。从此,354户1876人从生存条件恶劣、土地贫瘠、地质灾害隐患严重的半高山上搬迁到条件较好的地方居住。

如今,全县80%以上居住在高山半高山上的村民,已实现整体搬迁至生存环境优的低海拔地区,实现集中居住,走上脱贫奔康的幸福路。

见闻二:热打乡木鱼村的绿色银行。

驱车来到乡城海拔最高的热打乡,气候原因,这里是全县11个乡中唯一不产水果的乡,但这里却有山珍上品——松茸。俗话说:靠山吃山,靠水吃水,老天是公平的。

木鱼村有建卡贫困户17户85人,针对这个群体,第一书记罗建国和村两委制定了短、中、长三期规划。短期开展植树造林,牵头6个行政村投工投劳获得收入4万元。中期由县农牧局牵头饲养藏香猪和西门塔尔牛。木鱼村用产业发展金买了20头西门塔尔牛,每头牛的成本是1万元,再分配给每家饲养,采取借牛还牛的方式,小牛养大后所有的奶制品归农户所有,生下的牛仔属于集体财产,养到1岁卖掉就有收入1万元,因此农户的积极性很高。长期规划是将产业周转金30万入股青德公司民俗酒店,20万投入县旅投公司搞民宿,2019年底已经收入2.5万元。

敲开木鱼村一组9号的藏珠家。他家的明白卡上写着:脱贫前的致贫原因是缺技术和缺资金。经过帮扶,从2014年起,用小额贷款饲养藏香猪,4年后脱贫。挣到的钱投资到三个孩子的学业上,大儿子秋麦已经从泸定职业中学毕业,现在是村上的会计。当哥哥的很懂事,拿到工资的第一个月就给妹妹寄去,大妹妹在藏校读书,小妹妹在内江上五年制专科。三兄妹经常在微信里相互鼓励。46岁的主人家藏珠接待了我们,院里堆放着木料,他说准备在农闲时把屋内装修一番,让孩子们回来后在新装修的屋里热闹热闹。

"我家背后的山就是我们全乡的绿色银行。"藏珠自豪地说。"绿色银行?"笔者不解地问罗书记。他说:"村子背后的山距村子不到200米,真的是村民的提款机,山上长着村民的高收入副业——松茸。举个例子,过去村民一到农闲,就会去山上砍青冈枝用来做燃料,或用来铺猪圈牛圈,或者堆放在四周围墙挡风。现在大家意识到,如果没有青冈林就没有松茸,没有松茸就没有收入,这是脱贫攻坚理顺了大家的思想观念。一来保护了松茸,避免了破坏性地采摘;二来保护了青冈树,大家的环境保护意识大大增强。"

见闻三:转变观念谋发展,"养猪郎"带领乡亲奔小康。

海拔4000多米的大山里,太阳落山就意味着天黑,此时随着养猪倌丹巴的口哨声,他放养的200多头藏香猪闻声"回家"。

体重不大、黑皮尖嘴的藏香猪因环保生态的特质,成为高端消费者的首选。

12年前,刚满20岁的丹巴体弱瘦小,不甘于在贫穷的山沟里像父辈一样过着贫穷的苦日子,前往成都"淘金"。干过保洁员、洗碗工、酒店门童、饭店服务员,又与朋友合伙经营酒吧……这些历练练就了丹巴多种生存技能。难能可贵的是,思想观念的改变让他认识到金饭碗就在故乡,只是这层观念的纸一直被"短见"阻隔着未捅破。

2016年1月,28岁的只有初中文化的丹巴做出决定,回到家乡,目的只有一个,"让家乡的特色藏香猪肉走上大都市餐桌,带乡亲们养藏香猪走富裕路。"

机会永远给那些有准备的人，打工期间他通过书本和网络储备了大量的生猪饲养、疫病防治等知识。2016年初丹巴注册挂牌了"乡城县索郎藏香猪生态农业有限公司"，得到县农牧部门技术员的技术支持，271头藏香猪放养大山。

丹巴的老家是一个只有13户人的小村庄，为了带领村民致富，他主动上门从消毒、防疫、饲料搭配等方面，为村民讲解科学生态的藏香猪养殖法。2016年2月，除投资80万元建成两处集中养殖藏香猪基地外，丹巴还为13户群众无偿提供种猪169头，并提供养猪技术指导，待出栏时由公司统一收购销售，同时补充与出栏数量相等的种猪由农户循环养殖，使农户养殖藏猪数量维持在10头以上，条件允许的农户还可以多养。

藏香猪瘦肉率高、肌肉纤维细、营养价值高，需每天放养在野外，食用生态食物。针对这一习性，丹巴聘请了村里的7位村民为饲养员，租了19亩土地种植青稞、大麦、元根等作物作为藏香猪饲料。

"今年家里饲养的13头藏香猪可全部出栏，保守估计收入3万元以上，饲养员和管理庄稼的每月收入1500元，每天可以空出很多时间照顾家里，还学会了科学养猪。"在基地当饲养员的娘所拉章干起活来觉得有劲，因为家里有了一份稳定收入，很是感激。

谈及销售，丹巴说，眼下自己将主要精力放在藏香猪养殖上，销售通过代理和网店渠道进行，正着手实施藏香猪肉进入超市和私人定制，让更多的城里人吃上原生态藏香猪肉。目前两处基地的猪，不准备出栏，用作繁育扩大规模，力争用3年时间达到年出栏1000头，5年时间实现年盈利500万元，同时建成甘孜最大藏香猪养殖基地，让村民的养殖收入得到稳步增长。

谈及自己的目标和规划，丹巴有信心，但也觉得充满挑战，挑战之路有成功也有失败。

丹巴的语气里似乎透出某种对前景不明朗的不确定感。笔者认为，脱贫的最大获益，就是在国家帮助贫困户摆脱绝对贫困后，建卡贫困户通过自己的内生动力去图谋发展，这个过程必然充满荆棘，不可能只许成功不许失败。重要的是，内生动力的强大需要一个漫长的过程，相信脱贫攻坚之后的乡村振兴，脱贫不脱政策的国家支持会引导广大农牧民少走弯路。

见闻四：青德藏乡田园景区的大胆尝试。

2019年一位"猫"设计师在刚命名的国家4A级旅游景区——乡城青德藏乡田园景区，用他睿智的"猫眼"，寻找文旅融合的"香巴拉猫"，试图尝试康巴文创产品的另一条道路。

12月16日，绘制着以"猫"为主题的文创产品在民宿皈院上架，测试市场反馈。不少游客纷纷在纪念品旁争相留影，"价格多少？""啥时发售？""哪里购买？"

包括次姆在内的几位皈院管家们，不厌其烦地回答客人的问题。

半月以来，以乡城本土猫咪为原型打造的八大类"香巴拉猫"品牌文创产品，一经亮相，皈院民宿二期咖啡厅成了游客必来的打卡地。

对于新出道的"香巴拉猫"如此引流，国内知名设计师创作人、视觉艺术家、Artlavie创始人，也是该IP及系列产品的设计师殷九龙并不感到意外，反而看好其在正式发布后成为销售"爆款"的可能性。

设计师殷九龙介绍："我的初衷就是设计一款深具香巴拉本土属性的乡野家猫，同时，又不失审美、品质、潮流等国际化特质的去城市化品牌。"

从酝酿、构思、调研到创作、修改、打版，整整半年时间，殷九龙同设计团队深入藏乡田园的村村寨寨，数十次敲开农家的白藏房，遍访家家户户的厨房灶台，搜罗乡城与猫的不解之缘，收集当地"猫"的各类形象。同时积累所到之处建筑家具、生产资料、生活物资的材质、图案及用色。最终，"香巴拉猫"IP呼之欲出。殷九龙认为，"猫"在乡城，是守护者，是家庭成员。

"乡城人最喜欢的动物是猫。谁问答案都一样。"乡城县政协文教医卫群团委员会主任东灯介绍，在乡城传统的民居白藏房里，每家每户都把灶台装饰得图案精致、色彩丰富，但是不论如何变换，祈求人兴物丰的一面图腾之壁上，总是少不了"猫"的身影。而"猫"之所以能占据灶神图腾的一席之地，源自一个世代相袭的古老传说。原本乡城没有猫这种动物，后来鼠患成灾，先民遂远赴印度，求取灵猫庇佑。当时，久居温暖南亚、此番却要前往遥远寒冷雪域的灵猫提出三个条件：一需居于灶台旁可烤火，二需每天以牛奶奉养，三需当作家人一般对待。先民都一一应允。于是，灵猫来此，遏制鼠患。

在乡城，养猫、爱猫、敬猫的数百年传统沿袭至今，"猫"一直扮演着家园守护者、家庭成员的重要角色。那么究竟这款乡城"猫文化"与"潮品牌"联名的"香巴拉猫"IP及其系列文创产品彰显了怎样的魅力？其背后有着怎样的文化内涵？其未来可持续发展的可能性在哪里？

殷九龙认为，一个介入乡村的好设计，既得有国际的品格、乡野的味道，更要有自己的腔调。他期待，未来"香巴拉猫"或能成为一个国际品牌，用它独特的、旺盛的生命力，链接这片"并不遥远的香巴拉"的旅游和资源、文化与艺术，成为乡城县依托文化资源可持续发展的动力及条件之一。

现在，人们又多了一个猫在香巴拉乡城的理由：邂逅"香巴拉猫"。

这不禁让人憧憬与香巴拉有关的梦与现实。

7.理塘——"极地果蔬"与"天空牧场"

理塘,平均海拔4200米的世界高地,生物学家视之为生命禁区。

如果用"绝处逢生"来形容包括理塘在内的康巴各县,未免有点牵强和娘娘腔,高原人的乐观天性和强大生存技能,早破了"绝处逢生"的桎梏。要不,为什么称之为不设奖牌的生命"奥运",他们代表了人类在生命的极限处,凭自己的体能、意志生存下去的可能。

83年前,红六军团和红三十二军理塘会师,给藏地带来建立新中国的初心。83年后,理塘人以当年拥戴红军的那份激情,带着使命精彩演绎出一台脱贫奔康的大戏。

"25岁的十八军战士张福林没有想到,离家2000公里的高原是他最后的归宿。"这是时隔68年后,新华社记者报道文章《极地果蔬见证世界屋脊的"菜篮革命"》的开篇语。

报道再现了68年前冬季某天的场景:雀儿山海拔6168米,是川藏公路北线的最高点。张福林所在部队扎营在海拔5000米的山坡上。面对挑战人类极限的施工条件,他们创造着数字纪录,更创造出精神纪录。

1951年12月10日中午,张福林在工地修正炮位。一块突然坠落的花岗石砸到了他的身上。鲜血染红了冻土。张福林牺牲后,战友在他的挎包里发现了他进藏前买的五包菜籽。他在日记中写道:"我要把幸福的种子撒在西藏高原,让它生根、发芽、开花、结果。"

张福林牺牲后的第三年,川藏公路终于通车,结束了西藏不通公路的历史，将古老文明带入一个新纪元。然而，他与五包菜籽的故事并未中断。

战友把他留下的五包菜籽带在身边，与百姓一起播种、收获。1960年，战士们将种出的蔬菜寄到了北京，收到了来自中共中央的回信。65年来，内地的农业专家沿着川藏路，为高原带去良种和无土栽培、立体化种植、AI智能播种等新技术。

今天的川藏路，沿路都能看到满载农产品的大卡车，路边连片的大棚和藏族民众房前屋后的小菜园里，"极地果蔬"正茁壮生长。

值得称颂的是脱贫攻坚五年期，"极地果蔬"已成为藏族民众脱贫、增收的新渠道，特别是平均海拔4300米的"天空之城"理塘，给世界带来了意外的惊喜。

看见航拍的理塘濯桑现代生态农业园区里的玛吉阿米花园农庄，让人联想到勤劳勇敢的中国人的一句俚语：只要功夫深，铁杵磨成针。

在园区打工的贫困建卡户阿珍，在园区一干就是3年，一天能挣90元。来自山东寿光的农业技术员孙冠民，手把手地教会了包括阿珍在内的400多位藏族村民在大棚中种植"极地果蔬"。

"这种变迁无疑是一场'菜篮革命'，它得益于中国政府长期在青藏高原探索的农业技术推广，这与当年张福林的梦想一脉相承。"四川省社会科学院教授、四川省区域科学学会会长周江说。

笔者清楚地记得20世纪90年代初，在理塘召开的全州农业现场会期间，采访过曾任州长的理塘拉波人阿称先生。那时的理塘县城，市场上的蔬菜奇缺，本地只能种出青稞、土豆、萝卜等几个品种的蔬菜，从泸定和内地运来的蔬菜一到便被一抢而空。高原无菜的苦衷和尴尬，20世纪末长期待在高原的人感触尤深。

20世纪80年代中期，理塘有个制糖厂，就是利用理塘白萝卜含糖量高的优势而建，后因各种原因，机器变为废铁。姑且不论成败，但能看到当时理塘人图谋发展的愿景。

如今，眼前的一切颠覆了记忆中灰头土脸的小城。截至2019年，即便理塘的偏远藏寨、牧场定居点都安装了太阳能路灯。8285盏太阳能路灯点亮藏家，方便了4万余农牧民夜间出行。城镇和乡村变得气派、美观、整洁。

海拔4000米的甲洼镇，一辆辆满载着白萝卜、黄瓜、大蒜、番茄、香菇、紫皮马铃薯和水果的卡车，驶出康藏阳光现代生态农业双创中心。很难想象，在这片对于很多低海拔地区的人来说喘气都困难的地方，竟然"藏"着一个直供东南亚的蔬菜种植、加工备案基地。

沿着217省道向南行驶30公里的甲洼镇，一个高大的指示牌竖立在路旁，牌上写着"濯桑现代生态农业园区"。该园区从2017年3月9日正式开园，是甘孜州首个集农业生产、科技开发、休闲观光为一体的现代生态农业园区。园区生产规模已达到2.2万亩，吸引了康藏阳光现代生态农业双创中心、玛吉阿米花园农庄、下木拉马岩村香菇木耳种植等经营主体。现在，这里种出的极地果蔬，不仅能满足本地群众的需求，还能销往全国各地，甚至输出国门，走向世界。

"极地果蔬"之所以在推出后，广受外界推崇，毫无疑问是因为它生长在除了南极、北极以外的世界"第三极"——青藏高原上。相比内地蔬菜，"极地果蔬"有着更好的口感和更丰富的营养。其原因在于高原上昼夜温差大，阳光充足，土壤无污染，水质好。2018年，农业农村部食物与营养发展研究所所做的《理塘县高原特色农产品营养成分分析评价研究报告》显示，理塘县白萝卜维生素C含量比低海拔地区高97%。这些天然条件使理塘7月至11月都有品质一流的错季产品走上大众的餐桌。

更让人惊喜的是，在康藏阳光现代生态农业双创中心，处处可见"黑科技"，近万亩高原萝卜实现了种植、采收、清洗的全产业链机械化；播种车安装了北斗导航系统，实现了无人驾驶自动播种，仅2018年，就种出940吨白萝卜直供港澳。

理塘还投资2000万建立了省级电子商务脱贫奔康示范县。这样一来，全县已有百余种农特产品上架恩珠电子商城，13种农特产品上架京东、天猫商城。

甲洼镇俄丁村村民曲姆在玛吉阿米花园农庄采摘小番茄和装箱，她说："在农庄，不但挣到了钱，还学到了技术。"曲姆每隔一段时间就会到玛吉阿米花园农庄务工，每天能领到120元工资。2018年底，曲姆家人均纯收入1万多元，而过去不到3000元。

曲姆打工的玛吉阿米花园农庄，是理塘县通过"招才引智"工程，引入山东寿光冬暖式蔬菜大棚公司，聘请来自四川省农业科学院、省科技扶贫万里行专家服务团的19名专家组成的团队，为农庄建设提供智力、人才和科技支撑。玛吉阿米公司还与贫困村签订设施大棚租赁合同和长期用工合同，贫困村民可定期在甲洼田园综合体务工并学习种植技术。

这是"授人以渔"的良性互动。俄丁村党支部书记降央土登介绍，该村贫困户轮流在园区务工，每天收入80~120元不等。这种方式既保障了贫困村民的收益，又让村民学到了种植技术。村民将技术运用到自家的小型蔬菜种植棚，形成产业促收、学技致富的扶贫新模式。2017年以来，促农增收达100余万元。

这才是扶贫攻坚的最好落脚点。

除了"极地果蔬"在稳步发展，再看看有着千年畜牧业传统的理塘，怎样运作"天空牧场"。

理塘县是平均海拔4300米的纯牧业县，畜牧业是该县农业和农村经济的支柱产业和特色产业，但落后的生产生活方式阻碍了发展，转变传统牦牛生产经营方式已迫在眉睫。

2016年理塘县开了第一家"牦牛银行"——藏青扎喇高原牦牛专业合作社，村民降央曲批用1头牦牛入社，他和另外5户贫困户得到"照顾"，签订了三年的放牧合同。之后的这几年，他每年可领到4万元工资。

理塘新型牦牛产业如何带动农牧民脱贫增收？有三个关键词：成立现代集体牧场，引进龙头企业，探索牧旅结合。

关键词一：成立现代集体牧场，壮大集体经济。

2016年，理塘县决定在贫困乡——藏坝乡全乡468户推进现代集体牧场，每户入股1头牦牛，县财政扶持100万元用于购买种畜和基础母牛，共养殖牦牛784头。建成标准化草地、标准化圈舍基础设施。到年底仅集体牧场就实现收入50.8万元。全乡群众分红26万元，提取集体经济股分红10万元，提取14万元作为生产发展基金。

集体牧场运作模式，让集体经济得到壮大，贫困农牧民得到了红利，而且剩余劳动力可以劳务输出，增加收入，何乐不为？

于是，又有曲登、村戈、奔戈三个纯牧业乡跟进。三个集体牧场已成立三个畜牧专合组织，组建了三个牦牛养殖基础群，养殖牦牛规模达到1100头，建成9000平方米标准化钢架暖棚和5300亩标准化饲草料基地及配套设施，新建三个日加工500公斤特色奶制品加工作坊600平方米，每个集体牧场所在村新建兽医技术服务站一个。农牧部门对集体牧场进行了育肥养殖技术指导，实施科学养殖，延长了产奶期，增加了产奶量，缩短出栏周期。

关键在于，集体牧场实行整村推进，有效增强了牲畜越冬度春能力，春季牲畜死亡率下降3%，商品率提高5%，集体牧场探索出了让牧民群众有获得感，社会认可的现代畜牧业模式。

关键词二：引进龙头企业，变资源优势为经济优势。

为解决集体牧场销售上的后顾之忧，理塘县进一步加大对畜产品加工龙头企业——理塘高城鹏飞牦牛肉食品有限公司的扶持和培育力度，推广订单保收模式，让所有集体牧场专合组织与鹏飞公司达成了牦牛、藏猪、藏系绵羊长期保价收购协议。

直到2017年，鹏飞公司加工销售的风干牦牛肉、金丝肉干系列产品已营销至成都、重庆、广州、西藏等地，有力带动了理塘县2000多牧户1.2万人口大力发展牦牛养殖，实现牧民户均增收4000元以上。

理塘县引进蓝逸公司，依托大河边霍曲吉祥牧场投资200多万元，在大河边建立了规范化奶站和奶产品加工销售体系，为全县牦牛奶在"收集、加工、销售、储运"方面走出了一条畜产品营销的新机制，将全县丰富的奶源转化为商品，提高了奶产品附加值。2016年，蓝逸公司收购加工牦牛奶60余吨，仅牦牛奶购置就实现牧民增收销售收入80万元。通过加工包装销售实现收入225万元，净收入达50万元，按照公司盈利10%作为贫困户的扶持基金的约定，牧民又增收5万元。带动集体牧场增收80余万元，实现集体牧场户均增收1200元，贫困户增收1500元。

这是一次一步跨千年的进步，通过龙头加工企业的引领，形成了"公司+基地+牧户"的生产模式，填补了理塘县长期以来牧区牦牛奶标准化加工、包装、销售等空白，解决集体牧场和周边牧户牦牛奶销售后顾之忧，确保鲜奶及时收购加工，增加了当地牧民群众的收入。

关键词三：探索牧旅结合，持续增加牧民收入。

汉戈村位于从理塘通往稻城亚丁的旅游干线上，紧紧抓住"幸福美丽新村建设""旅游扶贫示范村"建设等契机，修建民宿接待中心、赛马场、游客中心、锅庄广场等旅游基础设施，并对村容村貌进行美化，在该村打造800多亩高原"人工+野生"花海，带动村民发展旅游脱贫增收。2017年仅国庆期间，汉戈花海就吸引了5000余名游客赏花照相、骑马游玩，实现收入5万余元。

霍曲吉祥牧场充分利用地理优势，把集体牧场和旅游观光有机结合起

理塘草原帐篷城。王达军摄。

来，激活了产业内生动力。霍曲吉祥牧场已建成人工饲草地3000亩，现代家庭牧家乐12户，以及黑帐篷体验中心、雪域鱼庄、藏餐等餐饮娱乐项目，打造集"现代畜牧业、特色餐饮、游牧生产生活体验、产品展销、观光摄影、休闲娱乐"为一体的产业链条新模式。2016年霍曲吉祥牧场实现草业收入3万元、特色餐饮和休闲娱乐外包出租收入22万元、民居接待收入7万元，实现了贫困户户均增收2000元。

理塘，天空之城在云中走得很快，这得益于精准扶贫的好政策，亟待开发的格聂神山风景区有些迫不及待了。

8. 雅江——全息中国松茸之乡上空的商业链

在摄影天堂新都桥行驶约40分钟后，国道318即刻分为南线、北线，雅江是进藏的南大门，享有"中国香格里拉文化旅游大环线中心驿站"和"茶马古道第一渡"之美誉。但细细回味，这两个称谓并不能具象地表达雅江，远没有"中国松茸之乡""康巴汉子村"这两个品牌响亮和久远。

松茸是餐桌上稀缺的高档食材，而雅江松茸占中国松茸产量的12%，2018年创汇500万美元，让两千贫困建卡户受益。雅江的康巴汉子，是女人心目中能激发荷尔蒙的西部"牛仔"，形象高大威猛，那"胸膛是野性和爱的草原"，充满爱和安全感。

这两个品牌的塑造，一方面得益于本身的优势品质，另一方面跟它给力的对外推广密不可分，这显现出推广者的精心谋划和高超手段。不过，本次采访的重心在脱贫攻坚。关于康巴汉子，此处不赘言。2019年11月，笔者探访了推动雅江宣传的该县融媒体中心。

作为全面宣传雅江脱贫攻坚的十集微纪录片《大雅之江我的梦》的主要策划者，周宏告诉笔者，十集纪录片是雅江县委宣传部、雅江融媒体中心倾力打造的精品，以故事片的方式，展示雅江精准扶贫所取得的惊人变化。从拍摄到制作历时三个月，从创意和构思上按照"移动优先、全面创新、融合体验"的形式，打破传统电视栏目的界限，全片无画外解说，无出镜记者、无主持人。纪录片播出后得到了外界的一致好评。

在她看来，如果站在全州的角度来总览每个县的脱贫亮点，雅江最大的亮点是松茸开发、公路建设和水电开发。"在雅江，小小松茸成为产业扶贫排头兵，我们充分围绕松茸做文章，蹚出一条深度贫困地区特色产业扶贫之路。"

在立足对松茸资源既保护又开发的基础上，雅江着手打造松茸的品牌。2013年中国食用菌协会授予雅江"中国松茸之乡"荣誉称号；2014年雅江注册了"雅江松茸"地理标志商标，获得了"雅江松茸品牌二维码保护"；确定每年的8月3日举办"中国松茸节"。2014年，在八角楼乡日基村启动了中国雅江松茸产业园建设，5年之后日基村更名为"松茸村"，这一系列的升级表现出雅江"立足资源，心系民众"的真功夫。

周宏告诉笔者，脱贫攻坚五年来，他们在宣传上得到新华社、央视《焦点访谈》、新华网、《四川日报》、《甘孜日报》等媒体的关注和支持。新华社撰写的《松茸出山记》，报道了八角楼乡王呷村寿生一家5口人的脱贫事迹。

寿生一家是村里建档立卡贫困户，有一对双胞胎儿子，哥哥叫白玛，弟弟叫扎西，孩子上学、家人生病，让本来单薄的家底雪上加霜。每年夏季帕姆岭上青冈林间的松茸帮寿生一家渡过了难关。

记者全程跟踪报道了寿生一家采摘出售松茸的一天。凌晨4点来钟起床，吃早饭，骑上摩托前往北部海拔3500~3900米的帕姆岭松茸采摘点。全家便拿削尖的树棍拨弄着青冈树落叶寻找松茸。直到傍晚时分，全家才下山把松茸送到商贩手中。

2019年，白玛考上了山东畜牧兽医职业学院，扎西高职毕业后在县城一理发店工作。全家已经脱贫，开始向着富裕的小康之路阔步前行。

帕姆岭山下的松茸采摘点，是雅江县无数个松茸采摘点的一个缩影。这一缩影紧扣"脱贫攻坚"和"产业富民"战略，充分利用"中国松茸之乡"金字招牌，采用"龙头企业+基地+联合社+农户"的方式，引导30个贫困村成立合作联社，整合贫困村产业发展基金1000万元，建设示范基地，全力打造中国雅江松茸产业园。基地于2018年投用后，每年向合作联社回报120万元，受益群众达10569人。基地每年带动群众务工增收约300万元，解决120人务工，人均年收入约2.5万元。

八角楼乡帕姆岭村36岁的色佳就是松茸产业园内兼职的员工。三年间，产业园规模不断扩大，功能日益扩展，她的丈夫从修建产业园的建筑工人到"包工头"，她由采挖松茸的农民"变身"为栽培种植蘑菇的技术工。色佳在松茸产业园的工作成长历程，见证着时代的发展，展现出雅江新一代农民在惠民政策引领下依靠"双手"脱贫奔康逐梦前行的"奋斗群像"。园区最终发展的方向是以产业化观光性农业来带动第二产业和第三产业，最终目标是成为全国的三产融合示范园。

针对雅江松茸的宣传和推销，周宏介绍说，"我们为了做好一系列的宣传报道，派出若干路记者跟踪抓素材，跟拍对口帮扶地与五粮液联合开发松茸酒，了解到该酒2018年9月进入市场，当年实现产值一亿元。采访到宜宾市大力引进民间资本与雅江县共同组建国有资本参股公司，负责四川、西藏、云南等省区的松茸酒销售代理的素材。帮扶地与宜宾、泸州两市食品加工企业的合作,生产雅江松茸牦牛肉罐头5万罐,均已上市销售。

"2019年8月,我们记者蹲点追踪顺丰物流在松茸集中产区的7个营地。顺丰物流投入百余架无人机,解决松茸下山'第一公里'问题,促进当地群众增收。无人机可直接搭载货物从陆路不通的山头运往通路山头,单程仅需30分钟,相对过去效率整整提升了4倍。今年顺丰物流同步启用康定机场散航资源,投入30余台冷运车实时待命,同时运用无人机支线网络对接顺丰的全国航空网络,实现甘孜州境内的松茸48小时抵达美国和国内320个城市,24小时送达广东沿海等地和次日凌晨到达省内各地餐桌。现在的松茸预处理中心,是全流程推动产业标准化进程的'自动化加工厂'。该中心可通过流水线作业的方式实现松茸预冷、自动化分拣分装,预计每日处理量可达2吨。顺丰物流将基于大数据及区块链技术,打造松茸全产业链质量与食品安全管理系统,使用智能设备搭载智能系统。我们派出的记者蹲点手记记录了全过程。"

"松茸产业链的环环相扣,根本在于交通运输的问题得到了有效的解决,松茸从产地到加工地的空中运输大大节约了运输的时间和风险,是否可以说纪录片《大雅之江我的梦》的第四集《山间坦途》就是回答怎么解决地面运输的?"笔者问道。

"是的,"周宏在编辑室熟练地点击鼠标,找到第四集,说:"雅砻江干流纵贯全境,大部分地区在海拔3000米以上,全县17乡镇有12个乡镇在峡谷当中,山高谷深,悬崖峭壁,交通十分艰难。俗话说'要致富,先修路'。2012年以前,全县通乡通畅率只有41%,通村率只有5.3%。长期以来,很多偏远山区的群众出行困难,有了收成也运不出去,交通障碍成了致贫的重要原因。2019年9月,交通运输部要求各地在2019年年底前完成符合条件的建制村百分之百通硬化路,对于那些山高路远的村落,这是一项极其艰难的任务，但意义却非同寻常。所以，用纪录片来宣传反映牙衣河乡的交通变迁，及其带来的发展变化是雅江县交通发展的典型缩影。央视《焦点访谈》，就雅江的公路变化聚焦雅江就是一个最好的宣传。"她在资料库里找出《焦点访谈》的内容展示给笔者，"被大山深谷包围隔绝的牙衣河乡曾是雅江县最偏远的乡镇，在土公路修通以前，从乡上到雅江县城需要步行7天。2018年，该乡修好了通乡油路、通村硬化路和联户路，从雅江县城到乡上的时间缩短成了三个多小时，全乡群众的生产生活和思想观念随之发生了巨大改变。"

看着画面，笔者脱口而出，"媒体融合这一新方式，快速、形象、生动、直观，也体现着县委县府的宣传远见。"

"特别反映在山高水深的雅江，镜头能取代大量的语言描述，我们一开始就用航拍牙衣河乡的镜头反映出高山峡谷的险峻，汽车能穿梭山谷中，本身就让外界感到震撼，没有比视频这这一手段更能体现公路带来的整体巨变。"周宏说。

笔者看见视频里的主角尼玛泽仁开车进入院坝，拿着盐巴走进厨房，对妻子说："现在路通了，家里缺什么，急的话开车去买，一会儿就买回来了，一边做饭一边去买盐都来得及。"

院子里尼玛泽仁三人吃饭。镜头里尼玛泽仁开始介绍，"我叫尼玛泽仁，是牙衣河乡牙衣村的，今年30岁。这儿很偏远，是甘孜州雅江县和凉山州木里县交界的地方。我爷爷那一代基本上一辈子没有离开这里，他们去县城要步行一个星期，来回要半个月。我的初中是在县上读的，这儿到恶古要走4天，恶古到县上坐拖拉机要走一天。"

尼玛泽仁的自述一下就交代清楚老家的封闭，最能说服观众的是在他讲述时所配置的画面。

尼玛泽仁讲道:"我小时候做梦都没有想到我们这里能通公路,更没想到的是我2017年买了小车,最高兴的就是爸爸妈妈,他们从来没想过会坐上自己家里的小车去看外面的世界。

"初中毕业后,我就种地,在村里收松茸。那时候收菌子要走一天,还要在山上过夜。通村硬化路是2016年脱贫攻坚通的。之后我买了个货车,在工地上拉东西。后来我跑运输,恶古、巴衣绒、波斯河都去过,现在和以前不一样了,以前要跑两三天的路程,现在一天就可以往返……"

周宏看着显示屏,那些流动的画面,是她和同事们一帧帧编辑出来的,如同自己的孩子。"这个微视频以牙衣河乡牙衣河村村民尼玛泽仁为主角,以他的生活场景、他与他人的日常对话、他跑运输和在当地做特产生意的经历为主要内容,通过他的回忆、评价和展望,直观展现交通条件的变迁给当地群众带来的重大影响;同时以牙衣河乡为切入点,展示近年来雅江县其他地区交通条件的改变,整体反映出新中国成立70年来雅江交通建设取得的巨大成就。"

9. 得荣——太阳谷借旅游脱贫

毛泽东《七律·长征》中有"金沙水拍云崖暖,大渡桥横铁索寒"两句,暖和寒的反差,切中他率领中央红军一路走过的心潮起伏。这个暖,对位于金沙江上游的得荣百姓而言,尤为暖心。要旅游,去甘孜各地。这话早从广告词转化为现实的行动。

当下,不被广告忽悠,有钱且理性的"游圣"们在《中国国家地理》杂志上找到了去甘孜游玩的可靠指南。2016年四川出台了十个专项扶贫

得荣太阳谷地貌。田捷砚摄。

方案,除此以外,甘孜州结合州情增加两个专项扶贫方案,其中之一就是《全域旅游扶贫专项方案》。全域化旅游是甘孜州"三化联动"的重中之重,依据就是甘孜州旅游资源具有全世界不可比拟和无法复制的特点,在此基础上,借旅游脱贫,是优势资源市场化、商品化的主渠道,也是产业扶持的支撑点。

与云南奔子栏一江之隔的得荣县瓦卡镇,已成为得荣县炙手可热的乡村旅游打卡地,蓬勃发展的乡村旅游成为当地村民致富增收的产业之一。

瓦卡村民依托距离香格里拉机场仅1小时50分钟车程的区位优势,让乡村变景区，"我们得荣有独特的荞面饼蘸蜂蜜、酥油炖鸡、树海椒松茸辣椒酱，不知道这些山珍是否合你们的胃口？生活上有什么需要，请尽管给我们说，我们一定改进。"2018年国庆之后，瓦卡镇阿村云墅客栈老板洛绒益西热情地招呼着来自广州的游客朱先生一行。

朱先生连连致谢，"不错，味道好，食材环保无污染。"对客栈提供的各项服务比较满意，"我明年还会邀约更多的朋友来这里。"

忙完应酬，洛绒益西坐在靠窗的卡座上，望着窗外缓缓流淌的金沙江水，向笔者讲述他的创业史。

洛绒益西的老家阿称组在距瓦卡镇约9公里的高山上，村民出行运输都很困难，只能解决温饱。洛绒益西不甘心过这样贫寒的生活，他有砌墙的手艺，便来到瓦卡、云南香格里拉市、德钦县奔子栏镇揽活，那几年，建设工程多，揽活容易，除了农忙季节回家帮忙，他基本上在外面挣钱，加上家里的其他收入，一年下来，家里有5万元的收入。

打拼几年，洛绒益西在县城买了一套住房，想让父母和家人到县城享受良好的居住环境，但老家还有土地，父母和家人大部分时间还是在山上经营土地。

2013年8月期间，香格里拉市、德钦县和得荣县交界地区连续发生5.1级、5.9级地震，洛绒益西的老家就在震中。刹那间，地动山摇、飞沙走石，水源被彻底切断，原本简陋的土筑墙开裂成为危房，无法居住，村民们都住在民政局搭建的急救帐篷里。

4个月后，县上拿出了灾后重建家园计划，对村民实施易地搬迁安置。当年，得荣县鼓励村民在瓦卡开垦荒地，促进瓦卡的开发。洛绒益西家在瓦卡镇有少量的"自留地"，于是，他和家人商量，选择自主安置政策，按照民房重建补助标准，他家享受到了5万元的政府补助金和最长3年期的

6万元政府全额贴息建房贷款。作为川滇门户,瓦卡镇具有独特的区位优势,不少村民通过开办民居客栈赚到了钱。

洛绒益西和家人商量,卖掉了县城的住房,利用银行贷款、向朋友借钱和国家补助款,投资300万元修建了瓦卡镇高档次的民居酒店阿村云墅客栈。经过三年的建设,客栈2017年开业,到2019年已盈利50多万元。目前,已经还清了朋友的欠款,正在逐年还银行贷款。

见多识广的洛绒益西说,"得荣县属于干旱河谷气候,'金沙江第一弯'是中国四十大景观之一,拥有红军桥、贺龙桥等省级文物保护单位和以得荣学羌为代表的国家级非物质文化遗产,是四川省拥有传统村落最多的乡镇,物产富饶、旅游资源丰富,来我们客栈的客源主要分布在昆明、广州、成都等地。县城的市民前来休闲的也比较多。"

笔者发现,瓦卡的民居融合了得荣和德钦奔子栏镇的建筑风格,而洛绒益西的客栈是政府请的专业设计师精心量身定制的,从窗花装饰到室内装饰都有得荣藏民族文化底蕴,近观金沙江水、远眺巍峨大山,可赏花品果,避暑纳凉,诚信经营、服务至上,因此,回头客居多。

"瓦卡有桃树、梨树、石榴等,水果品种多样。一到春天,瓦卡就是一片花的海洋。百花盛开,花香满园。"洛绒益西自豪地说,这样一个五彩缤纷的大花园,是游客拍照赏花的绝佳乐园。

益西曲珍是村里的贫困户,家里有四口人。离异后独自带一个五岁的孩子,父母体弱多病,家里的开销主要靠她一个人支撑。因为没有技术,找不到挣钱的门路,依靠传统种养殖业,入不敷出。

面对她的处境,洛绒益西决定拉她一把,送她参加了成都市青羊区举办的宾馆酒店服务礼仪培训。

"洛绒益西是个好人,他嘴边常常挂着这句话,'一人富不是富,大家富才光荣。'看到我家的特殊情况后,他告诉我,人只要勤快,就能够挣到钱,他让我把孩子送到幼儿园读书,安心到客栈来做事,不管淡季还是旺季,保证我一年有1.5万元的收入,加上我卖的土鸡蛋和蔬菜,一年也有2万元的收入。"益西曲珍高兴地说。

今年25岁的志玛次姆家里有7口人,弟弟在成都上大学,爷爷奶奶都已70岁高龄,丧失了劳动能力,而她本人仅有小学文化,和家人依靠种植业艰难度日。洛绒益西把她吸收为客栈的固定用工,一年有3.6万元工资,每个月给她充100元话费,年终奖还有3500元,年收入至少有4万元了。志玛次姆告诉笔者,"在客栈工作,经过培训后,我们懂得了如何与人相处和文明待客,养成了良好的卫生习惯并带动家人和村民形成好风气,不出门就能挣钱,做梦都没想到。"

从开业到现在,阿村云墅客栈解决了十余名村民的就业问题,是得荣县扶贫就业基地。"尽管我还在还贷款,经济压力也比较大,但瓦卡镇现在发展得这么好,我们的生意也一天比一天好。脱贫攻坚不落下一户一人,在我力所能及的情况下,我肯定要帮乡亲们一把,希望大家都过上好日子。"洛绒益西告诉笔者,在脱贫攻坚和乡村振兴战略中,县上鼓励村民因地制宜发展产业,"只要我们选准产业,就一定能够过上好日子。"

近年来,瓦卡镇以旅游业为载体,山水为形、文化为魂,充分发挥瓦卡镇乡村生态旅游资源优势,主打"巍巍横断,浩浩金沙,阳光瓦卡,魅力藏乡,茶马古渡,红军故道,瓜果飘香,歌舞海洋"的旅游形象品牌,逐步形成藏族文化底蕴深厚、乡土本色浓郁、田园风光独特、环境整洁优美的旅游特色景观名镇。该镇已打造出乡村主题酒店十户,商务酒店、驿站16户,打造民居接待170户,可接待700余名游客。

扶贫工作在太阳谷强势推进,消费扶贫成为一种生活导向,贫困地区的特色产品与消费者的相遇，不仅丰富了人们的餐桌，而且在实践中开拓了一条更可持续的扶贫之路。

农产品带动了种植、采购、加工和消费环环相扣的"食物链"，打通了从农户到合作社、从餐饮企业到消费者的供应链，连接起有效的供求关系。同时，也有助于调动贫困人口依靠自身努力实现脱贫致富的积极性，促进贫困地区产业持续发展。

闻名川滇的得荣树海椒，果肉薄、辣味浓，维生素E、钙、硒、维生素C、核黄素含量高，医药价值很高。其特点是树干木质化而形成小树，俗称"树子海椒"，多年生植物，相传是印度佛教传入藏地时从印度引进。得荣县处在金沙江下游干热河谷区域，独特的地理位置和气候条件非常合适树椒生长。经过千年基因变化及长期栽培选育，树椒成为得荣县的传奇品种。随着"沪企入滇、滇品入沪"的经贸往来，得荣树椒搭上上海和云南合作共赢的船，更借消费扶贫之势成为不同地区的优势互补、互利共赢的一个缩影。

以产品为媒介、用消费搭桥梁，说到底是对市场规律的尊重。应该看到，有的贫困地区并不缺少资源，一些"土特品牌"和"驰名产品"不仅具有经济价值，而且还蕴含宝贵的文化属性。

然而，或是苦于交通不便，或是囿于观念认识，这些宝贝往往运不出去，打不开销路。而通过培育市场、拓展销路，在帮助当地直接创造财富的同时，也在培育当地群众的市场意识和发展思维，让脱贫的机会近在咫尺、触手可及。从自种自收到规模经营、致富增收，这既是由"外部输血"向"自我造血"的转变，也是激发市场活力、增强干事动力的结果。

将偏远地区的特色产品推向市场前沿，互联网起着推广引流的作用。从为贫困地区设立扶贫专卖店、电商扶贫馆和扶贫频道，到给农村电商经营者提供产品开发、网店运营、品牌设计等专业服务，"互联网+消费扶贫"的成功探索，既打开了贫困地区优质产品的销售渠道，也为千里之外的人们提供了助力扶贫事业的机会。

小到一餐饭、一次购物，大到"承包"一垄田、"预订"一季茶，这些定制化的消费方式让贫困地区的产品得到高效转化，进一步提高了扶贫的质量和效率，也让脱贫攻坚成为人人皆愿为、人人皆可为、人人皆能为的一种主动选择。与此同时，也要尽量避免这一领域的一些不良现象，克服市场本身的滞后性和盲目性，以及虚假营销等不良行为，用长期稳定、质量过关的产品，真正赢得消费者的青睐。

10. 巴塘——中国弦子故乡的脱贫民谣

吉村家境贫穷，没有上过学，自然没有多少文化，16岁前都在跟牛打交道。但这个放牛娃生来就爱琢磨，他所在的甲雪村距离县城140公里，同绝大多数贫困户一样，受困于土地贫瘠，灾害频繁，只能靠天吃饭，人均年收入只有1000元左右，温饱无法保障。但他又与绝大多数贫困户不一样，不甘自弱，不等不靠不要，16岁时做出走出大山去闯荡的决定，跟着年纪稍长的邻居外出务工。

来到县城，没有文凭、汉话磕磕巴巴的吉村，只得去工地当一名砌墙的帮工。小工的角色就是背背砖块，和和水泥，干不了砌墙之类的技术活，晴天一身灰，雨天一身泥。但成功总是留给有心人的。他上班跟着师傅团团转，看着他们怎么吊垂线、砌砖墙，怎么判断泥浆的干湿，怎么用灰刀勾线缝，并且默默记在心中。同时他也在琢磨怎样挣到更多的钱，并暗暗寻找着做生意的机会。

一次偶然的机会，他认识了外地来收核桃的谢老板。他立即想到，巴塘的气候夏季干热、冬季温和，大多村落盛产核桃，并远近闻名。他决定抓住这一机会同谢老板谈条件。

"记得2004年8月的一天傍晚，肚子饿得咕咕直叫，收工后准备去吃三两红烧猪肉面，看见路边有人在收购核桃，当时就想我们村的核桃那么多，也销不出去。我就去问谢老板，需不需要我帮忙去村里收核桃，我们村的核桃都是天然无公害的。现在回想起来，当时自己不知哪来的勇气。"吉村告诉笔者。

谢老板听后特别高兴，让吉村赶紧去收，越快越好。

得到谢老板的同意，吉村满怀欣喜，连更晓夜回到村里收核桃。"可能乡亲们觉得我人比较老实吧，我第一次收核桃的时候身上没有一分钱，只好赊账，村民相信我，都愿意把核桃交给我。那是我收的第一批核桃，看见核桃之后谢老板给了我3万块钱，我赶紧给村民们送回去。做生意讲究的就是诚信啊。"

从此，吉村做起了老家地巫山核桃的生意，并逐渐成为致富带头人。

从县城出发仅十多分钟车程便来到了地巫乡甲雪村移民安置点。

乌黑的柏油路直通到吉村的家门口，村民正在帮吉村家新盖的藏式楼房的木栅栏上松油，门前的自留地里种满了各类蔬菜，生机盎然。吉村和他的邻居们都是地质灾害移民搬迁户，见我们前来，吉村立马为我们献上洁白的哈达，热情地招呼妻子赶紧煮一壶酥油茶……

吉村说："我们村地质灾害相当严重，地面沉降时有发生，每年看着房子一点点下沉，哪敢一直住下去。夏天山洪暴发，泥石流能将村民的房子卷走，什么都不剩。"地质灾害严重，生存环境的恶劣迫使大家搬迁。

移民搬迁时，国家给了很多惠民政策，无偿补助地基和3万元的移民搬迁补贴，还可以去信用社贷款。很多村民都愿意搬迁到巴塘县城附近。吉村是2014年盖的新房，新房共有两层，装修极具藏族特色，宽敞明亮的客厅挂了毛主席的画像和妻子闲时绣的布达拉宫刺绣。他说："我们现在算是过上了城里人的生活，以前的土墙房子比现在钢筋水泥修的房子差远了。老婆平时没事儿绣的十字绣，前段时间有人花5万元想买走我都没干。以前哪会想到我们能住得这么舒适安全，真要感谢国家给我们提供的这些帮助啊。"

吉村做核桃买卖一干16年，到过甘孜州很多的县城，还将山里面的核桃销到了外省，"起初我骑着毛驴一家一家地收，收完又要在村里等货车来拉，那时候通信不畅，得靠传话带口信儿才行。久的时候，甚至几天都没有货车进来，一个村的核桃从收完到运走，至少得花十天的时间。现在好了，一个电话，一条微信，随时都能找到货车，村里面通信发达了，一天不到就能收完。"吉村谈起他的生意经。

2017年吉村收入20万元。是的，他富了，关键在于这是个懂得感恩的人，他不光想着自己，"众人富才叫富"。2018年，他带着村里建卡贫困户20人去收核桃。

同去的多吉说："我在其他地方一天最多能赚150元，吉村哥给我200元一天，还提供吃的，只要我踏实肯干就行。他也不嫌弃我没文化，还带我去很多的地方，那都是我没去过的远方啊，现在我可以靠自己养家糊口了。"

收核桃的空当吉村还会去各个村收野生毛桃，将它也纳入收入的一部分。野生毛桃有很多功效，可以润肠通便，活血化瘀，平常的跌打摔伤、关节肿痛都可以通过食用野生毛桃缓解，用途十分广泛，但是有很多人不知道。吉村就想着趁空当，把这个山里货也推销出去。而且捡野生的毛桃不需要太多的力气，老人小孩都可以捡。吉村觉得，要时刻怀着一颗感恩的心、扎实肯干的心就能获得成功。

在自家院坝摊晒毛桃的王秀荣老人说："我和老伴儿年纪大了也干不了什么重的体力活，但是我俩又闲不住，以前毛桃不值钱，烂在地里面都没人管，现在吉村在收毛桃，我们平时没事儿就去地里面捡捡毛桃，不但得到了锻炼还能增加收入呢。"

2019年3月，地巫乡甲雪村一排排小洋房上的光伏板在太阳的照耀下闪闪发光，村头的场地上兼顾发电和停车。

笔者在州扶贫开发局了解到，国家电网四川省电力公司还相继实施了川藏联网工程、"电力天路"工程和无电地区电力建设项目，将所有县域电网接入了四川主网，基本解决了无电人口供电问题。四大工程总投资超过300亿元，建成后甘孜地区仅500千伏变电站就达11座，相当于新建一个省级电网，15万平方公里的雪域高原上，一个个藏族村落挨个"电亮"，无电历史彻底终结，实现"一步跨千年"。

这里是甘孜州第一个建成投产的村级光伏扶贫电站，是成都市双流区对口援建的项目。

"根据巴塘日照时间长的特点，这个项目并网发电年收入80余万元。除去运行维护费用，余下资金将全部纳入附近两个聚居安置点搬迁群众的收益，预计每户每年增收1000余元。"巴塘县发改局副局长李彦自介绍说。

这位来自双流的援藏女干部，告别年已古稀的双亲和9岁的女儿，抛开优越的工作与生活环境，加入了省委"千名干部人才援助藏区行动"的行列。其干练的工作作风，在他人眼里就是典型的"女汉子"。对涉及援建项目需下乡调研时，她同男同志一样吃干锅盔、睡大通铺，从不叫苦叫累。两年时间，她的足迹走遍巴塘十多个乡镇。

最被人称道的是，到甲英乡波戈溪村调研检查援建项目，乘车两个半小时后，还要骑马三小时翻越两座山峰，再步行三小时到达巴塘县偏远的波戈溪村。到达该村后，没顾得上休息，李彦自就立即对双流援建的棒空式学校进行了检查，详细了解了学校开学面临的困难和问题，对教师配备、教学设施、教学用品等同教育局进行了沟通协调，确保小学能如期开学。她还结合她在双流从事政府投资项目管理、招标投标的实务经验，对全县各部门、镇乡相关项目管理业务人员进行政府投资项目管理、招投标管理培训，各部门受训面达百分之百。

多次下乡调研、多次进藏家走访后，藏族群众的生活、藏族儿童的愿望，让李彦自的心里一次次受到冲击和震撼。她暗下决心，"要尽自己的最大努力帮帮藏族的小朋友，让他们感受到更多的幸福和温暖。"她主动申请格桑梅朵绽放工程"三进"活动①的结对家庭，如愿成为巴塘县一名小学生益西志玛的汉族"母亲"，并全程参加了活动。活动期间李彦自把益西志玛接到家里，与自己的儿女同吃同住同玩耍，以一个母亲的身份精心照料益西志玛的生活学习，让益西志玛感受到汉族家庭的温暖。

从县城步行10分钟，便到了夏邛镇孔打伙村。将采访的目光盯住贫困户的变迁是笔者的重中之重，因此笔者来到已经摘帽的桂英拉姆家。

一处正在修建的五楼一底楼房矗立眼前，"主体框架出来了，明年开春再修。"桂英拉姆得知笔者的来意后介绍道，房子盖起来是准备搞民居接待的，已经花了150多万，银行贷款50万，其他都是东拼西凑，"这地段正处在格木旅游环线和巴塘连接亚丁机场的十字路口，搞旅游接待最合适。"

实施精准扶贫，让桂英拉姆家发生了天翻地覆的变化。针对桂英拉姆

---

① 双流援建项目。"三进"指进学校体验现代教育，进家庭结对认亲，进成都感受祖国繁荣。

家紧邻交通要道，坝院宽广，有养殖经验，她本人有强烈的脱贫意愿，镇党委和县扶贫部门把发展养殖业和搞旅游民居接待确定为她家脱贫的主要措施，从此她家走上了脱贫致富的大道。

两年前，桂英拉姆家还是夏邛镇远近闻名的特困户，家中四口人，挤住在70余平方米的低矮平房内，生活窘迫。老公李春龙2016年就被确诊早期肝硬化，每年在治病上的花销近4万元，两个儿子去年考入大学，家庭的主要收入靠挖虫草和李春龙开出租车。每年学费和医药费是一个沉重的负担。桂英拉姆虽在农闲时到城区餐馆打些零工，但巨额的支出让她对生活丧失了信心，"真不知那段日子是怎么撑过来的，所有亲戚家都借了个遍，熟人一看到我就躲。"谈起困苦的过往，桂英拉姆哽咽了几次，说不出话来。

在建楼房的空地东面有一排整齐的猪舍，被分隔成了20个猪圈，每个圈内有四五头猪。"去年，争取到养殖扶贫项目后，用申请到的贷款养了100多只鸡和40多头猪，去年底卖了8万多元。今年，喂了100多头猪，快出栏了。"桂英拉姆略显兴奋。她家的故事，成为巴塘精准扶贫"鱼渔"相授的典型事例。

11.道孚——农民夜校念好脱贫经

1936年红军长征经过道孚县，给这片土地上播下了红色种子，"……我唱支山歌给你听，党的关怀暖我心，你带领我们脱贫致富有保障，小康路上我们和你心心相印。"这首曲调婉转、深情的歌曲，在鲜水河畔久久回荡，唱出了道孚各族儿女的心声和希望。

1988年夏末秋初，报社派笔者到道孚采访全州畜牧业草场建设现场会，那是笔者记者职业的处女秀，珍贵而难忘。

20世纪80年代末，开始推广草场网围栏建设，提倡"牛分到户，私有私养，包产到户"。美丽的玉科草原留给我的印象是，在海拔超过4000米的草原，一条大河将铺满鲜花的草原一分为二，起伏的草地向两侧的山麓延伸，渐次是林草相间，山腰是林带，山峰是铅灰色的岩石，美得令人窒息。唯一的遗憾是一水的北京牌吉普车长龙，在土路上扬起经久不息的尘土，黄龙般腾跃在空中。

网围栏内的垂穗披碱草，其长势远远高于围栏外的，由此州畜科所的高级畜牧师戴传贤老师拿着半导体喇叭，给参会的代表们大讲围与不围的差异，那时我对产业二字的含义一知半解。转眼32年过去，今非昔比，乡道村道清一色的柏油马路，特别在精准扶贫的这五年，产业扶贫成为农牧民脱贫致富的重要渠道。

早在2018年4月，全州就集中17个县在道孚召开"农牧民夜校"工作现场推进会，充分肯定了道孚县"农牧民夜校"的工作。现场会上李老师在话筒前向各位参会者介绍着夜校的致富经："为切实发挥农牧民夜校的服务作用，我县以提升素质、注重实践、增收致富为工作要求，专门编制《农牧区法律知识》《农牧技术知识》《藏汉常用口语》等农牧民夜校'本土教材'，大胆聘用1113名教师教学政策、法律、技术、技能、医疗和文化等知识，开展各类宣讲培训5615场次覆盖4.5万人次，166个农牧民夜校成了广大农牧区群众扭转观念、提升技能、树立新风的学习实践基地。"

笔者顺着该县制定的"一花二黑三特色"产业发展之路，带着农牧民夜校提档升级的经验，走访了这些高质量的发展基地。

看见道孚依托资源，因地制宜，进行油菜花、黑木耳、黑青稞、高原特色有机蔬菜、药材种植，畜禽养殖，通过"大产业+小产业"，构建"企业+专业合作社+农户"模式，成功打造了以协德为中心辐射带动8个乡种植2.48万亩观光春油菜基地、以甲斯孔为中心辐射带动7个乡镇种植157万株青冈椴木黑木耳种植基地、以瓦日乡为中心辐射带动全县种植2万亩黑青稞基地、以八美为中心辐射带动8个乡种植0.6万亩莴笋基地等10个种养示范基地或园区。

在这个高起步的基础之上，继续引进6个龙头企业带动，以工代训、送技上门、种养奖补等激励措施，累计培育种养大户94户、家庭农场8个、专业合作社133个，培育出本地省级示范合作社——康巴渠德合作社、安珠种植养殖农民专业合作社，省级示范农场——扎西德勒家庭农场，以及省、州、县示范户2590户。2019年农牧民人均增收821元。

枯燥的数据能见出深度贫困地区追求发展的真干和实干，数字背后是强大的推力，除开水、电、路、通信等22个扶贫专项属于国家的硬支持外，笔者选择把扩大内生动力作为采访的主要内容。县委常委、宣传部长陈断炼向笔者介绍了"农民夜校"和"生态环境保护综合效益"这两个亮点。

陈部长说，各地都致力倡导"授人以鱼不如授人以渔"，农民夜校最大的特点是晚上教学白天实践。这区别于大学的教育模式。麻孜乡沟尔普村的夜校故事最为突出。

村民拥泽告诉笔者，未进夜校前，他认为种好远近闻名的道孚葱，只要松松土，埋点泥巴就可以了，但上了夜校之后，他知道了种植技术滞后的真相。

自农牧民夜校开通以来，沟尔普村的村民们格外忙碌，他们将家里的土地流转给了大葱基地，平时每天早上8点准时在大葱基地进行种植、施肥、除草、装车等田间管理，再也不是像拥泽说的"只要松松土，埋点泥巴就可以了"。

基地的技术指导蒲建军讲解示范，村民们一个个学习实践过关，以理论学习和实训操作相结合的方式，做到学用结合、学以致用，在讲解后实践的过程中逐渐掌握了种植要领。长期的田间规范劳作使村民们有了一份属于自己的技术。贫困户充翁说："我以前种葱子太简单了，现在地租出去了有收入，通过上夜校，不仅学技术还挣钱。学习了才晓得种葱子还是要技术的，这样种出来的葱子真的不一样，一车一车拉出去卖得那么好。我一定好好参加培训，平时在自己院坝里面多练习，用最快的时间掌握技术。"

令笔者印象最深的是麻孜乡沟尔普村的便巴翁姆。县城河对岸一大片土地上整齐划一的蔬菜大棚排列有序，来到其间，只见菜地间立着的单立柱上写着"极地农业道孚基地"，一条笔直的水泥路尽头是基地的鸟瞰图，路两边波斯菊在阳光下娇艳盛开。走进一个大棚，门口悬挂着采摘人员的工作证，一面是姓名，一面是照片，棚内工人有的在浇水，有的在锄草、采摘，一片繁忙景象。墙上挂着的温度与湿度计显示着适宜农作物生长的刻度，一个个成熟的红色、黄色小番茄挂在枝丫上。与常见的搭架番茄不同，这里的番茄在绳子的牵引下吊着生长，距离地面差不多有两米左右。在夜校学到不少技能的便巴翁姆正在采摘小番茄，每天有100元的务工收入。她是年初基地招募工作人员时应聘成功的，是基地建设的亲历者更是见证者。

告别便巴翁姆，笔者来到各卡乡冻坡甲村，夜校还用特色服务帮助脱贫致富。随着"全域旅游"成为热门词，冻坡甲村紧扣"旅游经济"发展路子，开办特色专题培训班，打造旅游从业人才队伍。该村立足地处公路沿线的优势，紧抓成都师范学院帮扶机遇，在深入调研村实际情况后，依托农牧民夜校，层层选拔有意愿的村民开展旅游礼貌用语、仪容仪表及礼仪规矩等方面的培训，村上成立了村舞蹈队、合唱队，去年村上举办了第一届达玛花节，建成了村上的精品乡村民宿，由村民所郎尼玛收徒学习民居内部装饰，开辟了青年转移就业的新途径，每人月均可收入1000余元。

"道孚的夜校确实办出了特色，让农牧民尝到了实惠，我们知道道孚所处的地理位置是康北八县最紧邻康东的，是进入康北的大门，相对较好的气候条件，让道孚县在着眼于明年的脱贫摘帽的同时，一直在生态环境的保护上下功夫，将生态保护、产业发展和旅游结合在一起，这在318北线的8个县中做出了表率，请你介绍这是基于什么考量的。"笔者向陈部长请教。

"生态文明建设是一项覆盖全域、牵动全局的系统工程。我们县把绿色发展理念融入经济社会发展各方面，由县委书记和县长主抓这一大项，将生态建设与产业富民相结合，采取乔、灌、花、草立体建设方式，以庭院、道路、荒山荒坡、沙化地等为绿化载体，大规模开展绿化行动，创建生态细胞，不断扩大绿化面积。"陈部长告诉笔者，"县委书记蒲永峰要求，在打好脱贫攻坚战的进程中，始终把生态文明建设作为最重要的一环，特别是去年启动了康巴高原植物园建设、孜龙湿地保护、桃花山谷打造等工作，意在通过'林旅'结合促进老百姓稳定增收。"

笔者在林业部门了解到，2018年，道孚县投资1577万元，种植近30万株毛桃树，打造20公里长的桃花山谷，让处在桃花谷中的鲜水镇和各卡、格西、麻孜三乡的8个村2144名建卡贫困群众参与其中，每栽种一株树苗获得12元的补助，后期还有管护收入，将在3年内分期支付。2018年4月13日，鲜水镇占地面积388亩的康巴高原植物园正式开工建设，它是县推进生态文明建设的又一大重要举措。该项目总投资7735万元,内设游客中心、展览温室、水系、树屋、科普馆、树木和地被等场馆,形成集科研、科普、培育、改良为一体的现代植物园区。康巴高原植物园旨在建设康巴地区第一所植物科普场所,它将集聚甘孜州所有特色植物,并对这些植物进行记录管理,使之用于科学研究、保护、栽培、驯化、展示和教育,通过打造林卡般的自然景观,为更多的人提供科普学习场所,促进绿色经济发展,进一步提升城市形象与品位。

陈部长记得开工那天,不少前来围观的群众在看了植物园的效果图和了解了相关情况后,感叹道:"我们一直认为,植物园只是大城市才有的东西,现在道孚也要开始建设植物园了,而且离县城那么近,来参观也很方便,很期待建好的那一天。"

这样一来,让绿水青山成为幸福靠山就有了根本的保障。我们从县长杨国清处了解到县政府的下一步打算,在350国道沿线打造4400亩的绿化观赏带,努力实现"河畅、水清、岸绿、景美"的建设目标,探索走出一条资源开发、群众增收和生态保护兼容并进的路子。

道孚县把旅游业作为县域支柱产业重点培育,开启旅游新时代。深度挖掘特色文化,以恢复道孚传统节庆"安巴农耕旅游文化节"为抓手,打亮"康巴十分美·道孚有八美"品牌。先后成功举办了万亩油菜花节、旅游形象大使选拔、民族歌手大赛、协德乡木雅风情赛马节、农耕体育竞技活动、星空晚会等系列活动,吸引了人民日报、新华社、中央电视台、中国网等国内外百余家主流媒体竞相报道,更是让海内外数万游客云集道孚,进一步塑造了"甘孜美丽数道孚"的生态旅游新形象。在活动期间,各类酒店、民居接待游客爆满,经济收入呈现倍数增长。

本着深耕厚植旅游产业,全力推进"甘孜农旅融合发展示范县"建设

的总体思路，道孚县充分利用自然、人文优势，着力打造木雅嘎达·惠远寺、亚拉雪山、湿地公园、玉科草原、墨石公园等"五大核心"景区。截至2019年底，全县A级景区创建稳步推进，累计完成投资上亿元，八美墨石公园——甘孜北部片区首个国家级4A级景区正式授牌并开园营业。与石墨公园同步的鲜水、八美、扎坝重点旅游景区，发展旅游演艺文化产业，累计接待游客50万人次，实现旅游收入近5亿元，带动202户建档贫困户实现旅游人均收入9710元，成功脱贫摘帽。

12. 炉霍——镜头下的脱贫故事

炉霍有一个村名叫朱德村，因红军长征时总司令朱德曾留宿该村而得名，更是炉霍人民对老一辈革命家的深切缅怀。红军在炉霍休养生息长达半年之久，与炉霍各族各界建立了深厚的友谊，炉霍也因支援红军粮食和收养伤员在中国革命史上留下了光辉的篇章。

1973年，炉霍经历了7.9级大地震，死亡2000多人。危难之际，中央慰问团及时深入灾区，组织军民抗震救灾，恢复生产，给灾区人民送去了党中央的温暖。竖立在入城左侧的纪念碑记录着灾情数据，也铭记着勤劳勇敢的炉霍人民的感恩之心。

步入改革开放的40年时间里，特别是在新时代开启的脱贫攻坚和乡村振兴时期，炉霍人民同全国人民一道同奔"中国梦"。

2008年，炉霍摄影家杨孝康的"青藏高原炉霍风情摄影作品展"在上海东方艺术中心成功举办，参观者被青藏高原的旷世奇美所吸引，纷纷驻足留影。

杨孝康影展由三个篇章组成——红军长征胜利80周年纪念画册《红军光辉照炉霍，长征精神传世代》，炉霍大地震40周年纪念画册《寻亲、感恩、奋进》，炉霍县牧民定居新生活《跨越千年的梦想》，分别介绍了发生在这片土地上的动人故事。

更有幸的是，炉霍县新建的脱贫攻坚感恩教育展厅，入选了他的很多作品，让参观者受到一次精神的洗礼。

据炉霍县档案馆馆长李艳介绍，2019年开馆以来，新建脱贫攻坚感恩教育展厅旨在引导全县干部群众深入了解本地的历史文化，深刻感受本县的发展巨变，进而号召全县人民饮水思源、爱国爱党，以感恩之心庆祝新中国成立70周年，以更奋进的姿态追求更美生活。该展厅于2017年立项，2018年启动建设，2019年4月基本建成并实验性开放。项目由成都市锦江区援建，以炉霍县档案馆为业主，由州博物馆设计布展，展厅面向社会免费开放。

一组简练的文字介绍了脱贫攻坚五年来的巨大变化：

五年来，炉霍县整合各类资金累计投入38.4亿元，"五个一批""二十二个专项扶贫"统筹推进贫困村（户）路、水、电、通信等基础设施建设完成100%。

道路交通投入资金10亿元，建成134公里通乡油路、1142公里通村公路；198公里安保工程及21座桥梁，保障群众出行便捷安全。

安全饮水投入资金1.9亿元，铺设饮水管道681公里，确保所有农户安全饮水质量100%全面达标。

安全用电投入资金1.6亿元，全县所有贫困村通电率100%。

群众安全住房投入资金1.8亿元，实施新居建设1100余户，五改三建4148户，投入9209万元，完成易地扶贫搬迁411户，实现住房安全全覆盖率达100%。

通信网络和户户通投入资金3768万元，推进88个贫困村4G基站建设，村村通宽带、户户通广播电视，实现贫困村通信网络覆盖率达100%。

脱贫攻坚感恩教育展厅分类展示了280幅珍贵图片、数十样出土文物复制品、数件唐卡作品和部分1973年炉霍地震的实物遗迹。展厅分为"寻迹""重生""援手"三个篇章，每个篇章都以实物、文字、图片、音像视频展现对应主题，并配有电子演示系统和自动解说系统。

"寻迹"篇章包括"历史掠影""红军长征在炉霍""翻身农奴把歌唱""自然风光""民俗文化""春风化雨""广阔天地"等展位，回顾了红军在长征期间与炉霍人民结下的深情厚谊，形象再现了新中国成立以来炉霍县在制度、民生、生产、生活等方面发生的翻天巨变。"重生"篇章以1973年炉霍地震抢险救灾和灾后重建为内容，再现了当时的灾情概况、救灾情况和干部群众重建家园昂扬进取的精神面貌。"援手"篇章记录了成都市锦江区自2012年以来，援助炉霍发展的显著成效，展现了炉霍、锦江两地的情谊和炉霍人民的感恩之情。

在"援手"篇章中，杨孝康记录了盛煌农业产业园的镜头，成都市锦江区援建的140余个冬暖式蔬菜大棚在高原的充足光照下孕育着高品质的瓜果蔬菜。新培育的西瓜脆甜爽口，酸甜可口的小番茄也是硕果累累挂满枝头，盛煌农业建立起"半高山""鲜水源"品牌，通过线上平台与线下商超将蔬果销往全国。村民们通过流转土地、分红与务工获得收入，腰包渐渐鼓了起来。

"我们于2015年成功引进甘孜州盛煌农业发展有限公司，从最初的10个蔬菜大棚到2017年新建的100个大棚，基地已覆盖全县88个贫困村和24个非贫困村。"炉霍县农牧科技和供销合作局负责人告诉杨孝康。

镜头里还有鲜水河谷一排排灰白相间的大棚，在落日余晖下蔚为壮观。鲜水源农业公司是甘孜州创办的第一个成规模的绿色蔬菜产业园。蔬菜大棚内，斯木镇吉绒村村民曾兴容正在熟练地采摘番茄。她是在产业扶贫园工作4年的老员工。曾兴容曾外出务工，如今她在这里每天工作8小时，年收入3万多元，"现在上班离家近，能照顾家里。以前我家种青稞，辛苦一年，10亩地收入3000多元。现在将土地租给鲜水源农业公司，一年收入5000元，加上老公帮公司配送蔬菜，一月收入5000元。我们两口子的收入足以让我们家人过上好日子。"曾兴容告诉杨孝康，公司还给员工提供了免费午餐，觉得挺幸福。

杨孝康的镜头除了对准农区，也对准牧区。炉霍县的宗塔、宗麦两乡，平均海拔在3500米以上，高寒缺氧，贫困面广、贫困程度深，是炉霍县最边远艰苦的乡。牧民靠传统牧业、政策性补贴度日。"坚决打赢脱贫攻坚战，再难啃的骨头也要啃，决不让一户村民掉队。"在脱贫攻坚的路上，各级干部进牧区、访牧户，察实情、思良策，以实际行动兑现铮铮誓言。

杨孝康记录了牧人想都没有想到的变化，牦牛入股，牧民变股民。办起合作社，成立旅游公司，牧民们在家门口就能吃上"产业饭"，走上脱贫致富路。2016年7月9日，在宗麦乡三果村牦牛养殖农民专业合作社，刚放牛回来的贫困户土加告诉杨孝康："再过几天，又可以领工钱了，今年仅务工收入就有18000元。前段时间合作社还分红500元，加上政策资金补助，今年全家脱贫绝对没问题。"

土加所在的三果村生态资源丰富，草场面积1.7万亩。过去，村民靠销售牦牛奶制品度日，全村23户村民生活在贫困线下，是宗麦乡最有名的贫困村。要让三果村实现脱贫增收，炉霍县政协驻村第一书记何平备感担子沉重。是"等靠要",还是自力更生闯条脱贫路?在多次与村民交谈、与村两委讨论的基础上,何平提出,要盘活牧业资源,发展脱贫增收的永续产业。2016年7月,三果村整合扶贫资金140多万元,租赁了1.6万亩草场,成立了宗麦乡三果村牲畜养殖农民专业合作社,23户贫困村民以牦牛或草场入股合作社。由于统一养殖技术,统一管理经营,奶制品质量得到了保障,产品很受欢迎,合作社当年实现产值9万多元,村民当年实现分红。

在杨孝康的眼中,7月的宗塔草原,七色花开,奶茶飘香,毡房簇簇,歌声悠扬……绝佳的生态旅游资源和浓郁的民族文化风情吸引了游客慕名而来。在"醉美"的草原上纵情欢歌,策马扬鞭,牧旅融合,牧区变景区成为一张夏季主打牌。

"没想到生态度假村这么快就建成了,没想到刚建成就有这么多游客。以前就靠放牧养家,日晒雨淋到处迁徙;现在发展旅游业,在家门口就可实现增收。"宗塔乡角龙村村民泽仁拉吉掩饰不住喜悦,"来这儿的游客骑骑马、挤挤牛奶,体验牧家生活,玩得都挺开心的。"

2017年,宗塔乡整合贫困村产业基金近200万元,全乡村民集体入股,在草原中心流转草场100亩,成立了炉霍县宗塔百姓乐牧业有限责任公司,建设集草原观光、民俗体验、住宿餐饮、休闲娱乐为一体的牧旅融合发展项目,精心打造宗塔草原牧业生态度假村。

"太美了,这才是我想象中的草原,鲜花怒放,水草丰美,牛羊成群,还有靓丽、环保、舒适的生态帐篷……这次真正体验了藏民族生活。"首次来宗塔草原的广东游客杨先生说。随着设施项目的不断完善,这里将更美,杨先生明年还准备叫上更多的朋友来玩。生态度假村从2019年5月17日运营以来,来自广东、重庆、成都等地的游客不断增多,已接待游客上万人次,实现旅游收入近百万元。

"没想到自己刚毕业就有了工作,每月还有2200元工资,离家又近还能照顾年迈的阿爸阿妈,非常开心!"2019年5月刚从省藏校毕业的四郎央金激动地说。

牧旅融合发展初见成效,当地村民喜笑颜开,更加期待通过旅游扶贫实现脱贫奔康梦。

在杨孝康用镜头书写的生态答卷中,一幅照片是在炉霍县的鲜水河国家湿地公园拍摄的,天空倒映在清澈见底的鲜水河面上,泛出大片大片的宝石蓝,蓝得令人沉迷、令人心醉。河底,大群的鱼儿悠闲地畅游着;河岸,不时有几只水鸭从沙棘林中扑腾着飞向河面,荡起阵阵涟漪。

绿水青山就是金山银山。党的十八大从新的历史起点出发,做出"大力推进生态文明建设"的战略决策。一幅青山绿水、江山如画的生态文明建设美好图景,在炉霍大地徐徐铺展。

翻开炉霍县志,在过去,"木头财政"主导着炉霍县,大量伐木损耗着生态元气。绿色创新发展,绝不能重走浪费资源和伤害环境的"透支之路"。

炉霍县以建设"生态炉霍、幸福炉霍、和谐炉霍"为引领,加大生态治理力度,全面构建空间规划、绿色产业、生态文明制度三大体系,使炉霍天更蓝、地更绿、水更清,共筑长江上游生态屏障。从2016年就开始打造的鲜水河国家湿地公园,正是炉霍生态文明建设的美丽蝶变之一。

美景现,游客来。湿地公园专门打造的步游栈道上,许多市民趁着暖阳,来此散散步。不远处的温泉山庄,停满了各式汽车,来此泡温泉、参加草坪聚会的游人也是络绎不绝。"这两年生意越来越好,过年和节假日每天有五六千元的收入。就算是冬季淡季,每天收入至少也有五六百元。"服务员朗拉姆忙碌着招呼客人,家在附近的她在此打工,每个月工资稳定，可以拿到2300元。

2017年，炉霍投入3900万元，实施鲜水河国家湿地公园、3000亩湿地植被恢复和沙化土地治理建设项目。实施"山植树，路种花，河变湖"工程，完成人工造林1500亩、城乡庭院及节点绿化40亩、花海建设2000亩。炉霍县在仁达乡、斯木镇、新都镇实施"杏花村项目"，栽植杏树14.8万株。村民扎西卓玛参与了栽种，收获劳务工资超过4000元。

"杏树长大成林后，村民们不仅可以获得劳务收入，参与项目的农户还将户均获得分红增收3200元，人均增收690元。"张家根告诉杨孝康。

杨孝康最希望拍到的野生动物被人抢先。2018年10月13日，炉霍鲜水河国家湿地公园里，一队黑鹳现身。作为国家一级保护动物，54只黑鹳的到访，印证了鲜水河国家湿地公园是中国西部候鸟迁徙路上的重要停歇地。他决心补上这组珍贵的镜头。

13. 新龙——借"援建"之力全面开花

2003年，作为编导和制片人，笔者在一年中的四个季节，跑遍了整个新龙的山山水水，包括骑马要用两天才能到达的"占多措"①，沿途的壮美，像看着初恋的情人，给人一种难舍难分挪不动脚的感觉。

那年给新龙做了三个DVD的碟子，想必许多新龙的藏房里留存着《红发辫上飘荡的歌》《欢歌笑语拉日马》《圆梦新龙》等碟片，因为里面有他们本地涌现的歌星劲松，新龙人爱不释手，就连杂货铺或小面馆都播放

---

① 藏语，意为黑海。

劲松的歌,更别说大小酒馆。酒吧里的人更是或高歌或哼唱劲松的《娘茹娃》,以及著名歌手谭维维主唱的《流浪的情人》,著名藏族歌手真知主唱的《雅砻江》。

当时这片"封闭"的土地留给笔者的最大印象是"富饶的贫困",像一个逮住大闸蟹没有烹食工具的饿汉,不知道怎么下口。

中央西部大开发,东部支援西部的战略决策,给这片"富饶的贫困"之地带来了空前绝后的福音。特别是脱贫攻坚以来,"没有优势,就要化劣势为优势;缺乏产业支撑,就要培育支柱产业。只要我们紧紧围绕州委总体工作格局不动摇、抓住实施'六大战略'不松劲,不等不靠,苦干实干,'肚脑之地'必然会在底部突围中实现强势崛起。"县委书记泽仁汪堆的一番话,给全县干部带来了一场观念革命。

自实施对口帮扶以来,宜宾援藏队与四川工商职业学院一道,认真调研,精准把脉,确立"产业特色发展、基础全面夯实"的脱贫思路,通过大力发展当地特色产业,全面夯实村域道路基础设施,前瞻性培育藏俗风情接待产业,增强村集体经济造血功能,使脱贫攻坚步伐全面加快。以"短时间、快节奏、高实效"书写了一段对口帮扶助推脱贫新篇章。

在宜宾市援建新龙县领队、挂职县委常委、副县长文万春的眼中,新龙县受地理、区位、气候、资源等方面影响,面临经济发展长期滞后,县级财政较为薄弱,项目建设成本高,资金投入需求大等一系列现状。

但如何破解投入难题,宜宾援藏队在发挥援建资金主体作用下,多方聚力,多方调剂,竭力拓宽援建项目资金渠道。通过择优选项,严格控制项目援建数量,确保帮扶资金定向帮扶,发力集中精准。对口援建以来,宜宾市投入帮扶资金超过3000万元的项目1个,超1000万元的项目4个,总投资500万元内的16个。

德麦巴村海拔近3600米,是宜宾市援建新龙县工作队重点帮扶村。德麦巴村以青稞、小麦等传统种植业为主,规模小,产品附加值低,养殖业以传统的牛、马为主,数量少,缺乏特色。关键在于没有更多技能,村民平时空闲在家,就业渠道狭窄,没有更多的务工收入,"等靠要"思想严重,贫困人口174人,占村民总数的20%。

2017年开春,天气回暖,来自江安县畜牧局的业务骨干、现在新龙县农牧科技局挂职干部钟华,背着防疫箱,走村道,串农户,察看农牧民犏母牛和藏猪养殖情况,叮嘱牧民做好防疫。同他一样,宜宾市农科院的博士、高级农艺师苟才明,正在德麦巴村村头马铃薯种植基地开展规划,给周围的村民讲解马铃薯田间管理和病虫害防治技术,引导村民种植高原马铃薯154亩,养殖28头犏母牛、30头藏猪和300只藏鸡。

"宜宾援藏队给我们送来了藏猪、藏鸡,教我们发展优质土豆,为土豆找好卖家,还争取资金为我们修路,生活一天比一天过得好。谢谢共产党,谢谢宜宾好干部……"距县城十多公里的博美乡德麦巴村75岁的老阿妈呷姆说起宜宾援藏队,一直赞不停。

这些做法给贫困户带来了甜头。最初村民对发展种养殖不理解,部分农户甚至将帮扶单位送来的藏猪放生,针对这种情况,宜宾援藏队因地制宜,创新模式,仅用4个月的时间就为集体经济增收6463元。

德麦巴村距离新龙县著名景点措卡湖20公里,宜宾援藏队认为该村完全可引进嫁接"宜宾乡村游"经验,与四川工商职业学院一道建起两个"康巴空中花园"式的休闲文化广场,作为今后来措卡湖的观光客在德麦巴村的落地接待中心。接待中心增添保障功能,建起了卫生室、文化室和图书室。助力94户村民用上安全饮用水,实现电力使用全覆盖,投入500万元,实施4.2公里通村路、入户路硬化建设,4G网络已实现全覆盖,补贴

90万元，实施"三建六改"，村内道路安装82盏太阳能路灯和网围栏6000米，建起了幼儿园。

经过一番努力，文万春干出了心得，他说，下一步，宜宾援藏队将按照"特色种植、生态养殖、风情接待并驾发展"的思路，加大对帮扶点的支持和引导，做大特色种植规模，做优生态养殖品牌，做特康北民俗风情接待，努力实现项目、游客、产业多重叠加，尽快使全村步入经济发展快车道。"除此之外，我们还积极帮助新龙寻找外地就业，在新龙举办了由宜宾市人力资源和新龙社会保障局举办的2018年就业扶贫招聘会，未就业的大中专毕业生、'9+3'毕业生、待业青年、农村转移劳动者、建档立卡贫困户参与应聘。此次招聘会建档立卡贫困户就有120户358人赴泸州就业。"

2019年，随着纵贯全境的国道227线全线连通，全覆盖的通乡路、通村路、入户路不断建成，位于甘孜腹地的新龙县，感受到交通带来的"一通百通"。

尤拉西乡尤拉西村率先尝到甜头，由宜宾企业捐资筹建的琼益菌业公司，2019年4月成立，7月就正式投产。公司主要从事松茸、虎掌菌、青冈菌等野生食用菌的收购、加工以及销售业务。在各种菌类出产的三个月时间，琼益菌业共收购松茸2万多公斤、杂菌2000公斤，产值达300万元。

四龙泽仁是尤拉西村人，是琼益菌业技术骨干。"以前我们挖回松茸，都是冲一冲、洗一洗，随便晒一晒。现在，要讲方式方法，松茸嫩，要轻洗，切的厚度也很关键，和晒的时间长短密切相关。"四龙泽仁很感慨，"最感谢的是老师还教我们怎么卖。以前我们都是把松茸打堆卖掉，也不分大小优劣。现在学会了分等级卖，低等级保本，高等级赚钱，同样一堆松茸，卖的钱要比以前多出三分之一。"

在距县城37公里的宜新农业科技示范园区，来自宜宾农科院的博士、高级农艺师的挂职干部苟才明，正在田间辛勤劳作，累得满头大汗。他端着盆具，手抓肥料，手把手教村民如何科学施肥。他的身边围着一圈看得仔细、学得认真的农民。按照计划，2019年宜宾援藏队将在园区示范种植青稞、马铃薯、油菜、玉米、药材等粮经作物12亩，引进多年生饲草玉米、一年生饲草玉米、鲜食玉米、高原普通玉米等新品种14个和紫色及红色马铃薯品种3个，引进高产优质油菜品种2个。按此发展，新型"粮—经—饲"三元种植结构将在园区示范开来，并逐渐成燎原之势，进而为新龙县特色产业发展、农牧民脱贫奔康插上腾飞的翅膀。

冬日暖阳下，正与几名工人一道劳作的园区负责人鄢树权笑容满面地说："这个园区是宜宾对口援助新龙打造出来的农业产业化示范园区，别看面积只有120亩，但'种养加'一条龙、'农旅文'一体化的发展模式，让园区前景特别看好。"

自从宜新农业科技园区在博美落户以来，这句话是当地农民的心里话："在家门口挣钱又学到了技术。"

"现在，既可以在园区务工，又能学到科学种养殖技术，还可以照顾家里的田地，增加了家庭收入。"正在劳作的贡科村村民尼麦拉姆很有感触地说。

通过农业科技园的示范带动，色威、甲拉西、皮擦等乡镇蔬菜大棚如雨后春笋般发展起来，在全县种植业的产值份额中逐年扩大，成为当地精准脱贫的最大支撑。

县农牧科技局局长巴格多吉感慨地说："宜新农业科技园区以市场为导向，以科技为支撑，通过示范推广的辐射带动作用，将农业技术组装集成，加强市场与农户的连接，推动周边地区农业产业升级和农村经济发展，最终形成以县城区域为中心的特色蔬菜、藏猪和藏鸡新型产业圈，成为全县城镇居民的'菜篮子'和'肉篮子'，同时园区也成为具备现代种养业、休闲农业为一体的可持续循环式发展的综合科技园，是高原现代农业示范窗口和农业科技成果转化孵化器，是全县居民休闲观光旅游的农业景点，是当地农牧民脱贫致富的'聚宝盆'。"

新龙的精准扶贫之所以有今天的好成绩，得益于十八大以来的脱贫攻坚的好政策，得益于全国下好一盘棋，东部支援西部的大政策，得益于勤劳智慧的新龙人观念的大转变。正如采访中新龙县委副书记、县长董德洪说的："我们将保持专注攻坚的定力，外依内拓，超常作战，倾力冲刺，确保2019年底交上一份满意的脱贫攻坚新龙答卷。"

14. 白玉——陋习深处的亮光

白玉县的河坡乡，与西藏隔金沙江相望，河坡的金属敲打声，延续着古老民族的久远韵味。历史上河坡曾经被称为"格萨尔王兵工厂"，著名的河坡藏刀成为康巴汉子腰间的标配，那精美的刀鞘纹饰彰显着白玉人的爱美之心。

只有让所有建卡贫困户在2020年"住上好房子、过上好日子、养成好习惯、形成好风气"后，脱贫奔康才能顺利进入乡村振兴阶段，这种升级依赖"四好"的坚实基础。在一则白玉县《"陋习革命"为精准脱贫带来"杠杆效应"》的报道中，该文的作者高启龙这样写道：

2015年9月，白玉县灯龙乡的拥珠色巴一家同501户群众一样，陆续收到当地政府送来的特殊礼物——洗脸盆和垃圾桶各两个，洗菜盆、洗脚盆、拖把和毛巾架各一个。

送这些干什么？

习惯于起床后直接吃饭、饭后直接下地干活儿的村民们面面相觑，群众已经习惯于在节日时收到慰问的现金或粮油，如此礼物让他们很纳闷。不过，由于是免费送，他们还是笑纳了，但要这些赠品每天跟自己打交道，而且还分得如此仔细，只有试试看。

不过，试试看的想法在获得赠品的4个月后，有了巨大的改观。

2016年新年第一天，当第一缕晨曦洒遍高原每一个村落，白玉县灯龙乡洞托村拥珠色巴一家就匆匆起床。妻子拉姆生火、做饭、擦拭灶台和厨房里的家什。儿子和儿媳妇开始打扫房间，新买的洗衣机正嗡嗡地响着，电视机里传来各种声音，一个与城里人几乎没有二致的生活场景在这家铺开。

然而，养成好习惯的生活倡导却在爷孙之间引发"拉锯战"。拥珠色巴在孙子呷绒泽登的"监督"下，略带抵触地漱口刷牙，而这种"不习惯"已经持续了近4个月。读小学三年级的孙子看着爷爷完成了"作业"，才开始吃早饭。在一旁的儿子和儿媳妇对孩子暗使眼色，表扬他做得好，因为隔代亲，爷爷更易于接受孙辈的"蛮横"，只有孙子的"监督"，固执的老头才勉为其难地接受。

某种意义上，这家人的陋习革命是孙辈找到的打开"穷锁"的钥匙。

天亮透了，门外传来了村党支部书记降嘎熟悉的咳嗽声，按村规民约，降嘎开始到每家每户检查卫生。

"经过监督，现在好多了。只要养成习惯，就回不到过去了。4个月的监督验收，村民们由最开始的被动讲卫生到自觉地做清洁。现在没必要再逼着做了。"村支书给所有前来检查的人分享"养成好习惯"的经验。

和拥珠色巴一家一样早起的还有灯龙乡的501户人家,这个白玉县最偏远、贫困程度最深的地方,老百姓都期望新年有好的开头,在不愁吃不愁穿的同时,过上干净、卫生的日子。

2015年底,白玉县灯龙乡司法助理员杨浩走进了康通村村民拉巴正玛家。家里窗明几净,院子里整洁干净,屋子里的厨具、家具一尘不染,看着心里很舒服。他是复核拉巴正玛家的固定资产和惠民收益的,耕地11.7亩,退耕还林3.7亩……"把一项项数据反复核实,就是要摸清家底,精准脱贫,磨刀不误砍柴工。"

"杨浩比我还了解我的家底。"拉巴正玛说,"现在我家里有几亩地,我们这里适合种什么,下一步怎么种,杨浩比我们还操心,还心里有数。不好好干,说不过去。"拉巴正玛的愿望,得到了县、乡干部的大力支持。

"种得好,才能收得好,收得好,更要卖得好。"目前,在县农业科技局和乡政府的帮助下,拉巴正玛已经解决了种子和技术问题,"市场问题也不用怎么担心了,好货自有好买家。"

除了拉巴正玛家,杨浩还惦记着其他的联系户,"扎西泽仁家庭困难,家里有四口人,长子是成人,有支撑起家的能力。现在就是要让扎西泽仁在家中的几亩地上做足文章,发展药材种植,早日带领全家脱贫。"杨浩说,"对于全村村民的脱贫愿望,大家心中不仅有了规划,看到了潜力,也更有了底气。我们不仅对'四好标准'进行了细化和量化,各项工作也设置了标尺,有目标才有动力。"

"不仅灯龙乡对'四好标准'进行了量化,全县其他乡(镇)也根据自身实际情况对'四好标准'进行不同的定义。"白玉县副县长扎西拥珍说，一定要让群众住上好房子，达到户均住房80~120平方米；过上好日子，让家家户户家中有余粮，手头有余钱；养成好习惯，使人居环境整洁，行为举止规矩；形成好风气，让自觉遵法守纪、争当文明典范成为习惯。

5年来，白玉县投入4.5亿元用于全县贫困人口的住房改造，并为贫困户建立50~80平方米的自用蔬菜大棚，"真金白银"的"真舍得"为9643名群众的脱贫夯实了坚实的"地基"。

县委宣传部长徐顺发告诉笔者："我们抽调30名宣讲骨干三次深入农牧区、学校、寺庙全覆盖宣讲。先后在灯龙乡、阿察镇、盖玉乡举办四期法制培训班，在灯龙乡试点开展以革除'环境卫生陋习、婚育观念陋习、流浪乞讨陋习、宗教领域陋习、非法调解陋习'的'陋习革命活动'，在全县17个乡镇进行推广，深入开展'四好村创建、文明家庭、致富能手、党建标兵'的推树工作，切实改善人居环境，培养群众养成良好生活、居住习惯，推动形成文明健康、勤俭节约、自立自强、遵纪守法的良好风气，不断增强感恩意识、法制意识，激发群众内生动力、凝聚行动合力。"

在脱贫攻坚的细微深处，白玉的"厕所革命"正悄然发生。

2019年5月17日，成都游客李涛被白玉县旅游沿线上的旅游环保厕所所吸引，"没想到这里的厕所不仅干净卫生，还充满了浓郁的藏文化气息。厕所虽小，却是最直接体现一个城市公共服务基础设施、文明程度的重要标志。"通过旅游环保厕所，李涛感受到了白玉县对发展旅游的重视程度。

为夯实旅游基础设施，助推脱贫攻坚，2018年，白玉县着手在国省干道旅游沿线新建旅游环保厕所10座。2019年5月1日，10座旅游环保厕所正式对外免费开放。

"新建旅游厕所，不仅改善了我县旅游环境，而且还为白玉县建档立卡贫困户提供了就业岗位。"县住建局领导介绍说，"按不低于1000元一个月的工资标准，在旅游厕所修建完工时，选择当地建档立卡贫困户，经过前期系统培训后，将其聘请为厕所管理员。同时，新建厕所还配套建设不小于10平方米的旅游购物店，供管护人员开设使用。管理员除了管理厕所日常卫生和使用，还可以免费经营购物店，在购物店卖一些副食，达到以商增收的目的。这样不仅解决了厕所管理问题，同时也解决了10名贫困户的就业和增收问题。"

白玉县旅游环保厕所外观采用白玉县独特的民居外观风貌——崩空样式，同时，为达到旅游宣传的效果，内部墙面上还悬挂旅游风景画。在男女性别标识上，使用汉字加藏文及本地民族文化元素；厕所门窗均采用藏式设计，再搭配藏式花纹，让大家感受到浓郁的藏式艺术气息。

白玉县的"厕所革命"全面实现白玉县环保厕所"数量充足、干净无味、实用免费、管理有效、卫生文明"的建设管理目标，助力推进乡村振兴战略深入实施，最大化满足广大农牧民对改善居住环境、实现美好生活的需求和期盼，为城乡群众带来满满的幸福感。

白玉县处处是景，把美景转化为经济效益，是成都市武侯区助力白玉县打造全域旅游的重要目的，麻绒乡协加村就是其中一个点位。

驻村第一书记石朝智被村民称为"网红"，他的网络社交账号吸引了不少粉丝，出现频次最高的主题是风光秀美的协加村。再走十多公里就是察青松多白唇鹿国家级自然保护区。石朝智告诉笔者，三栋两层楼的藏式民宿已经拔地而起，投资210万元的三栋民宿将交由村上的旅游合作社运营，盈利的30%拿来投入到民宿下一年的运营，剩下的在村民之间进行二次分红，其中建档贫困户分40%，拿"大头"的建档贫困户要轮流负责民宿的清洁卫生。

尽管还没有大力推广运营，但民宿已经开始接待客人。笔者在其中一间民宿遇到了村民白玛西绕，他刚送走一家成都游客，正打扫卫生，为迎接下一批客人做好准备工作。他打开所有的窗户，让自然界清新的空气代替人工合成的空气清新剂。

"今年8月我们要搞一个大型的赛马节，希望能吸引更多人来我们村里旅游，再通过他们把我们协加村的美传播出去。"充满干劲的石朝智，希望有机会能去外面"取经"。

可喜的是，除三栋藏式民居之外，当地村民又自发建起了十余栋藏式小屋用于旅游接待。

过去，厕所露天在村头，牛栏羊栏隔床头，污水横流扑鼻臭，饮水卫生无保障。如此陈规陋习与曾经有着"舞美之乡"的美誉之地极不相称。

"由于缺少劳动力，造成了大量田地荒芜，同时因为长期没有从事农牧业生产，失去种植技能的群众，'等靠要'的思想非常严重。加之这里缺水，不讲究个人卫生成为常态，甚至有的村民连家里的清洁也懒得打扫。"乡长多吉巴登对过往记忆犹新，"有些人一年只洗一次澡，因为卫生条件不好导致的疾病就很多。"

以前到老百姓家里访贫问苦，多吉巴登感受最深的就是遇到"爱你在心口难开"的尴尬，屋里脏乱差、气味超难闻，老百姓都不好意思把乡长往屋里请。

"自然条件恶劣、思想观念落后、产业支撑乏力、环境脏乱差……"2019年5月15日，多吉巴登告诉笔者，以前村民们的生活习惯不好，生活垃圾随地处置，村道上乱象丛生，从而直接导致村民生存环境差，身体素质差。

为了让村民们有个良好的生活环境，2017年，一场"革除陋习、洁净乡村"的主题活动在灯龙乡迅速掀起。文明新风宣讲进乡村，结对帮扶，制定村规民约，学校开展"小手牵大手"活动，全乡各村老少齐动手，打造干净整洁的居住环境。

"过去，我们村脏乱差远近闻名，大家总是羡慕城里的生活环境。现在，我家房前屋后多干净，屋内摆设整齐，生活用具齐全，跟城里没什么两样。"龚巴村村民泽仁拥措自豪地说。

"阿爸阿妈，饭前要洗手喔，洗脸的盆子、洗脚的盆子和洗菜的盆子要分开用。"在灯龙乡小学读书的扎西多吉，一回家就把老师教的好习惯传递给自己的父母，"要把我的红领巾和衣服洗干净，不然同学们会笑话我。"

"吃了饭就晒太阳，不找活路干。"对于以往的这种情况，65岁的降嘎担忧已久，"政策再好，支持再多，自身不努力，脱贫最终也是一句空话。要改变长久以来形成的陋习，不是件容易的事。"他毫不避讳地亮"家丑"，"现在好了，国家的投入这么大，家家户户通水通电通路，连自己的脸都不洗干净，牙齿都不刷白，衣服穿不干净，还好意思不？乡里决定掀起一场陋习革命，定下村规民约。这下慢慢好了，脱贫就要脱出个样子来。"

"措施的制定和政策的执行都是为完成目标，否则就是望梅止渴画饼充饥，"甘孜州副州长、白玉县委书记康光友说，"我们不仅在物质上脱贫，更要让农牧民群众在思想上脱贫。到2020年，全县81个贫困村全部'摘帽'，9643名建档立卡贫困人口全部脱贫，农牧民人均纯收入在全省十年前的年平均水平上翻一番，达到10280元以上。实现基本公共服务均等化、社会保障全覆盖。乡乡有油路、标准中心校、达标卫生院、便民服务中心,村村有硬化路、卫生室、文化室、宽带网,户户有安全饮水、生活用电、广播电视,真正让广大群众住上好房子、过上好日子、养成好习惯、形成好风气。"

15. 色达——马背民族遇见大数据

2019年9月5日下午,笔者在色达脱贫攻坚办就筑牢长江上游生态屏障这一话题,采访林业草原局工程师朱湘安老师。为什么第一站采访要安排生态呢?因为色达地处长江上游三大支流之一的雅砻江,色达的生态保护毫无疑问是长江上游生态链上很重要的一环,"绿水青山就是金山银山"的环保理念,在这里逐渐化为一组组令人振奋的数据:

投入1.23亿元治理生态脆弱区42785亩、省级沙化土地18720亩;投入1.1亿元开展人工草地建设5.5万亩、划区轮牧围栏建设61万亩、退化草原补播27万亩、鼠虫害治理18万亩、黑土滩治理2.3万亩、毒害草治理1.5万亩;兑现草原生态补助奖励资金3.52亿元,实施禁牧面积627万亩,草畜平衡面积603万亩;投入913万元实施农村综合环境整治;投入400万元实施饮用水源地保护;兑现集体公益林补偿金2527万元,封山育林2万亩,森林抚育2万亩,退耕还林4000亩;关键在于,组建五个脱贫攻坚造林专业合作社,有814名农牧民,其中建档立卡贫困户625名参与合作社林业工程项目,获取劳务收入1307万元,实现人均收入1.6万元,实现草原增绿、牧业增效、群众增收、贫困户脱贫。

朱老师介绍完后,笔者的视线被攻坚办的大数据平台所吸引。占据整面墙的LED大屏幕上,图文标注仔细而精准,俨然一幅挂图作战的架势,

"运筹帷幄"的决胜把控。

年轻漂亮的县移民开发局干部马静按动遥控键。这位宜宾姑娘,大学毕业后因为爱情,放弃了双流航空港的工作,远嫁色达,与色达帅小伙喜结连理。在获得爱情的同时,工作上也因自己的敬业,在领导们支持下,与同事们一道建起了全县脱贫攻坚的大数据平台。

此番氛围给笔者一种穿越的感觉,如此现代化的办公平台出现在这片数千年封闭的金马草原,亘古不变的千年符号——经幡、玛尼堆、马蹄、牛鸣被打破,新科技置于其中,如梦如幻之感油然而生,千年的穿越透出新时代农牧民的今生福分。

扶贫指挥中心的LED大屏幕上显示出"色达县2016—2020年脱贫攻坚战略信息指挥体系"一排大字,文字的背景是一幅宽广的草原美图,鲜花

色达县扶贫开发局工作人员在讲解脱贫攻坚战略信息指挥体系。彭建摄。

铺满草地，草地间数条弯弯曲曲的河流绕缠其间，构成独特高原地貌上的美景。

马静看着屏幕，眼里散发出无限的深情，介绍她和团队关于建立指挥系统的故事。"我们选择这个指挥体系的背景图时，找来很多代表色达县特色的图片，最终敲定这张作为屏幕的封面。它非常具有代表性，是我们目前海拔最高的泥朵拉措湿地公园，位于色达县海拔最高的泥朵镇。这幅图上密密麻麻的黄色小花，散布在湿地公园的周围。视觉上非常漂亮，选它的意义就在于，海拔4200多米的地方能够开出如此鲜艳的花朵，给色达脱贫攻坚工作赋予了一个美好的寓意：散落的村寨犹如朵朵鲜花，脱贫攻坚像盛开的鲜花给人带来的美好……

"指挥体系的第一个部分是基本信息，这是色达的县域地图，地图配上文字和数据便一目了然，反映出色达的基本情况。横向来看，指挥系统将涉及每年22个扶贫专项的16个县级牵头部门，项目推进情况一一呈现，并实行"周报月会"制度。每周每月更新行业部门工作开展情况，实施动态管理，每个项目的推进情况清晰明了。纵向来看，指挥系统数据精确到县级层面、乡级层面、村级层面、户级层面，层层数据清晰，户户情况明了。色达县采用'互联网+大数据'构建立体战略信息指挥体系，挂图作战，运用网络传输终端控制的方式与全县17个乡（镇）联网，实行动态管理、远程指挥、资料汇总、信息共享、经验交流、相互学习、整体推进，真正构建起了'脱贫攻坚信息战略系统'。

"这为全县脱贫攻坚设立了一个目标，什么目标呢？一年打基础，两年求突破，三年见成效，四年奔小康，五年上水平……

"参照四川省脱贫攻坚'六有'大数据平台，我们没有花一分钱，通过自己的努力建立起有效的精准平台，为领导精准决策提供依据……

"这就是信息指挥体系包含的基本情况、组织保障、数据精准、措施精准、驻村帮扶精准、督查精准六个板块,详细地罗列出了全县的脱贫攻坚情况……"

听着马静的介绍,吃惊的同时,笔者心里在问,当"高大上"的大数据遇上"接地气"的精准扶贫,会碰出什么火花?

其实,国务院扶贫办给出的答案是"融合"。进入脱贫攻坚期,大数据在打破信息壁垒、提升国家治理、普惠日常生活等方面持续发力,民众逐步享受到更多数据红利。充分发挥大数据的乘数效应,将大数据与大扶贫融合发展,为扶贫决策提供精准、有效、可靠的数据支持,推动扶贫方式从"大水漫灌"转向"精确滴灌",从而实现识真贫、扶真贫、真扶贫的既定目标。这样的探索与创新值得肯定。

马静回忆自己是在2015年底被抽调到县攻坚办的。2016年,在色达县脱贫攻坚战略信息指挥体系筹备初期,时任色达县委副书记琼措,非常支持做这个体系。他们了解到,当时全州仅有石渠县请专业公司做了类似的指挥体系。"琼措书记让我们也做一个自己的大平台指挥体系。"

马静告诉笔者:"其实,做这样一个平台,就是按照框架、思路,把很多的图片、很多的文字串在一起,难度不大,但特别烦琐。它考验每一位工作人员的耐心,包括每一个乡镇村落每一个部门每一个月的工作,都要及时更新,需要的是耐心和细心。县攻坚办只要建起大平台指挥体系,任何想要了解色达县脱贫攻坚工作的,足不出户,就能精准查找到任何乡镇、贫困村、贫困户的情况。举一例,如果遇到色达县大雪封山的日子,泥朵镇大章乡就进不去,但是我们在这个平台里头就能够清晰地看到乡镇、贫困户们正在做什么;我们已经做了的工作、成效,都能够看得到。"

采访马静前,笔者曾去到雅砻江上游五个最贫困乡之一的大则乡,采访了约车一家和修托一家，采访了甲学乡的乡党委彝族书记五木尔体，以及贫困建卡户根多家。我拿出笔记本，将采访的这两户人家的基本情况与大数据平台的基本情况相对照：

大则乡贫困建卡户约车，家里有13人，是无牲畜户，全家纳入低保。约车是优秀共产党员，参加过州级就业培训，学过修理摩托车和缝纫藏装；约车享受公益性岗位，是草管员，每月有300元工资。大女儿秋洛，中专毕业后在县城一家公司做打字复印工作；两个儿子，一个叫柔甲，退伍军人，在县城的金马阳光小区做保安，二儿子甲修也在金马阳光小区打工，孩子们都很孝顺，可以给家里一些补贴。如今约车两口子住在80平方米的安置房，过着平凡而幸福的生活……

两组数据的重合，让笔者对攻坚办所做的精准统计点赞。

色达扶贫开发局的副局长张继华颇有感触地说，做"数据精准"这一板块，要从县、乡、村、户级层面，把所有的脱贫攻坚工作串在一起，特别的烦琐。比如说数据精准的部分，第一是县级层面，县级层面包括全县89个贫困村，每年退出几个贫困村，计划、安排都要一一罗列；第二是脱贫攻坚精准扶贫五个一批部分，色达县总结为六个一批，包含着确定扶持生产和就业发展一批的8258人、移民搬迁安置一批的5866人、低保兜底扶持一批的7980人、医疗救助扶持一批的15868人、教育扶贫一批的3723人、生态补偿一批的7963人。说到底，数据精准就是工作的精准，只有工作精准了，才会做到数据精准。

最令马静和攻坚办同志们欣喜的是，2016年县委副书记、县长王东升亲自到县攻坚办指导、验收了大平台指挥体系。"当时，东升县长召集了

22个扶贫专项牵头部门、17个乡镇负责人，近40人拥挤在攻坚办不足30平方米的房间，听我讲解大平台指挥体系。"

马静回顾说："我当时在讲解的时候，心里头确实紧张，不是因为怯场，而是因为我最清楚，当时的大数据平台指挥体系还不是很完善。整个讲解过程中提心吊胆。

"各位领导听完讲解后给予了很高的评价，东升县长在充分肯定工作的同时，也提出了很多意见和建议。接来下的工作就轻松多了，各部门、各乡镇都在积极配合我们，努力修改完善我们的大数据平台指挥体系。"

笔者详览了整个内容，回到州府康定后，把色达大数据平台的采访情况，讲给了州扶贫开发局王军副局长听。

王军副局长说，当前，脱贫攻坚已经进入了啃"硬骨头"、攻坚拔寨的冲刺期，贵在精准、重在精准，成败也系于精准。贵州的实践证明，把大数据技术运用到扶贫领域，打破地区、部门之间"信息孤岛"，让分散在不同地区和部门的碎片化信息"牵手""共享""交换"，为扶贫决策提供精准、有效、可靠的数据支持，达到了"四两拨千斤"的效果。可见，推动大数据与大扶贫深度融合，无疑为推进精准扶贫、精准脱贫提供了新方式、新途径。

将大数据与大扶贫融合发展，说到底是融入了"技术视角"，用大数据助力大扶贫，打通了精准扶贫的"经络"，让脱贫攻坚更有"准头"。更为关键的是，通过构建大数据扶贫系统和服务平台，实现脱贫过程可视化、数字化和动态化管理，以便精准评估扶贫项目进展、资源利用、政策落实等情况，提升扶贫资源、资金和项目的精准度，促进社会扶贫供给与贫困人口帮扶需求无缝对接，让帮扶更有针对性和适配性，真正"把好钢用在刀刃上"。

16. 石渠——医疗扶贫的世界贡献

石渠，令笔者印象最深的是，1995年采访蒙沙乡扎西一家。他家7口人，拥有470头牛。仅隔一年时间，一场大雪灾让470头牛所剩无几，雪上加霜的是，他的妻子患了"脑包囊"，医学上称为"虫癌"，也就是脑袋里长满包虫。

笔者发现她的头部全是旧伤疤和新伤疤，问及原因，扎西说是她头痛时，为了减轻痛苦用脑袋去碰撞坚硬物体留下的。

扎西的讲述让笔者听着都胆寒，这就是包虫病给我最直观的印象。

时隔20多年，笔者再次来到四川省海拔最高、紧邻青海玉树的石渠，在整洁的县城街道上，成群成群的流浪狗早已绝迹。环卫负责人告诉我，目前整个石渠县在册16042只狗，只只有"身份铭牌"，通过有效管控，最大限度地杜绝了"移动病源"发生"串联"传染。

众所周知，包虫病是高原牧区严重危害人民群众身体健康的一种常见病、多发病，未经治疗的包虫病患者十年内死亡率高达94%，包虫病肆虐，给西藏、四川、甘肃、青海地区的农牧民造成了重大生命财产损失。

2015年11月，国家、省上启动了石渠县包虫病综合防治试点工作，打响了"虫癌"防控攻坚战。州委书记刘成鸣要求，紧紧围绕"力争到2017年全州包虫病疫情得到有效遏制，到2020年基本控制住包虫病"的工作目标，攻克这一难题。

亮点一： 2015年12月25日，全国政协主席俞正声对石渠县包虫病试点工作给予了高度肯定，批示："卫计委、四川省和有关部门高度重视包虫病综合防治工作，大力协同、综合施策、深入基层、深耕细作，取得了显著成绩和宝贵经验，希望继续巩固成果，并努力在涉藏地区推广。"

亮点二：国家卫计委主任李斌宣布：石渠县初步探索出了"两抓四管六结合"的包虫病防治"石渠模式"，也为藏族地区乃至全国推进包虫病防治工作提供了宝贵经验，起到重要借鉴作用。

亮点三：2017年3月2日，四川藏族地区、西藏自治区和青海玉树州包虫病综合防治领导小组会议在北京召开。石渠县委书记袁明光汇报了包虫病综合防治试点进展，省长尹力表示要促进石渠经验常态化、规范化和在全省藏族聚居区推广。

中央、省、州三级领导之所以要在全国包虫病防治上推广"石渠模式"，毫无疑问是对石渠治虫经验的充分肯定和高度重视。

在源头治理，联防联控，群防群控上，笔者用文字展现几年来抓包虫病防治的场景。

场景一：益西和斑鸠是石渠县国有牧场牧民，两人都是包虫病患者。2015年7月14日下午，州委书记刘成鸣冒着雨雪分别来到二人家中看望慰问。"家里有几口人？每年的收入主要靠什么？现在最大的困难是什么？……"州委书记刘成鸣问得很细致。

"家里五口人，三个孩子，我是家里唯一的劳动力，每年就靠挖虫草挣一万元左右。自从得了包虫病，身体不行了，虫草也没有以前挖得多了，卖虫草的钱还不够给我交治疗费……"益西报告着家里的基本情况。

走出两户牧民家，刘成鸣对石渠县负责同志说："务必加强对犬只等传播源的管理，打深井取水，教育引导农牧民少吃生食。全面建成小康社会，关键在农牧区，重点在农牧区，难点也在农牧区。很多农牧民群众像益西和斑鸠一样是因病致贫、因病返贫，我们要通过提高新农合报销比例、加强医疗救助和地方病救助等具体帮扶措施，让贫困群众看得起病，将群众因病返贫问题解决好。最大限度减少农牧民群众医疗费用负担。石渠县自然条件恶劣，大家工作十分艰苦，但再大的困难也阻挡不了我们带领农牧民群众致富奔小康的决心。"

场景二：23岁的多尼是尼呷镇城关二村的一名驱虫员，每月10日他都会到村民家中派发防治药物，并监督村民给家犬服用驱虫药。通过电视、短信、微信等各类传播手段宣传教育和有效的管理，石渠县犬只规范管理实现了全覆盖。

场景三："阿嬢，狗要拴好，不要敞放让它到处跑哟。"2017年7月25日，在德荣马乡谷恩村，乡包虫病防治专干雍西与村民西姆琼理打着招呼。

"不会哟，你看，狗拴好了的，狗屎也是放在池子里。你们说的预防知识我们都记得，包虫病让我们吃了那么多的苦，不做好预防就是害自己。"西姆琼理一边打开犬粪池让雍西对犬粪进行无害化处理，一边深有感触地说。

雍西笑言自己是"狗司令"，因为她管着全乡830只狗。"每只狗都有'身份'，戴着项圈，这项圈装有一个芯片，只要我用扫描杆一扫，这只狗的户主是谁、多大年岁、驱虫时间、对应照片，都会在信息终端一一显现。"雍西一边对笔者解说，一边对西姆琼理的狗进行扫描，信息终端所反映的信息与她所说一一吻合。

"我们每个月10号都要去给每只狗发放驱虫药，定期处理犬粪，预防包虫病通过狗传播。"雍西说，包虫病多通过犬类动物寄生传播，管好830只狗不是小事情，所以她很小心，"只有在工作上做到小心，才能让农牧民放心和安心。"

场景四：石渠县德荣马乡中心小学张玉萍老师，给四年级的学生上了一堂包虫病预防教育课,通过动画、互动提问的方式,增强学生对包虫病的认知。她认为,高年级的学生对包虫病病因、防治措施会有更深的理解,这些学生可以成为家里的宣讲员,把关于包虫病的科普知识传播给家里的其他成员,这样形成的全覆盖是不留死角的。

……

张玉萍的话言之有理,全覆盖防治目的就是彻底清除传播包虫病的源头。省卫计委编制了藏语版的动漫宣传片《包虫病防治之歌》,甘孜州包虫病综合防治攻坚战指挥部编印《甘孜州包虫病综合防治知识读本》,四川传媒学院制作《四川省教育厅包虫病防治宣传教育》动漫片等健康教育资料,下发包虫病流行区使用。石渠县开展了"小手拉大手""一生带一户"健康教育活动,为农牧民免费发放便携式洗手器、牛粪铲子和橡胶手套等健康生活物资,助力养成健康生活行为。现在农牧民都知道犬只是包虫病的主要传播源。

为从源头上阻断包虫病传播渠道,石渠县从2016年底开始组织"千人小分队"走村入户,开展家犬摸底调查建档工作。如今在石渠县,每家每户的狗都有一个项圈,项圈里面的芯片记录了相关的基本信息。

找到病源就找到了治病的通道,格孟乡三村牧民拉措说:"之前我们不知道这个病是咋得的,更别说怎么预防了。"当地人曾经"谈虫色变",如今各种宣传和防治知识讲座让大家都了解到这个病是可防、可控、可治的,人们心里就不怕了。

走进格孟乡,村民耿青卓玛笑着招呼笔者进屋喝酥油茶,"有了干净的井水,就不怕虫癌了!"

在格孟乡格贡二村村口,一道半人高的绿色栅栏保护着一处泵房免受牲畜侵扰,里面是刚投入使用的一口井。"以前要从河里挑水吃,现在我们这一带二十多户村民都能吃上这口井的水。"村民尼伟从井里打上满满的一担水挑回家里。

长沙贡马乡前锋二村的包虫病患者脚尼到石渠县疾控中心复查病情。通过扫描脚尼的眼睛、录入指纹、录入户口簿上的身份证号这一系列的身份识别后，机器吐出一张二维码纸张。有了二维码，医生就知道病人的身份信息和上次的检查结果，非常精准和方便。现在在县医院和乡镇中心卫生院都设立了包虫病免费筛查窗口，常年提供筛查服务。

"感谢门巴（医生）！你们的恩情我永远记着！"患病数年的虾扎乡三村村民若玛经过专家治疗，迅速康复。她激动地拉着主治医生罗兰云的手，不停地说着感激的话。

罗兰云是省医院派出的包虫病防治专家，他已经记不清自己治疗过多少起病例。自2013年开始，他多次来到石渠县为当地群众筛查和治疗包虫病。近年来，省医院派出医疗工作组前往石渠县，筛查人次超过1.2万，发现并治疗了大量病例。

县委副书记、县长罗林说："石渠风景优美、文化丰富，是发展旅游的绝佳之地。以往外地人到石渠县，听说有包虫病，很多人自备矿泉水、干粮，不敢喝石渠的水、不敢在石渠吃饭；还有很多人因为包虫病不愿来、不敢来，大家'谈虫色变'。通过防控攻坚，包虫病疫情得到有效控制，大家对石渠有信心了，来的人也多了。"

17. 甘孜——格萨尔王城的百村扶贫产业

进入康北重镇甘孜县，在入城的岔路口处，矗立着朱德和格达活佛双手握在一起的雕塑。雕像前方一座拔地而起的"格萨尔王城"进入视线，古铜色的高大墙体呈现出英雄史诗和东方智慧，它包裹着正在逐步产生效能的扶贫项目——这里将是北路重镇甘孜县扶贫经济的爆发点，而这个点恰好处在连通德格、白玉、石渠、色达、炉霍等五县的交叉口。

2019年9月，甘孜县打出一张"王炸"大牌，甘孜"格萨尔王城"在斯俄乡隆重"开城"，从此飘荡在广袤雪域的美丽史诗，幻化为能身临其境的王城。连格萨尔王都未曾想到，新时代的开城仪式是在名声显赫的康北重镇——甘孜。

说名声显赫，绝无夸大。1935年，红二、四方面军胜利会师甘孜县，与甘孜人民建立起了甘孜第一个苏维埃政权，朱德总司令和格达活佛在此建立了深厚的友谊。从此，甘孜这座英雄之城踏上了红色的道途。

到甘孜县上任的甘孜县委书记雷建平，第一站的首选地就是甘孜烈士陵园。不言而喻，对他而言，"不忘初心、牢记使命"是他为政一方的宗旨。他告诉笔者，抓好扶贫"大产业"，让产业扶贫走出一条大胆尝试的"新路"，借格萨尔机场通航之际，甘孜县投资6.5亿元，建成格萨尔百村产业基地，302家商户已成功签约入驻经营，将为全县129个贫困村带来每年1100万元的直接收入，这就意味着每个村每年有8.5万元的利润分红。

更为重要和意义深远的是，格萨尔王城作为唯一的《格萨尔》史诗活态体验城，集吃、住、行、游、购、娱、商、养、学、闲、情、奇十二要素于一体，为甘孜州提出的旅游全覆盖提供了一个依靠文化资源而非自然资源的神来之笔。一个看似"无中生有"却厚重且享誉世界的文化品牌——格萨尔叙事长诗，以实物的形态落地甘孜县，从创意到落地，这个过程本身就充满了传奇、挑战和吸引力。

从此，文旅结合在甘孜县不再是夸夸其谈的论证报告，而是"有这个金刚钻才揽这个瓷器活"的惊人之策，惊人之举。

历史的昨天往往靠今天续写，如今格萨尔机场和格萨尔王城的建成，就是中国共产党对藏族人民的美好回馈，也是对藏族文化的弘扬推广。

从2017年到2019年期间，王城的建设工地上机械声隆隆，车轮滚滚。看着一幢幢楼房一天天增高，南多乡席绒村第一书记益西彭德比谁都激动。他多次来到格萨尔王城的工地，关心工程进度，不停地用手机拍视频、拍照片，他要把这些变化的信息带回去告诉村里人，这是与席绒村百姓息息相关的王城建设。

2019年9月王城开城前夕，笔者走进甘孜县格萨尔王城，领略森珠达孜王宫、三十员大将寨子、格萨尔文化体验区等美轮美奂的特色建筑。格萨尔王城位于甘孜县城东南部，建于格萨尔史诗"霍岭大战"遗址之上，距格萨尔机场50公里，主要由格萨尔文化区、湿地休闲区、草原体验区、史诗观光区构成。

王城以格萨尔文化为主题，建成一条主道、一座王宫，依照格萨尔的传奇一生，勾勒出最完整的一条生平轨迹，绘就了一幅格萨尔文化的立体画卷，是格萨尔文化元素最集中、藏式建筑景观最多样、旅游要素最齐全的文化旅游新地标。

王城的标志性建筑森珠达孜王宫，在静态的文化展示与动态的文化体验中，呈现出格萨尔王征战四方、造福百姓的千秋善业，再现了淳厚的人文风情。

五步一楼、十步一阁，藏碉林立、廊腰缦回，规模宏伟的文化建筑，风貌各异的景观节点，生趣形象的雕塑小品，或是由唐卡绘画大师拉孟结合史诗记载内容设计，或是按照古代风格原样建设，生动再现了千年前的藏族人民生活场景。

历经两年多建设，格萨尔王城于2019年9月与甘孜格萨尔机场同步投入运营。总面积达1455亩的格萨尔王城，是甘孜县贫困村的"飞地"集体经济实体，贫困村以扶贫项目资金入股。建成后，甘孜牧区的群众就可将水淘糌粑等美食、氆氇藏毯等手工艺品，以及松茸等高原山珍直接拿到王城来交易。

从2019年9月起，入股的贫困村每年将分得王城数万元的租金收入。"在格萨尔王城卖土特产，不仅能增加收入，还能实现就业，取得股金分红。"对于今后的致富路，甘孜县斯俄乡也哈村贫困村民洛绒充满信心。

如何实现开门红后的经营？2019年岁末，四川青旅组织的旅游团开启了格萨尔王城景区冬日之旅，这是格萨尔王城景区开城运营以来接待的首个旅游团。

来自成都的游客徐欣女士兴奋不已，她感受了不一样的人文风情。刚到格萨尔王城门口就满满地感受到了当地人民的热情，"岭国四位大将"和"格萨尔王王妃"盛装在城门口击鼓迎接远道而来的客人们，为他们献哈达、敬青稞酒，带领大家转煨桑炉祈福，在切玛盒前体验撒青稞和糌粑祈福仪式。随后，游客们在王城体验了喝圣水、祈福、骑马、射箭等项目。王城内宏伟的建筑，独特的文化魅力，优质的服务质量，让远道而来的游客赞不绝口。

徐欣说，寒风不减游兴，冬日游王城别有一番风情，游客们徜徉在格萨尔王城独特建筑中，游览了岭国圣泉、千年神石、卓陵湖、格萨尔祈愿地、阿尼玛卿雪山、阿克晁通寨子、更嘎尼玛寨子等景点，并亲自体验景观小品，每到一处大家都会用手机记录下精彩瞬间，有的晒个朋友圈、发个抖音小视频，有的干脆在王城里来个直播，领略格萨尔文化的魅力。

晚上，她邀约同伴来到玛紫嘎温泉池边，甘孜人民为游客们送上了一场精彩的跨年篝火晚会，由格桑花金甘孜艺术团带来的歌舞表演表达了甘孜人民的热情。游客们纷纷拍照留念。音乐在流淌，篝火在燃烧，烟花在绽放，幸福在洋溢，不少游客也纷纷加入锅庄队伍中，汇成了一片欢乐的海洋。

雪山环抱、湿地缠绕、珠牡圣湖、温泉沸腾……来自南京市的游客杨先生被眼前独具特色的美景所吸引。"我是慕名参加这个旅行团的，没想到这里不仅风景秀美，建筑独特，文化气息也十分浓郁，让人着迷。"杨先生说。在这个远离喧嚣的古城里，独具特色的歌舞文化、民风淳朴的人文习俗、热情四溢的篝火晚会，让人流连忘返。

来自自贡的苏女士激动之情溢于言表，"来到甘孜县，来到格萨尔王城，这里有太多的震撼，给了我们太多的惊喜。王城旅游要素齐全，置身王城，可以住风情客栈、品尝美食，还可以体验跑马射箭，欣赏原汁原味的歌舞表演，这样的旅程肯定受朋友们欢迎，以后我一定还会带着家人和朋友来游玩。"

甘孜县委书记雷建平在格萨尔王城接受了笔者的采访，他说："我们一直在思考如何解决贫困群众长效发展，从而杜绝脱贫政策一过，贫困群众就可能大面积返贫的难题，我们也一直在探索中前进，在前进中创新。格萨尔王城项目就是甘孜脱贫攻坚工作不断创新升级的缩影。"

18. 德格——稳定发展展双翅

在德格采访期间，笔者旁听了德格县委书记嘎绒拥忠在德格举办的"康巴文化高峰论坛"的演讲。本次论坛云集了国内众多著名的藏学专家，他们来自北京、西藏、青海、四川、云南等地，可谓名人满堂。

噶绒拥忠围绕"西藏有拉萨，康巴有德格"展开，演讲精彩纷呈，礼堂不时传出掌声的回响，恰好印证了挂在会场的一句话：跳出德格看德格。

嘎绒拥忠对德格有六句总结：康巴文化之心；岭·格萨尔王之根；南派藏药之源；民族手工艺之乡；嘎玛嘎孜唐卡技艺之魂；十八军进藏之要。这六句短语的背后，凝聚着总结者多少个日日夜夜的思考，多少个走村串寨的遍访，多少个挑灯夜读的博采众长。六句话精辟地浓缩了全域旅游的德格印象。

话语描绘的美景带着听众身临其境，嘎绒拥忠突然话锋一转，为笔者了解德格脱贫找到精准的入口，他从扶贫产业的发展思路、扶贫产业的发展体系、扶贫产业的发展布局几个方面，全面介绍了"1371"的推进情况。

怎么从数字"1371"解读德格扶贫产业的布局？"1"代表一圈，针对德格是畜牧大县的实际，培育形成以马尼干戈镇为圆心的高原牦牛产业圈；"3"代表……

笔者顺着"1371"的产业布局，第一站来到马尼干戈牧旅商结合产业园，宽敞明亮的园区内，现代化的厂房诞生在千年牧草生长的草地，给历史的纵深幻生出难以名状的新奇和新鲜。

"目前，加工设备基本安装就绪，"德格农牧局副局长郭登刚介绍说，"围绕生态农牧业惠及面广的特征，重点实施'万头奶牛扶持计划''万亩庭院经济计划'和'万名就业培训计划'，切实增加贫困群众生产经营性收入……引进龙头企业与善地农业开发有限公司合作开发牦牛乳制品，培育形成了以马尼干戈为中心，覆盖雀儿山以东所有牧业乡镇的'善地·高原牦牛产业圈'……"

离开马尼干戈约莫在上午11点，下一站温托片区。温托位于雀儿山东北部，雅砻江德格段中游西岸，距县城234公里，沿雅砻江上下，与浪多、亚丁、所巴、年古、燃姑五乡毗邻，属半农半牧业乡，是德格最贫困的乡镇。

经过两个半小时，笔者抵达中扎科乡政府，从德格县公安局下派到该乡的乡长扎西三郎已等候多时。"没想到，从马尼干戈出发仅两个半小时，就能在乡政府伙食团吃上午饭，退回十年前真不可思议。交通条件的巨大改变，让一切都变得顺畅。"笔者对扎西三郎说。

"一切都发生了巨变，特别是在精准脱贫的这几年。"扎西三郎指着大院里竖立的宣传栏，"过去这里闭塞，基层政权一旦涣散，群众就把心灵寄托在寺庙。现在不一样了，群众围着党支部，'两不愁三保障'让大家生活有了希望和奔头。"

笔者看着眼前大幅的宣传标语上写着：昨天这里叫莫核通，今天这里叫扎西通。

"莫核通"和"扎西通"引起笔者的好奇，走近一看，标题为《"扎西通"的故事》的短文一清二楚地告知：从前，在一片荒凉无际、乱石丛生、土硬似铁的平地上，几代呷依人民为了填饱肚子，不知耕坏了多少犁，累瘫了多少牛，洒下了多少汗，但始终都是寸苗难生。百姓认为这是恶鬼诅咒过的地方，"莫核通"就是"饿慌坝"的意思。如今，在党和政府领导下，轰隆隆的现代化机械翻开了这片土地新的篇章，先进的科学化种植让这片土地生机盎然；强农惠农政策更是锦上添花，让这里的人们出门就挖上了金子；800亩土地有了源源不断的流转金；全村58户318人家中青年再也不用背井离乡，到处奔波，既有了务工收入，也学会了种养技能；贫困村产业扶贫资金50万入股雅砻江万亩有机农业产业园区，19户93

名贫困户成了股东,实现了分红。从此人们摆脱魔咒,大家给这片土地换了新的名字,"扎西通"是"吉祥坝"之意。

车沿着万亩有机农业产业带行进,蜿蜒延伸的雅砻江水,平静地目睹着这五年的巨变,颇具农业现代化风范的中扎科、年古、温托大棚基地和蔬菜配送中心出现在视线中,展现着共产党带领农牧民脱贫奔康的初心和使命。产业带带来了新的产业形态、规模、模式,惠及中扎科、燃姑、温托、年古4个乡30个村的15129人。产业带最终的发展目标是,成为川青藏结合部有机农业供应基地。县农业局干部王捷说:"温托片区的25个村保底分红共30万,土地流转2000亩,共有120万。分红方案是建卡贫困户占大头、集体经济提留一部分,整个村民的稳定收入由三个部分组成:土地流转、劳务收入、分红。"

德格万亩有机农业产业园种植的西红柿。彭健摄。

离开中扎科沿雅砻江前行，来到浪多乡。在能麦村彭洛组根秋次登家老屋前，土坯屋夏天漏雨、冬天漏风，一副破败不堪的样子，与老屋相反的是崭新的新居，强烈的对比完全是冰火两重天。乡党委书记呷空介绍说："这里是全县土坯房改造的缩影，23户人家，有16户是建卡贫困户，全部住上了新房。"根秋次登全家五口人，他享有低保兜底、林补草补和特困救助，县里买了700元的种子帮他发展庭院经济，日子一天天好过起来，两个孩子在浪多小学读书。安居乐业取代了担惊受怕的冤家械斗，稳定让全乡一股劲地奔小康。

离开浪多乡又从更龙移民新区驱车来到距竹庆镇不远的"奔康温泉酒店"，酒店地处通往石渠的路边，交通非常便利。

"过去，这里的温泉被私人非法占有，不仅浪费了资源，还破坏了温泉周边的环境。"竹庆镇党委书记土登尼玛说，"全镇通过9个村村两委商议，村民决议，将奔康温泉酒店以一年70万元进行承包，确保了贫困户年年有稳定的分红资金，让贫困户过上好日子。"

"热水塘温泉澡堂建成后，我每个月在澡堂打工10天，每天有100元收入。"谈到热水塘温泉澡堂，档木村村民根秋喜笑颜开。过去一个月收入不到1000元的他，如今靠着集体经济十天就赚到了比过去一个月还多的钱。他说："过去温泉资源就在眼前，我们却不知道怎么利用，如今，在镇党委、政府的带领下，大家感受到了竹庆镇得天独厚的温泉资源是我们全镇的一大财富。"

"看到发展的良好前景，我们决定壮大集体经济，拓宽全镇群众的增收渠道。今年，我们全镇集体经济的收益，除了给贫困户进行分红，其余资金在镇上买了9个门面，进一步壮大集体经济，培育增收产业。村民变股民。镇人代会的表决，写入了政府工作报告，以法律的形式，固化了群众的集体财产。"土登尼玛说,"今年初,我们通过2017年第一个集体经济奔康机械租赁公司,获得两年来130多万的盈利额,再整合五个贫困村的产业资金,在镇上购买了铺面和酒店。这是我们全镇的资产,也将给老百姓带来稳定的收益。"

离开德格,宽敞的国道向远处延伸,延伸着希望,延伸着稳定前提下的发展,希望甘孜百姓的日子越来越好。

至此,笔者所采写的甘孜州18个县告一段落,在这个国家深度贫困区,看见了各县根据自己的县情,实施精准扶贫,走出了自己的路子和特色,但我们要清楚,我们到2020年脱贫攻坚的目标是消除绝对贫困,相对贫困问题仍将长期存在。

扶贫是一项非常长远的系统工程,不仅要打攻坚战,更要做好打持久战的准备。

"十三五"是全面消除绝对贫困和缓解相对贫困并存的五年,随着时间推移,中国将全面建成小康社会,扶贫战略目标将从消除绝对贫困的攻坚战转为缓减相对贫困的持久战。

扶贫主管部门应超前谋划下一步的战略,推进脱贫攻坚与乡村振兴有效衔接,统筹扶贫与救助职能,探索中国特色反贫困的科学体系和理论构架。

色达县易地搬迁集中安置点。彭健摄。

福／祉／篇

‖ 追逐大梦 ‖

在整个脱贫攻坚战略体系中，脱贫不是终点，而是走向富裕的第一步。因此在各地的脱贫方略中会看见，脱贫的第二代，通过"教育+扶贫"的模式，阻断了贫困的代际传递，这一代有了更多接受高等级教育的机会，有更多前辈无法企及的发展空间，体现出政府永远是帮助，而不是包揽养懒的助困思路。可喜的是，笔者通过跟踪，看见脱贫的第二代用获得的知识和技能在彻底脱贫的同时，又投入到助贫当中。这些知恩报恩的感人故事是中华民族生生不息的生命链接，是脱贫奔康伟大预期的光明轨迹。

一

贫困户的孩子进入清华

王志龙，注定写入甘孜藏族自治州教育史中的现象级人物。

2000年，王志龙出生在泸定县岚安乡脚乌村山埂子组一个贫困的农民家庭。时隔18年后，泸定岚安乡爆出大新闻，就读于康定中学的王志龙，以670分的优异成绩考上清华大学土木工程系。这消息轰动了全县、全州，就连大渡河也在奔腾欢歌，替王志龙歌唱。

一时间纸媒、网媒都纷纷报道了这只"山坳里飞出的金凤凰"。王志龙成为新中国成立以来泸定县第一个考进清华大学的学子。他能有如此成绩，毫无疑问，是日日夜夜刻苦攻读的结果，背后是父母的辛劳和家境的贫寒促使他为改变命运而奋力拼搏。

CCTV—7用纪录片的方式呈现了王志龙去花椒树地里摘花椒、去菜地里收菜、去菜市和父亲一道卖菜、夜睡拉菜车、去松茸加工厂打短工的镜头，通过采访邻里和乡干部，展现寒门学子得到帮助的感人场面。他说，完成学业后会尽自己最大的努力回报父母家人，回报那些帮助过他的人，回报家乡，回报社会，回报国家。

2019年6月，清华大学副校长薛其坤，邀请王志龙参与2019清华大学招生宣传片的拍摄，为清华大学代言，用他的榜样力量吸引更多的优秀人才进入清华。

这于王志龙而言，无疑是清华对自己高度的认可，其用意是让全国最具竞争潜力的年轻人来到清华。能够置身清华园，是多少学子梦寐以求的愿望。

王志龙，一名出身寒门的学子能破茧成蝶，成为令人艳羡的清华学生，他的成功告诉了我们什么呢？

21世纪的竞争，归根结底是人才的竞争。这个竞争趋于残酷的时代，"家庭第一代大学生"，从个人到家庭到国家，命运因此而悄然改变。做"第一个人"意味着没人能给你更好的建议，容错的资本少了，选什么专业、找什么工作、要成为怎样的人，王志龙的轨迹太值得教育环境落后、教育资源贫乏地区的孩子们借鉴，他的现身说法更像一堂情感课，给你的未来注入正能量的血液。

王志龙有哥哥王志旭、姐姐王志凤，属龙的王志龙出生是全家的喜事，却让贫穷不堪的家庭又增添了压力。面对此情此景，王志龙的父亲王永义誓言通过自己的汗水将孩子们都培养成才，不再重蹈父辈的艰辛。他坚信只有知识才能改变命运，经常教育儿女们，"一定要读书，读书才能改变命运"，"家里就是砸锅卖铁也要供你们念书"，"你们一定要为父母争气，走出大山"。

父亲仅读过小学，母亲初中毕业，家里的主要经济来源是父母种地、卖菜的微薄收入。爷爷、奶奶带病操持着家务，父母天不亮就下地干活，为省钱父亲每次开拖拉机到县城卖菜都自带干粮，从不在馆子里吃饭。当天不能返回就睡拖拉机。家庭经济条件和父母的言传身教，潜移默化地影响着三兄妹。王志龙心疼自己的父母，在完成学习任务之余，主动帮助父母操持家务、打理庄稼，直到离开家人到康定求学亦未改变。2018年高考一结束，匆匆告别老师、同学后，他又立即回到家中，还多次与父亲一起去卖菜，一起睡拖拉机。

生活的艰辛，不仅没有让王志龙自暴自弃，相反，更让他理解、感恩、孝敬父母。他常说，"是贫穷的家庭让我懂得了努力，奋斗，懂得了只有认真刻苦才能回报父母。"王志龙的童年记录里，没有上过幼儿园，没有上过兴趣班、衔接班，但有帮助父母做农活的体验。

到了上学的年龄，王志龙到岚安乡九年制学校就读。入学意味着本来就捉襟见肘的家庭又多了一笔支出。然而幸运的是，王志龙在念小学三年级时，国家、省、州先后出台了一系列教育惠民政策，义务教育阶段学生先后免除了课本费、作业本费，并且由财政免费提供教科书、作业本，同时实施学生营养改善计划，为每生每天提供4元的营养餐补助，对贫困家庭寄宿制学生每生每年给予1700元的生活补助。在党和国家民族政策的扶持下，王志龙几乎没怎么花费就顺利完成了义务教育阶段的学习，并以优异的成绩考入了高中。

就读高中前一道难题摆在了王志龙面前。因成绩优秀，王志龙先后收到了三所高中的录取通知书。他想念康定中学，因为康定中学年年都有数以百计的优秀学子被国内名校录取，更有自己培养出来的考入清华、北大的佼佼者。可康定中学地处州府康定，生活成本高，这无疑将更加重父母的负担，看到父母因操劳而过早苍老的面容，他偷偷流过眼泪。然而，这一切逃不过眼里装事的父母，他们表示一定会竭尽全力支持他。

在踏进康定中学的第一天，考清华大学就成了他种下的又一个人生梦想。

更幸运的是，国家、省、州一系列愈加完善的资助政策，再次解了王志龙的后顾之忧。2015年实施的免费普通高中教育是甘孜州继免费学前教育、免费小学、初中教育之后又一重大的教育惠民政策。高中三年里，他和甘孜州所有的高中生一样，每年免除1200元的学费，并获得教科书补助1000元，住校生生活补助1700元，作为建档立卡贫困家庭学生还享受每年2200元的国家助学金。得知他的家庭情况后，学校每月为他提供600元的生活补助，学校资助中心还先后通过中央彩票公益金"滋蕙计划"、香港公开大学MBA硕士15班对他进行资助。

巨大的帮助让他一头扎进学习中，以优异的成绩回报家人和所有关心爱护他的人。2012年3月，教育部等五部门发出的《关于实施面向贫困地区定向招生专项计划的通知》则为王志龙"圆梦"清华奠定了坚实的基础。

高中三年，王志龙学习之余，会龙腾虎跃地和同学们在篮球场上切磋球艺，还会和同学们一起天南海北地谈论国际、国内大事，发表自己不落窠臼的看法，引得同学们惊奇、艳羡。

谈及康中的老师们，王志龙的感激之情更是溢于言表。老师们在学习、生活上点点滴滴的帮助时常会浮现于他的脑海之中，仿佛就在昨日。他说，他永远忘不了班主任、英语老师贺剑泽无微不至的关心、关爱，每次考试后主动帮助他分析每一科做得好和不好的地方，经常询问他平时的生活情况、在寝室住宿是否有问题等，还时时帮助自己关注清华大学自强计划招生；语文老师雷萍、物理老师田方平经常给他分享一些各地经典的题型，并共同分析；风趣幽默、举重若轻的数学老师杨建利；严肃稳重、对知识孜孜钻研的化学老师陈明沁；有事没事关心帮助自己的生物老师李辉，平时经常给他一些练习册；尤其难忘物理老师田方平带自己去成都参加清华大学自强计划考试时，对自己生活上无微不至的照顾，以及考试前的赞许和鼓励。

作为学习委员、班长，王志龙更是热心关心帮助每一位同学，积极回答同学们请教的问题，时常和同学们交交心、摆下龙门阵，常常帮同学们分析学习上存在的问题，分享学习经验和方法。周蔼、郭倩、徐建瑜等都是他关心、帮助最多的同学。

蓦然回首，高中三年生活已成为过往，等到高考成绩公布的那天，王志龙以及王志龙的成绩，成了刷爆康定、泸定众多学生、家长、老师朋友圈的人和事。"甘孜微生活"也以《王志龙！你在哪儿！全康定人都在找你！》为题，专门推送了一篇微信。接到数不清的祝贺电话，也接到数不清的请求答疑解惑的电话，那些日子，王志龙火了，红了，也更忙了。

是的，王志龙火了，但火得烫人时，他没有忘记还在求学的学弟、学妹们，他有话要说：

高中三年，时间过得很快，高中每一科的教学也很快，在这种情况下预习和复习就变得很重要了。复习时一定要跟紧老师的节奏，认真、独立地完成老师布置的作业，遇到不懂的知识点，一定要在第一时间解决、消化。在能完成作业的前提下可以自己找一些题来做。比如化学的知识比较杂、比较多，复习时要紧扣教材，可以将教材仔细读一遍，因为高考的很多题目来源于课本，因此回归教材很重要。

考试时千万不要紧张，要有信心，现在很多高考题都是高起点，低落点。平时做题时要养成好习惯，一定要仔细做好每一道题。将复习时的卷子归类整理，整理好错题，形成错题本，做好笔记。

在学科学习上，语文一定要多积累，多读书，多关心时事；数学要多做题，多总结，各种类型的题都要多练，认真揣摩老师讲授的方法，但最好能灵活运用；英语要多背多积累，培养语感，同时一定要牢记语法；

物理要记住每一个公式、每一种解题方法、每一种题型，并要学会灵活运用，不宜过于死板；生物在通过理解性背诵后要灵活运用。

要尽量参加学科竞赛。高中时我曾参加全省数学竞赛，这是一项高手的对决，是一种顶尖选手的博弈之战。这次竞赛，让我更加了解了自己，找到了自己的不足，给自己新的定位，使我在今后的学习生活中有了更加明晰的方向。

高考虽然很重要，但要放平心态。尽力就好，不要让自己后悔就行。记住高考无法决定人的一生，决定一生的是对生活的态度以及自己的努力程度，加油！

对未来的大学生活，王志龙的规划是：首先，调整好自己的心态，做好心理准备，化压力为动力，既然有机会去清华大学，继续努力比什么都重要；其次，提前做好学习准备，拟订学习计划，充分利用好大学生活的每一分每一秒；再次，在大学学习期间要多做一些课外拓展，多参加一些课外活动来提升自己。同时，也会提前了解考研、考博的相关要求，如条件允许将继续深造。

二

向巴青西，脱贫不忘助贫

向巴青西，一位贫困村考上西南民族大学的女子，因成绩优异提前考入北京，做了一名公务员，可优越的工作条件和环境，挡不住她回乡建设的初心，她的生命轨迹讲述着知恩报恩的故事。

1

2019年7月6日午后，强烈的高原紫外线让笔者不时用手在眉梢处搭起棚子，来遮挡甘孜刺眼的阳光。

迎接笔者采访格萨尔王城的是一位身材修长、面容姣好的解说员，除了外形给人以轻松感，更能打动和吸引人的是她语言的魅力。

"您好，我叫向巴青西，担任本次的导游解说……"

进入高大的王城正门，一壁类似于内地庭院照壁的巨幅导览图挡住视线，走近一看，一张巨大的牛皮挂图很新颖，引来围观。牛皮地图用藏、汉、英三种文字标注占地面积1455亩的王城各个景点的位置和线路。用牛皮代替纸张，铺开的是高原民族记录历史的底色，它就像一本书的封面，展现出一个民族特有的文化个性。

向巴青西用标准的普通话娓娓道来："……国道317线上的甘孜格萨尔王城的美一定超过你的想象，这里不仅有雪山、湖泊、蓝天、白云、清新的空气、纯朴的藏民，还有天然的温泉，熙攘的人群，炙热的暖阳，精致的美食……

"在王城，古老与时尚并存会让人不自觉地慢下脚步，体会这座城市的内涵。这里是珠牡拉措步游道，它远离喧嚣，寻找心灵的栖息地，跟随日落的方向，看遍世间繁华……"

向巴青西领着笔者搭乘观光车，行走在近1500亩的王城内，她的讲解在说到格萨尔文化的活态呈现时越发精彩。笔者感觉到，她对格萨尔史诗的掌握程度，绝非一个经短期培训凭借记忆在有限时段内应付游客的导游，而是一位相当有功底的格学研究人员，因为语言组织的流畅度和问答之间涵盖的知识面超越了导游词的范畴。

得知笔者的目的是了解扶贫成果，向巴青西做了针对性的介绍：

"甘孜县共有129个贫困村，贫困面大、数量多、程度深。为实现脱贫，甘孜县全面贯彻落实全域旅游战略，按照抱团取暖的方式，投资6.5亿，打造贫困村的'飞地'集体经济实体——格萨尔文化精准扶贫百村产业基地，与格萨尔机场同步投入运营……

"格萨尔王城30员大将寨子128栋房屋建设由政府主导，贫困村为建设主体，采取'一事一议'和'民办公助'的方式，贫困村以'统规自建'的方式负责一栋单体建筑，建筑面积300~450平方米。建成后，经营餐饮、客栈及销售特色产品等，将解决贫困村人员就业问题，以及贫困村产业发展和持续增收的问题。这样一来，各个村有了集体经济，贫困户可以在合作社打工增加劳务收入,每年还可以分红……"

观光车走到格萨尔王妃的珠牡泉时停下,泉水倒映着著名的卓达雪山,在雪山和王城的中间区域,是平坦广袤的庄稼地,被称为甘孜的粮仓,平顺的雅砻江蜿蜒曲盘在农田间,写意着这片大地的殷实。无意中笔者问及王城的选址时,向巴青西说,这是斯俄乡九村的土地,九村过去是有名的贫困村,而且她就是村里贫困户的子女,后来考上了西南民族大学,就读于藏学院。

听闻这一介绍,笔者大喜过望,她的故事正是笔者本书重点展示的内容之一。她用知识和技能远离了贫困,并在养活自己的同时,把更多的力量带回了家乡,投入到家乡的建设中。

2

作为向巴青西的校友、学长,笔者深切地感觉到,她的故事也为西南民大增添了新的内涵。

向巴青西出生在甘孜县斯俄乡九村,九村现在的名字叫翻身村,过去这个地方叫阿杰咯,阿杰咯翻译成汉语就是乞丐村。在她童年的记忆里斯俄乡九个村开大会时,九村的人坐在那里一眼就能看出,原因在于九村的人都穿得破破烂烂。

她的母亲因自由恋爱,在家里不同意的情况下嫁到九村。结婚后就借住在亲戚的楼下。藏房的底楼通常是关牲畜的,当时的条件用"上无片瓦下无立锥之地"形容恰如其分。虽然是借住,但她的父母却很有骨气,自食其力维持着全家的生计。

向巴青西和姐姐，常常忆起借住在底楼时父亲的教诲，"你们要好好念书，阿爸和阿妈没有这个机会了，但你们要抓住它。"那个艰难的岁月，父亲告知她们穷则思变的道理，在甘孜的无数个月光皎洁的夜晚，姐妹俩挑灯夜读，默默地和辛勤劳作的父母分别向着各自的目标努力前行。

最令向巴青西难忘的是，念高三时，寒假和暑假就去餐馆打工，第一次就挣到了600元钱。她舍不得用，偷偷地把它存起来。2007年她没有辜负父母的希望，终于考上了西南民族大学。全家人看见录取通知书非常开心，但细心的她却在不经意间看到了母亲的愁容。为了让她顺利入学，她的阿妈借了3400元，加上存的600元，总共凑了4000元交够了学费。那个场景时时鼓励着她努力致学，改变命运。于是，寝室、教室、图书馆成为三点一线的固定路线，知识和认知也在三点一线中潜移默化地改变着她。

在西南民大的藏学院2007届，她的藏语和汉语齐头并进没有偏科。机会从来都是留给有准备的人，在大学三年级时，北京一家单位到西南民大招人。她抓住这一难得的机会报名参加了考试，300人中她笔试是第一名。

没过多久，考官打来电话通知她去面试，面试问了两个问题。第一个问题是时事问答，当时民间在提倡抵制日货，考官问她对抵制日货有什么看法？她告诉考官，日本的产品本身质量是很好的，我们爱国要理性，产品质量和个人情绪是不能混为一谈的。第二个问题是如何看待藏族地区的治理？她回答，作为一个贫苦家庭出身的孩子，对家乡着深刻的感情，作为一个藏族学生，首先要热爱我们的国家，热爱我们的党，然后还要热爱自己的家乡和民族。

答完提问后她从考官们的表情判断，她的回答令考官们满意。离开考场不到一个小时，在她去学校餐厅的途中接到电话，考官通知她明天去双流校区体检。严格的体检后没过多久，考官再次来电话通知她去北京进行考试。来到北京参加考试的有500人，她考了第一名。心理测试完之后来不及庆祝，就去参加了为期一年的军训，她当时的想法就是把学到的东西带回家乡。

到了北京才觉得成都小，而甘孜县城康定就更小了，尔后她就在北京工作了5年。刚去的前5个月，很不适应北方的天气和饮食，而且她的普通话很不好。领导也很照顾她，给她安排了单间宿舍，她不辜负领导的希望，就在宿舍里天天听新闻联播，把它录下来对自己进行普通话训练。上大学的时候家里买不起电脑，所以打字的速度很慢，她就到网吧练习打字，七八天的时间，有时连续打字十七八个小时，两年后她打字速度是单位里最快的。

她逐渐适应了北方的生活，并有了要好的朋友，但在她的认知里，北京是一个人才济济的地方，多一个她和少一个她根本不足挂齿，而家乡是"老边少穷"的地区，建设急需人才，能回到家乡贡献微薄之力也是一种奉献。

恰好有一天姐姐给她打电话，说母亲得了肝病，需要照顾。姐姐是一名教师，平日很忙，还要照顾妈妈，很难为姐姐。她左思右想，权衡之后硬着头皮告诉领导想调回甘孜县。

领导听后心情很复杂，有惊讶也有不快，但也理解她的难处。领导说，她的敬业给大家留下深刻印象，真的不想让她走，希望她考虑好后再告诉他。

没几天玉树地震了，她作为援藏工作队队员去了玉树。

向巴青西在工作队照顾的是一个患重病的老阿妈，在灾区看见很多像她父母一样的长辈，因为没有文化，连病了也不知道怎么表达，让人既心痛又着急，感叹学到的知识没有用武之地。这些事对她的触动非常大。她从灾区回到北京后，主动申请带60多位北京的医疗专家去甘孜州海拔最高的石渠县进行医疗援助。

在海拔4200米的帐篷里住了一年，她同专家们朝夕相处成了很好的朋友。一次她把母亲从甘孜县接到石渠，请最好的专家给她诊疗。她觉得这是她第一次有能力回报母亲的养育之恩，这一直鼓励她不断进步。

记得大三时，她去四川广播电视台干配音、翻译，不到半年挣了4万元，这个数于她而言，完全是天文数字，于父辈而言是连做梦都不敢想的事。那一瞬间她真的高兴，意识到是文化知识和辛勤劳动给她带来的福利，所以她立志要把所学的知识和技能带回家乡，服务大众，孝敬父母。

在2016年1月，向巴青西认识了北京籍甘孜青年泽翁，他们俩之间有了爱情并喜结连理。

非常巧合的是，第二次在西南民大文翰宾馆采访向巴青西时，泽翁就坐在旁边，高大、帅气、沉稳是泽翁留给笔者的第一印象。聊天中得知他在北京长大，父亲是北京黄寺的党支部书记，父亲因病去世后泽翁就和母亲回到了家乡。泽翁现在在甘孜县委工作。

向巴青西于2017年8月从北京调回甘孜县委办工作。当时县委县政府正着手格萨尔文化精准扶贫百村产业基地建设项目，简称"格办"。格办一切就绪，还缺少一个有文化、懂双语的干部。李书记知道她懂藏汉双语，就安排她去格办工作。

听到这一消息她乐了，没想到刚回来就参与家乡的大项目建设，而且涉及的是128个贫困村。自己本身就是一个贫困村的孩子，能够参与脱贫工作，参与甘孜县历史上最大的文化扶贫工程，她很庆幸，庆幸的同时也担心自己能不能胜任这项工作。

一到格办她就给自己定了目标，早上6点钟上班，晚上12点下班。阿爸阿妈都非常支持，阿妈每天早上做好饭让她带去，中午就在办公室吃。如此冬去春来，她用一年多的时间几乎读完所有与格萨尔相关的书籍，包括降边嘉措、杨红恩、杨嘉明等许多著名格学专家的著作，另外还有她的阿爸阿妈陪着她从村子里面搜集来的历史资料，总计有300多份。

看完之后她对格萨尔王文化有了深入的了解，萌生出结合甘孜县的史料和故事编撰一本《格萨尔文化在甘孜》的书。她一直把这个宏愿藏在心底，心想弄不好会被别人笑话。但她知道，这个念头的底气来自大量的阅读，从大量格萨尔王的故事里，她找到了30员大将的故事，30员大将的风姿，30员大将城堡的雄姿，包括王宫的造型，里面的摆设、颜色、形态，她都一个一个从书籍和资料里找出来，然后又一个一个做笔记。

经过整整一年的构思，一年的能量聚集，关于这本书的结构、篇章、叙述方式都在腹稿中有了较为清晰的轮廓。时间验证一切，也印证了一句古话：只要功夫深，铁杵磨成针。2018年7月，她将整理出的文字打印成厚厚的两本书稿，交给了县委宣传部长建国。部长看后非常震惊，问是她一个人收集的吗？她点点头。建国部长看到她办公室里果然有那么多关于格萨尔的书，对她竖起大拇指，"你真是不鸣则已，一鸣惊人。"同时歉意地说，"平时都在工地上忙这忙那，对你的关心不够，你干了一件漂亮的大事！"

建国部长很快把书稿交给雷建平书记，雷书记看后召集县委领导开会，充分肯定了她的工作，提出了充实、完善的要求。

获知县委四大班子对其工作的充分肯定，向巴青西激动得偷偷掉泪了，觉得这一成功比什么都令她愉快，回家乡做点事的愿望有了初步的小成果。拿到反馈意见后她全身心地投入到书稿的完善上。

很快甘孜县文化旅游局长孙明春拿着书稿找到一家文化旅游公司，依照书稿的内容做了30员大将的雕塑。格萨尔王城3000多件物品，包括500多个景观小品的名字，都是依照她的藏汉翻译作为依据，这一切在成书后得到了中国顶级藏学专家降边加措等专家、学者们的高度赞赏。降边加措说："格萨尔王城的打造是甘孜县大手笔，能将伟大的史诗活态化，本身就是一个传承的创新，而且抓住了甘孜县在康北咽喉要道的位置，这是对全州提出全域旅游的最好的支持，而《格萨尔文化在甘孜》这本书，是整个王城的基石，是王城的灵魂。"

向巴青西的编撰工作和王城的工程在一天天推进。在她办公室窗外，建国部长带领一帮"实干家"，每天早上8点上班，中午吃饭都在工地，直到晚上11点或者12点钟才下班，两年的时间日复一日，任劳任怨。在他们的身上她学到了实干和坚持。她对他们的敬业态度生出由衷的敬意。看着他们个个变成了黑人，她暗自告诫自己，坐在办公室日不晒雨不淋，如果不努力自己都说不过去。

关键在于，128个贫困村的村民对他们的工作非常认可。到了2018年8月，王城的整个景观小品都已经成型，向巴青西心里也偷偷地乐着。面对日新月异的进步，她深深感到，在她实现梦想的背后，有一个人在默默地给她添砖加瓦，这个人就是她的爱人泽翁。

初稿完成之际，泽翁仔细阅读后提出宝贵的建议，告诉她写作光是在这办公室埋头苦干是不行的，得去调研。

她采纳了爱人的意见，用了5个多月的时间去村子里面搜集本地的文化资料。向巴青西心里一直在想，即便个人付钱也要把一些珍贵的资料找到。令她非常感动的是，她父亲每天早上打电话约采访者和搜集对象，约定之后，爸爸和妈妈开车送她去目的地。他们极其耐心地陪着她看很多资料，但是有些物品是不能带走的，甚至东谷寺里有一幅唐卡连照片都不能拍。尽管如此，这样一路走村访户，她还是收集到很多的图片和文字资料。

日积月累，《格萨尔文化在甘孜》书稿在渐渐完善，与此同步，王城的景观小品也出来了，向巴青西非常高兴，家里人也在为她加油。向巴青西知道自己汉语文笔不是很好，每次写出一段来之后，都会请她的爱人泽翁帮她修改和整理。泽翁白天跟着雷书记要么下乡调研，要么开会，下班回家通常都是很晚了，还要帮她整理文字，她有些时候真不忍心如此再让他消耗脑力和体力。有时加班工作到黎明，泽翁却迎着东方的亮光高举双臂伸伸懒腰，看着她说："成了。"就这样，他们在灯下努力了近三个月时间，书稿终于成型。

在挑灯夜战的日子里，对格萨尔文化研究很有建树的建国部长，在工作上没少对他俩嘘寒问暖，他对这本书提出了非常中肯的建议和意见，在整体上提出了《格萨尔》史诗文化、《格萨尔》史诗说唱、《格萨尔》史诗文化解析等六大板块的结构，还细心地在未成稿的空白处添加上自己的修改建议和意见。向巴青西通过他认识了著名的格学专家降边加措老师、全国"格办"主任罗布汪丹老师，以及众多的专家学者。那是她第一次广泛地接触专家学者，很感动，也很有成就感。

《格萨尔文化在甘孜》终于在2019年3月出版。手里捧着这本270页的图文并茂的书，捧着凝结着自己心血的成果，不知不觉间泪流满面。这泪水不为别的，就因为她自己生在贫困村，对贫困村的百姓爱之深恋之切，她知道走出困境是多么的不容易，国家如此大规模进行脱贫攻坚，让128个贫困村借"王城"创造出了属于自己的脱贫产业。

雷建平书记拿着《格萨尔文化在甘孜》说的一番话鼓励着她，他说：

"目前全州18个县的扶贫产业百花齐放,我比较担忧的是,产业的根本在于它的生命力,这是成败的关键,如果'回头看'时什么都没有了,那绝对是对定位和市场融和把握不到位。我们甘孜县最大的优势是区位优势和耕地优势。我们的区位优势是,处在康巴文化中心德格、国家级生态保护区石渠、宗教文化人流密集的色达和白玉与红色文化中心炉霍的交叉点上,这就决定我们能够依托格萨尔王城这一大品牌,搞文旅加扶贫产业。"

书记对此书的充分认可,让向巴青西对自己的努力倍加珍惜。在她看来,格萨尔文化用扶贫的角度去看,就是一个强者帮助弱者的伟大故事。格萨尔史诗里面的很多字词写得非常令人感动,格萨尔孝敬和尊重父母的优秀品质感动着她。在每次的讲解中,不管是面对领导、村民或学生,不管是聋哑人或盲人,她都会认真地为他们讲解这种优秀的品质。

最令她终身难忘的一次是给一位盲人做讲解。这位盲人现在是西藏盲人学校的校长,他出生在甘孜县,虽然离开故土多年,但对家乡却有一份浓浓的乡情,听闻家乡建起了格萨尔王城,誓言一定要回去看看。

他来的时候在下雪,向巴青西看见他颤巍巍的身影,不知面对一位盲人自己应该怎么讲解,她心里没有底。

当时雪花漫天地飞舞,落在头上、落在肩上、落在地上。她告诉他说在下雪,他说在下雪更好,雪静静地下,我可以听得更清楚一点。就这样向巴青西给盲人校长从早上10点钟讲到下午的4点钟,整整6个小时,她总觉得自己算是倾尽所有,但口舌却一点也不干燥。他在聆听,她从他的微笑、点头、凝神等等表情和动作中,深感已经把他带到了格萨尔史诗中,重温着伟大的故事。

讲解结束后他循着她说话的声音看着她,非常平静地说,如果他不是盲人，也会参与到这个建设项目当中。然后，他在家人的陪伴下默默离开。看着盲人的背影，她总感觉有某种奇迹会在不久的将来发生。

一个月后，奇迹出现了，他写了一封盲文书信，把她所呈现的关于王城的一切写成盲文寄给她，说她的讲解感动了他，并用一位盲者的口吻向参与建设者致敬，承诺将会用一部盲文书献给王城，请她收下他微薄的心意。捧着盲文书信，她当时感动得身体都在发颤，泪水不知不觉流出眼眶。她为他的义举而自豪，更加明白和庆幸参与王城建设是终身的福报。

一年以后，更大的奇迹发生了，全球首批盲文版"《格萨尔》史诗读物"在格萨尔王城亮相，由盲人校长尼玛翁堆翻译的盲文版《格萨尔文化在甘孜》惊艳全国，格萨尔的"活形态"再现千年传奇。

这段传奇在持续发酵，它一直成为向巴青西上进的动力，心想："我能看见、能听见，我是幸运的，所以后来的每次讲解，哪怕我生病不舒服时，总有一种力量在推着我往前走。只要我步入王城就变得神清气爽，觉得我的病都好了。能在王城工作我就非常的开心，热爱成为力量的源泉。"

向巴青西从小就在新建王城的这块土地上放牧长大，每次去王城的路上她都会想起很多儿时的事，周围的一切都像空气一样呼吸进她的肺里。如今能够看见格萨尔王城拔地而起，她由衷地赞叹这一届县委班子的远见和大手笔。

王城于她不仅是百村产业基地、贫困村农牧民的希望所在，更是世界三大史诗之一的生动呈现，是藏族文化的百科全书。格萨尔王城周围自然风光非常漂亮，加上当地民风民俗，甘孜县著名的踢踏舞蹈，共同给游客带来了丰富而美好的体验。

基于在王城的工作，有很多人认识了她，成为她的粉丝，但更重要的是，她在格萨尔王城中认识了自己。格萨尔史诗的精神养育了一个能够吃苦耐劳的女孩。这种文化的魅力给她精神上、心理上带来了莫大的安慰和激励。

这些小小的细节让向巴青西很感动，感动得心跳过速。她调侃自己，可能是把格萨尔王城当成了生命中的一部分。

3

王城开城已有一段时日，在这段极有成就感的时段里，向巴青西心里孕育的《格萨尔文化在甘孜》图书和肚子里孕育的小生命，先后来到她的世界。事业和家庭的双丰收、父母的祈祷、丈夫的关怀和孩子调皮地伸腿让她备感幸福，她每天都会看着文殊菩萨的唐卡画，希望自己的下一代在文殊菩萨的加持下获得更多的知识和智慧。

怀孕的日子，她的日常生活变得有规律，但丝毫没有放松学习，白天一有空就听"洞见""夜读""人民日报"等公众号的语音，并同主播一起一字一句读出来……平时喜欢在手机里面听格萨尔的说唱，在没人的时候自己也唱上几首……喜欢晚上睡觉前练练瑜伽。

向巴青西清楚地记得"格萨尔王城旅游营销暨第二届珠牡迎秋节"开幕仪式上难忘的一幕，雷建平书记在开幕式致辞中讲到，甘孜是圣洁美丽的地方，甘孜是梦想成真的摇篮，甘孜是康北旅游集散中心、商贸物流中心和民俗文化中心，源远流长的文化底蕴与瑰丽多彩的现代文明交相辉映，孕育出了寄托着128个贫困村、3309户15376名贫困群众脱贫奔康希望的产业之城。县委、县政府抢抓脱贫攻坚政策机遇，创新发展理念，以128

个贫困村抱团取暖的方式,打造了格萨尔文化精准扶贫百村产业基地格萨尔王城,它是闪烁着格萨尔英雄史诗光芒的文化之城,也是承载着甘孜经济转型腾飞的梦想之城。

随着欢快喜庆的乐声响起,人们的注意力都被吸引到格萨尔王城正门。

甘孜县格萨尔王城暨百村产业基地迎来开城,一百余家特色商户、十多种不同类别业态齐亮相,共同打造"设计精巧、规模宏伟、寓意丰厚、意义重大"的格萨尔王城。

宣布开城的瞬间,向巴青西激动得泪流满面,像看到美国电影《阿凡达》一样震撼,又带着大片《流浪地球》的梦幻,她觉得这是一场梦,但很快她就明白过来,这一切就是眼前的现实,从此这部同伊利亚特媲美的东方史诗终于有了整体和全面的呈现。

记得去成都参加新闻发布会是炎热的6月,发布会上县长农民阿真现场致辞时说:"坐落于甘孜县东南的格萨尔王城,由30员大将寨子、森珠达孜王宫、格萨尔走马场、珠牡拉措湖、格萨尔部落帐篷村以及200多个景观文化小品组成。格萨尔王不仅是景区、景点,也是甘孜县最大的扶贫产业基地。甘孜县128个贫困村,每个村在格萨尔王城都有一栋房子,房租收取或自行经营的收入成了贫困村最稳定的集体经济收入。"他普通话讲得不是很流畅,但是她觉得他讲得非常好,把甘孜格萨尔王城带出来展示于天下。

为了让更多百姓参与到活动中,共享文化旅游发展成果,在为期4天的活动中,甘孜县开展了《格萨尔文化在甘孜》专家研讨会,邀请享誉国内外的27位格萨尔文化专家、学者齐聚甘孜县,共同探讨格萨尔文化内涵;"相约格萨尔王城·寻觅珠牡王妃"首届珠牡选拔大赛暨第三届花卉展,将让沐浴在党的阳光下的藏族群众一展幸福生活风采;格萨尔王餐饮文化

甘孜县格萨尔王城。刘炳科摄。

展、藏戏表演、群众文艺汇演、"我和我的祖国"主题快闪、格萨尔IP创意作品展、乡镇扶贫产品展销会等活动将充分展示甘孜县厚重古朴的民族文化、气势磅礴的格萨尔文化、独具魅力的歌舞文化、光耀千古的红色文化、引人入胜的宗教文化和熙熙攘攘的商贸文化。

当天上午，也是向巴青西最为忙碌的时间，她向各界来宾讲解着王城的故事。

人们进入王城广场，观看盛大的开幕式文艺表演。表演围绕"多彩甘孜""梦回王城""放飞希望"三个篇章展开，大气磅礴的民族舞蹈《扎西巴》拉开了演出序幕，粗犷奔放、热情洋溢的舞蹈《格萨尔王——赛马称王》更是在现场掀起了一阵热潮，歌曲《梦回王城》那质朴大气的歌声响彻全场，大合唱王城主题曲《格萨尔·英雄的王》将整场演出推向高潮。

整个文艺演出，高潮迭起，现场掌声、欢呼声、快门声此起彼伏，让积淀了深厚民族文化、宗教文化、歌舞文化、红色文化的甘孜县再次熠熠生辉。

活动突出"以文促旅、以旅扶贫"，旨在通过恢宏大气的格萨尔王城，多角度全方位地向观众展示甘孜县的魅力，展现民间艺术风采，传播民俗文化精华，推动地方特色文化发展与繁荣，让甘孜县在格萨尔文化的浸润下成为大家心中的旅游打卡胜地。

三

"9+3"教育，阻断代际贫穷的梦想专列

"民族地区'9+3'免费职业教育计划"，是四川省委省政府切合实际的大胆举措。"9+3"教育惠及8万余个民族地区家庭，偏远、贫困的农牧民家庭子女占了90%以上。笔者从"9+3"教育毕业的14282名学成者中，选出以点代面的成长故事，目的是展示通过教育培训过的贫困建卡户第二代们，是如何用学得的知识和技能在社会立足，彻底告别贫困。中国式扶贫的伟大之处就在于，帮助他们脱贫之时，通过"授人以渔"的教育培训让"贫二代"获得了更为广阔的生存空间和发展空间。

背景交代：

受历史、地理等多方面因素制约，占四川省总面积63%的民族自治地方长期以来非常贫困落后，因而备受党中央关注。尽管随着扶贫工作的深入，贫困人口在逐步减少，但是如何阻断贫穷的代际传递问题日益凸显。

为从根源上解决民族地区的贫困问题，四川省开创性地实施了大规模跨区域的民族地区"9+3"免费职业教育计划，在九年义务教育的基础上，积极组织四川民族地区初中毕业生和未升学的高中毕业生，到内地优质职

业院校免费接受三年中等职业教育。

这项政策民生指的是：对到"9+3"学校就读的民族地区学生，全部免除学费，提供生活补助和交通、住宿、书本、一次性冬装等杂费补助及学校工作经费补助，每生每年总计7000多元，享受与学校驻地城镇居民同等的医疗保障；对在民族地区就读中职学校的学生，给予免除学费、补助生活费的资助。

免费职业教育计划实施以来，承担教育任务的学校覆盖了四川3个民族自治州以外的全部18个市县，参与学校都是国家级示范、国家级重点和省级重点的优质中职学校。

也就是说，国家配置了最好的教学资源来帮助这些孩子学到更多的知识和技能。

这样一来，省内先后有90所中职学校、5所高职院校承担藏族地区"9+3"教育任务，共招收藏族地区学生近5万人；有三四十所中职学校承担藏族地区"9+3"教育任务，共招收彝族地区学生近2万人。统计数据显示，"9+3"实施以来，已毕业的6届藏族地区学生和首届彝族地区学生初次就业率均超过98%。

"9+3"免费职业教育计划这一职教新模式弥补了民族地区职教短板，做到了应读尽读，较好地解决了过去藏族地区、彝族地区部分学生因贫失学的问题。

政策效果日渐显现，如何让民族地区学生更好地融入学校的生活，跟上节奏，如何让更多学生受益、百姓满意，四川省把文章做到了制度创新上。四川省委省政府成立了由省领导担任正副组长、15个省级部门组成的工作领导小组；省教育厅组建了"9+3"办公室；省政府与各市州政府签订目标责任书，实行党政"一把手"负责制，并纳入目标管理实施绩效考核；藏族地区、彝族地区先后选派近千名驻校干部教师到"9+3"学校协助工作。

在省级层面高位推进、大胆创新的推动下，由省到市县的党委政府和学校统筹领导，相关部门主动参与、州内外共同努力、社会各界关心支持的工作体制，以公共财政为支撑的"9+3"计划经费保障体系，健全的教育管理队伍体系，符合民族地区青年成才规律的培养制度和工作机制等逐步建立完善。一条"一人成才、全家脱贫"的民族地区人才培养和教育扶贫新路搭建成功。

2009年春天，第一批300名来自甘孜藏族自治州的学生，怀着憧憬，走进5所"9+3"计划试点学校。

同年秋天，90所优质中职学校迎来来自甘孜、阿坝、凉山三州的万余名学生，越来越多高原深山的少数民族学子搭上了"梦想列车"。

10年来，中央和省级财政投入20.73亿元用于"9+3"计划，先后有100余所中职学校承担该任务，累计招收藏族地区学生5万余人和大小凉山彝族地区学生近3万人，已有4.2万人顺利毕业，毕业生初次就业率均超过98%。在"9+3"计划惠及的8万余个民族地区家庭中，偏远、贫困的农牧民家庭子女占了90%以上。

10年来，甘孜州一共输出"9+3"学生18225人，分别在省内10个市27所中职学校学习，涵盖机电、汽修、道路桥梁、学前、护理、财会、药剂等45个专业。

可喜的是，有超过三分之一的藏族地区贫困家庭的农牧民子女通过"9+3"实现了稳定就业而改变人生，真正实现了一人升学，一家稳定，一人就业，一户脱贫。为精准扶贫，阻断民族地区贫困代际相传发挥了积极的作用，为甘孜州的脱贫攻坚工作作出了巨大贡献。甘孜州实施"9+3"免费职业教育计划10年以来,处处都有放飞希望的动人故事。

1. 肖芳,中国地铁首位藏族女司机

肖芳,这名90后,家在甘孜州丹巴县八底乡色足村。这是一个只有228人的小村落,村址紧邻大渡河边闻名全国的美人谷。

初中毕业后,为了减轻家里的负担,肖芳就跟随姐姐在九寨沟歌舞团跳舞挣钱。

2009年,四川省启动藏族地区"9+3"免费教育计划,组织上万名藏族地区学生接受中职教育,并全部免除生活费和学杂费。

消息传到了肖芳的老家,也为肖芳拓开了一条新的人生路。"我认为接受职业技术教育,会有一个更加稳定的未来,所以我报了名。"肖芳在接受媒体采访时回忆道,"在县城里的选拔考试上,有100多名初中往届毕业生参考,最终有30多名学生获得了入学资格,我在其中。在中职校的第三年,我以优异的成绩考入成都地铁公司,成为这里的一名实习生。实习结束后,我通过考核,正式与成都地铁公司签约。"

10年的时间,她从一位农村小姑娘,成为成都地铁的驾驶员,8年的时间,她从一位初出茅庐的实习生,成为能独当一面的老司机。从2012年考取地铁司机开始,她成为第一个跑完10万公里的成都地铁女司机。凭借着在岗位上优异的表现,这些年来荣获四川省劳动模范、四川省"三八红旗手"等荣誉称号,担任成都市青年联合会副主席、成都市总工会委员,并连续两年当选为"四川省人大代表"。

然而除开这些身份,对于肖芳来说,她只是一名在成都地铁二号线上

的普通地铁司机。凌晨5点钟上班，8小时的工作时间里与黑暗狭窄的地下轨道线路为伴，为的就是守护好乘客的一路平安。她坦言自己性格内向、不善言辞，自嘲"也许不太像90后"，"可能跟我的工作有关系，这一职业人命关天，要求十分严格，工作期间性格没那么外向"。

2019年四川省两会期间，肖芳作为人大代表接受了华西都市报封面新闻记者的采访。穿一件深蓝毛呢大衣内搭白色衬衫，虽然年轻却显得沉稳，聊到开心时，会浅浅地露出一弯白牙。她说："能成为新生代力量的代表，除了自己努力，更重要的是组织的关心和培养，在不断学习和成长的过程中，也开始担负起社会的责任。零事故、零投诉，就是交出的最好答卷。"

在谈及成功时，她的这番话让人觉得实在而温暖："我就是一个平凡的人，从事着一个平凡的工作，安全地把一车又一车乘客送到目的地，我认为这就是我最大的成功。"

成都地铁二号线的驾驶室是肖芳的小天地，她告诉笔者："地铁司机的工作，标准化的重复容易让人疲惫，尤其是在隧道中，特别容易犯困走神。地铁司机集中注意力的方法叫'手指口呼'，也就是说，司机眼睛看到的每个内容，都要用手指到、用嘴说出。驾驶室有两个司机，手指口呼也有相互提醒的作用。每次一个单程开完，肖芳要手指口呼近400次。每到达一个站点，打开车门，下车站好，查看监测装置，检查车门是否全部开启。观察乘客是否全部进入车厢，再查看监测装置，检查车门是否全部关闭。这样的工作，每天要重复无数遍。"

这就是一名优秀地铁司机不厌其繁的日常。

成都地铁载客量的数据显示，2018年，日均客流达到333万人次，与2017年相比增长较大。肩上扛着这么多人的乘车安全责任，肖芳的压力不言而喻。在成都地铁公司内部有句话这样说：地铁司机不好当，地铁女司机更不好当。

就是这样需要大量耐心耐力的工作，修炼了肖芳的内力。她变得越发沉稳严谨，且做事认真不张扬。如今她晋升为成都地铁运营有限公司运营二分公司乘务一车间电客车组长，默默应对着更多挑战。

地铁，除了让肖芳成为一名优秀的司机，更让她收获了甜蜜的爱情。与肖芳在二号线同一班组工作的罗新宇，是肖芳的徒弟。师傅工作上的精益求精，生活中的单纯可爱，浓浓的女人味深深地吸引着他。两人朝夕相处日久生情，2012年，两人进入了男女最为美好的恋爱季。

2015年12月30日，两人组建了属于他们的幸福小家庭。2019年除夕前夕，肖芳惊喜地发现自己与罗新宇有了爱情的结晶。

肖芳的微信朋友圈，有工作中点点滴滴的记录：和小伙伴们愉快地合影自拍，洋溢着满满的幸福；第一次去地铁三号线新南门站与大家交流，还现场演绎了藏语版报站，希望用各种语言给乘客带来优质的服务；自己身穿洁白的婚纱，手捧着鲜花，在欢笑和泪水中，出嫁的场面……回想起来满满的感动，她说："谢谢所有人的祝福，我会更加努力地工作，回报这个伟大的时代……"

2.借"9+3"的翅膀助我飞翔

获知岳正剑出名，是笔者在手机上看见《康巴传媒》的报道。由于正好与笔者要采访的内容贴合，于是笔者打电话给《康巴传媒》的负责人白玛先生，他告诉了我岳正剑的故事和他的手机号码。

2019年夏，一条题为《"甘孜造"大片闪耀世界！"守望人"亮相多个电影节，在东京斩获最佳新锐故事片奖》的新闻一经登载，立即刷爆了甘孜州的朋友圈。咱甘孜州也有了"本土"最佳新人男主角，男主角如谜的身份也被各大媒体一层层扒拉出来，他是《守望人》中的丹增，生活中的帅小伙岳正剑，他的帅是一眼能让美女心动的帅。

这个出生在丹巴县中路乡的嘉绒小伙，是从"9+3"免费职业技术学校毕业，破茧成蝶的影视演员。

或许是中路乡的人杰地灵，山清水秀，岳正剑从小就有一副天籁般的好嗓子，小时候村子里面婚丧嫁娶，他都会前去吼两嗓子，童年的他就成了乡里远近闻名的"大歌星"。

然而对于岳正剑来讲，当"歌星"不是他的梦想，他最想成为一名电影演员。说起这个梦想，岳正剑憨憨地一笑说："小时候乡里穷，整个村上有电视的只有两户人家，我就每天偷偷跑到邻居家里看电视。当时看的是《雪山飞狐》，电视剧里面的片段到现在我还记忆犹新。晚上看电视，想电视里面的剧情，想到读书、做事都会走神，为了看电视不知道挨了爸妈多少打。"

初中毕业后因为家里经济条件不济，岳正剑辍学在家。天长日久，自觉天天在家傻待也不是办法，还是要想办法养活自己，即使不能帮父母减轻压力，也不能成为家里的累赘，于是15岁的岳正剑选择了外出打工，迈出了人生的第一步。

一开始他做过服务员，卖过水果，当过汽车学徒工，最艰难的时候，他甚至睡过天桥的桥洞。一年转瞬即逝，亲戚看见岳正剑的日子过得实在是太苦，便介绍他进了一家名叫"手拉手"的民间演艺团，就是游走在乡间、走街串巷的大篷车式的卖艺团体。自此，岳正剑成为漂泊异乡走南闯北的大篷车艺人。

岳正剑回忆说："卖艺的那三年时间真的很苦，三年的时间里我走遍了云贵川，作为学徒我们没有工资，老板只是管饭吃，唱歌、跳舞、小品……样样都得学会，我还要负责在杂耍演出中扮演小丑。演出条件也艰苦，找个空地搭个简单的台子就是我们的舞台，夏天下雨就是一身湿，冬天下雪就是一身冰，病了也要坚持演出。演出完了，大家又累又困，直接钻到舞台下面和衣而睡。那时候岁数小，一到演出的时候就很兴奋，总是使出浑身解数逗观众，只要观众掌声热烈就会觉得特别有成就感。卖艺的那三年时间也让我学会很多社会经验，虽然没有挣到钱，但是也算是比较值得。"

正是三年的含辛茹苦，积淀了人生百味的经历，让他在大篷车里悟出了知识的力量。

2009年，四川"9+3"免费职业教育计划启动，岳正剑返乡报名读书。那一年刚好20岁，经过考试，他成为甘孜州第一批受益的"9+3"学生。

岳正剑说："国家的政策好，在学校读书、吃饭、住宿全部是免费的。有这么好的政策，我也想好好学习，为自己实现梦想打好基础。"说到这里，岳正剑哈哈大笑了起来，"可没有想到的是，我学的专业和现在所从事的工作完全没有一点关系，我是在成都市新都职业技术学校学习的电子工程专业。说起选专业的事还蛮搞笑的，当时是我妈妈帮我选的专业，有'电子'和'艺术'两个专业我可以选，我拜托妈妈选'艺术'专业，可是不认识字的妈妈给我搞了一个乌龙，她问我哪个字是'艺术'，我告诉她下面有一个弯弯的就是，于是我妈妈就毫不犹豫地在'电子'两个字前面打上了钩，我就顺理成章成了'电子'专业的学生。"

这个看似笑话的故事，听着着实让人心酸，没有文化的单纯真实但又苍白。

到了学校岳正剑每天除了完成电子专业的功课,几乎都和艺术专业的老师、学生"混"在一起。因为有之前三年卖艺生涯的经历,岳正剑在艺术表演方面也格外出众,这让他充满了自信。学校搞演出,他承担着主持、表演、排演等各个环节的工作,这让他很快被艺术专业的老师所赏识。

岳正剑回顾:"当时艺术专业的老师对我特别好,常常让我参加他们的演出、活动,老师还会带我去观看很多舞台剧,我在里面学到了很多当演员的基本知识。"

谈及电影《守望人》的拍摄,岳正剑说:"我一直有一个梦想,就是拍一部真正的红色电影,《守望人》这部电影让我如愿以偿。我们团队在拍摄过程中付出了很多努力,从沼泽到雪山,从草原到森林,全部镜头都是真实的,团队成员把真情融入拍摄和表演的每一个细节之中。拿到剧本的那一刻起,我整个人就已经全身心投入这个故事里去了。在拍摄过程中,我每天早上4点准时起床,晚上拍摄回来背台词到凌晨。这次的拍摄地点对我们来说也是一次很大的挑战,为了完成一场戏,我在海拔4000米零下十几摄氏度的沼泽里浸泡了4个小时。当我从里面出来的时候,我的双脚基本不能走路了。还有就是在海拔5000多米的雪山上背着人走了几公里……所有的片段都印刻在我的脑海中,直到现在我还记忆犹新。"

3. 乔秀,从受帮扶者到扶贫书记的大转折

乔秀,一位出生在贫困户的农家子弟,初中毕业后,家里再无力拿出钱来供她读书。这个懂事的女子便独自离开村子到县城一家超市打工。

在超市里什么都做过，搬货，摆架，当收银员，每月能挣到270元。干了近一年时间，除了日常的生活开销，她把三分之二的收入交给父母。

偶然一次回乡探望父母，遇见了中学校长杨勇丹。在了解乔秀的近况后，杨校长告诉她一个好消息：凭你的中学成绩，现在完全可以去参试一下"9+3"免费职业技术学校的招生考试。他告诉了她关于免费教育的所有好政策。

谢过杨校长后，乔秀还是满腹疑问，校长应该不会给她开这样的玩笑，但哪有这等天上掉馅饼，分文不出就能读书的好事？回家后把这事讲给父亲听，父亲说，要不你回到县城亲自去招办问问。乔秀听后含糊其词地应允，根本没有放在心上。

临近报名的日子，她在超市的货架旁边听到两位中年顾客聊天，说起"9+3"这个术语。正好那天下午轮休，她战战兢兢地去到招办，果然，校长告诉她的情况跟招办说的一模一样，她报了名决定一试。

招办同意她跟应届毕业生一起考，乔秀虽说离开学校一年多，有点紧张，但毕竟初中三年所学的课程她心里还是有底，如果不是家贫，考上高中是不成问题的。还好，凭借这样一个心态，乔秀在考试中正常发挥。

成绩公布在墙上，她考了300多分，超过录取线，考上了四川省药品食品学校。她踏上了梦幻般的征途。县上统一派车送到泸定，校方再派车到泸定来接，就连生活用品包括洗衣粉都是配发的。一束温暖的光照亮她的内心世界，"党和国家真的惦记着我们这些穷人和穷人的孩子。我一定要好好读书来回报党和国家对我们的关爱。"这是乔秀从泸定出发时望着车窗外的山水讲出的心里话。

在校三年期间，她很努力，班主任看见她学习非常认真，也常常鼓励她。班主任是药品质检方面的专家，告诉她，"未来的生活趋势是越来好，人们也越来越重视健康，学好这一专业，将来好就业。"班主任除了学习上关心她的进步，政治上也鼓励她上进。在班主任的引导下，她写了入党申请书。自从向党组织递交了申请书之后，她更加严格要求自己。

在未进学校前，自己连电脑的键盘都没有摸过，为了不辜负这么好的学习条件，不辜负班主任的培养，乔秀每天吃过晚饭就悄悄溜进学校的电脑机房，从学习打字开始，一坐就是三四个小时。学校校庆要搞一个征文后的演讲活动，当班主任在课堂上宣布这一消息后，没有一位同学举手参与，当时班主任觉得很尴尬。乔秀想，参与校庆的活动是班级的荣誉，她举起右手。她参加演讲的文章是《感恩励志》，荣获二等奖，为班级也为自己赢得了荣誉。

获奖给她开了一个好头，自己终于有勇气站在众目睽睽的讲台上，展示自己的自信，用自信去告别怯弱，这对于乔秀而言是一次不亚于进校读书的喜悦。成就感让她有了展示自我的信心。2011年，临近毕业期的寒假，乔秀来到康定的德克士打工，无意间看到《甘孜日报》庆祝建州60周年的征文启事。她决定边打工边写稿。平时打腹稿做准备，经过一段时间，她拟订写一篇以"生态、包虫、9+3"为内容的文章。在返校的第二天，她便把稿件放进了邮筒。功夫不负有心人，真实的经历、真实的感受、真实的表达打动了评委，甘孜日报社寄来荣获一等奖的获奖证书。

毕业实习期间，乔秀在成都一家德仁堂连锁店实习。实习一词，对于一个贫困户的子女而言，就已经是步入社会的开端。为了节省生活费用，乔秀和同龄伙伴合租了最廉价的住房，每天早上6点就要起床，简单洗漱后就去赶公交车，转两次车约莫一个半小时到达上班地点。实习从搬运开始，同一批来的同事学历都比乔秀高，她能从他们的眼中领会到高学历的优越感，但她却不气馁，早上上班比他们早，晚上下班比他们晚。凭着坚持不懈的努力，她将各大类药上万种的药名及其功用准确地记在脑中。

这一切店长看在眼里，从80个竞争者里，挑选出学历最低的她干起了复核的工作，全店哗然。

乔秀谈到此处，哽咽了。笔者看着她的泪水失控地涌出，无声地哭泣长达5分钟。笔者能从她的叙述中，感受到在竞争中为获得认可付出的艰辛，感受到能量爆发来自毫不气馁的坚韧。努力、付出终有回报。

原本她已经在药店立稳了脚跟，爸爸却打来电话，说全州公务员报名开始了，希望她考上公务员。乔秀没有违背父母之命，她也经常关注人事网，恰好全州卫生系统正在招考制剂专业，于是父女俩再次通电话，父亲跑到县上给她报了名。乔秀在全州考了第四名，孝顺的女儿遂了父母之愿，考上了公务员。店长却对她的选择有些不解，认为明明干得很好，在大城市有更为广阔的发展空间，但也只好忍痛割爱。

经过岗前培训，乔秀被分配在甘孜县卫生局，报到后签了劳动合同，分配到甘孜大塘坝一乡高原急救站工作。

乔秀回顾：去大塘坝一乡报到上班是2012年10月中旬，那里平均海拔3500米，气候已开始转冷。来到乡政府大院，才知道这里没有电，对于在成都待了4年的她而言的确反差太大，不过刚参加工作，觉得眼前的一切都挺新鲜。

白天上班还好，可一到晚上，7点不到天就黑了。住在新修的办公楼里，翻来覆去睡不着，甘孜的月亮特别亮，常常在窗前和我对上眼。

早上起床刷牙，牙膏冻成冰棒，只好用热水将牙膏管烫热，才能挤出牙膏。在卫生院一干五年，2017年9月，脱贫攻坚进入第三个年头，乡上要抽调我去大塘坝三乡当第一书记。我知道三乡条件比一乡还差，而且路程更远，但作为一名党员，组织安排就应该无条件接受。

  我们三人开着一辆皮卡车，足足开了两个半小时才到三乡。同村支书一道组织开村民大会，宣讲脱贫攻坚政策和具体做法。全村107户，建档立卡贫困户30户142人，在我的眼里，与农区相比，这里的牧民基本不懂汉话。我同他们交流必须带翻译，而且初次同他们交流，感觉他们都对脱贫攻坚持观望态度。熟悉后才了解到，他们以为我们来就是走走过场。当时这里手机没有信号，我必须克服畏难情绪，学好藏语。

  通过半年的努力，我基本上能同村民用藏话交流，语言相通拉近了情感上的距离，30户建卡户的情况我从逐步熟悉到了如指掌。在村民眼里，乡村在水、电、路、通信等基础设施方面发生着巨大变化。建卡户告诉我，他们从得到的实惠里感知到我们不是走过场。

  最让我揪心也是最有成就感的一次帮扶过程，是看见建卡贫困户呷花一家思想观念的转变。呷花常年住在牛场，20多岁，但已经是3个孩子的父亲。我第一次步行约莫走了3个小时，来到他家。这是一个用塑料薄膜盖起来的家，20多平方米，5个人吃住都挤在这狭小的空间里。起初我以为是因临时放牛而搭建，后来在聊天中得知，他们全年都住在这里。我非常非常吃惊，脏、乱、差在他们家里真是体现得淋漓尽致。我说："你年纪轻轻就这样，行吗？"

  呷花爱理不理地看着远处说："我们祖祖辈辈都这样，习惯了。"

  我说："这样不好，不说自己，你对得起三个小孩吗？他们到了读书的年龄，还能像你们两口子这样吗？另外孩子们的户口怎么办理？你现在的住房，水不通、电不通、路不通，政策这么好，叫你全家搬迁下去，怎么这么困难，比老年人还顽固不化？"

  他听得实在是烦躁了，质问我："我说过了，习惯了，习惯了！要不,你把路、水、电、房子建到我这里来?"

我的苦心劝说呷花根本不听,就这样我先后7次到他家做工作,最后一次听烦后,他说:"如果我不答应,你会无休无止地来烦我。行,我答应你,后天开会时我下来参加。"

第二天如我所愿,呷花慢腾腾地来了。我们带着他参观了示范户,看了幼儿园,他有所触动,思想有所转变。看见过去与自己同等条件的人,现在一个个比他穿着整洁,幼儿园里的孩子在老师的带领下唱唱跳跳,欢天喜地,再打量自己的衣衫不整、邋里邋遢,他偷偷伸出舌头,自惭形秽。他小声告诉我,他愿意从牛场搬到定居点来。

来是来了,"等靠要"的习性养成后什么都要催着。在拿着住房补贴自建过程中,三天打鱼两天晒网。我告诉他在挖好规定的基础深度后,住房高度要高于地坪50公分以上,这样地板不易受潮,也不会得风湿病,他偏不听。

第三次打招呼时,我真的非常生气,把他的基础推倒,要他重来。他看见我一个女人这么发脾气,反而害怕了。后来跑到我办公的地点来承认错误,表示给他几天时间,从外围到室内的装修布置都按要求来搞。

这一推,果然收到了效果。2018年10月带着家人入住后,呷花和老婆带着孩子激动得开着电灯睡觉,其实是兴奋得通宵失眠,说梦里面都没有住过这么好的房子。我听着暗自发笑。

搬迁后与搬迁前形成对比,从呷花一家的眼神里,我看见了他们的谢意。我说,你们要谢就要谢习主席,谢共产党。呷花两口子毕竟年轻,容易接受新鲜事物,孩子们也上了幼儿园,爱人放牧,他去考取了驾照,准备跑运输,挖药材、挖人参果,挣钱让全家过上好日子。

乔秀看着这户老大难的转变，心里踏实了许多，因为她的片区在2019年年底要迎接省检，最让她揪心的一户变得让她放心了。

4. 快览"9+3"毕业生无数个忙碌的瞬间

引用四川省教育厅原厅长朱世宏的话，"9+3"免费职业教育新模式弥补了民族地区职教"短腿"。学生中近九成来自农牧民家庭，政府支持农村、贫困以及少数民族地区教育，目的是让更多贫困家庭的孩子掌握谋生的一技之长，带动家庭脱贫致富，"学有所成，造福家乡"，过上幸福的日子。不妨来看一组"9+3"毕业的学生们在各个岗位上的日常。

镜像一：

在成都第四人民医院精神科老年二病区，护士们一大早就在病房里穿梭忙碌。一位来自白玉县赠科乡的小个子藏族女孩叫来齐，2012年从成都铁路卫生学校毕业后，她穿上了梦寐以求的护士服。

"杨婆婆，今天几点起床的？我们测血糖喽，今天气色很好哦！"来齐一边转移着婆婆的注意力，一边完成了第一位老人的血糖采集和记录。给病人测完血糖，来齐动员大家去做健身操："张婆婆，去做操啦！"

"王婆婆，今天脚还肿吗？我们去做操吧，起来活动活动。"

测血糖、领操、查房，和病人一一交流，安排老人们吃饭、吃药……进出之间，时针已近中午1点半，交完班，来齐才匆匆在办公室里吃了午饭。笔者注意到，来回奔忙的来齐甚至没有时间坐下歇一歇、喝一杯水。

来齐说，这些是正常的工作，最忙的时候，一整天都吃不上饭。"我很满意现在的工作生活状态,很充实。来成都7年,我越来越喜欢这里。"

谈到未来的安排,来齐说,"如果能在成都遇到生命中的另一半,我会一直留在成都,当然也有可能利用自己学到的知识回去为家乡服务。"

镜像二:

四川艺术职业学院2009级"9+3"学生东珠洛吾毕业后留校任教。他担任过中专2011级民族歌舞班的班主任,还担任了三个年级"9+3"班级的辅导员。

对学生来说,东珠洛吾既是老师,也是兄长。他会在放学后和学生一起唱歌、跳舞、打篮球,学生们在学业、生活上遇到了困扰,他会积极帮助他们寻求解决办法。

"既然有这个机会,你们就应该努力学习,学到更多知识去回报家乡、回报社会。"这是东珠洛吾经常对学生说的话。现在,他已经带了两届毕业生,"每次看到学弟学妹学有所成,考上理想的大学或者干上了理想的工作时,我都发自内心地感到高兴和骄傲!"

镜像三:

"小朋友们,还记得昨天我教你们唱的《我爱北京天安门》这首歌吗?我看谁先举手唱……嗯,小卓玛最先举手,那你先唱第一句,其他同学跟着唱……"

这是德格县龚垭乡第一所幼儿园的第一个专业幼教老师王小林。16岁那年,王小林第一次离开家乡甘孜州丹巴县巴旺乡,成为自贡市荣县职高的首批"9+3"学生。如今,23岁的王小林是甘孜州德格县龚垭乡幼儿园副园长,和另外两个同事一起照顾着25个藏族小孩。

作为龚垭乡第一所幼儿园的第一个专业幼教老师，王小林见证着藏族地区教育越办越好。

幼儿园虽然只有一个班，但是设施设备齐全，还有舞蹈室。"以前我们不重视娃娃教育，更别说幼儿园了。现在看我们教得好，老乡们都争着把娃娃送来。读了书就是有好处嘛！"

国庆大假期间，王小林和丈夫一起回丹巴看望父母，亲朋好友都说她越来越漂亮了。王小林说，现在的工作稳定又快乐，"在家里多有面子的。"新婚不久的王小林，每天都乐呵呵地和孩子们在一起，她也期盼着早一天有自己的孩子。

镜像四：

在石渠县高原现代农业田园综合体邓玛生态园里，受益于"9+3"免费教育，2015年毕业的扎西拉达，开着观光车刚从一个大棚出来。他负责给经理当翻译、搞后勤和管理，是生态园有意培养的当地的业务主管。

在偌大的生态园区里，帅气的扎西拉达早已不是按惯性思维在田间劳作和山间放牧的农人，而是跟着从平原来的技术管理人员在120个大棚里进进出出，讨论着如何根据获得的实时网络数据，改变各个暖棚的湿度、温度、光照、通风条件、透气性，滴灌各种营养液，让作物在更加科学化的照养下茁壮成长。跨越这一步，包括扎西拉达在内的农牧民走了数千年，如今"9+3"免费教育的青年们告别了原始的耕作手段，逐渐在工业文明的浪潮下，将机械和科学引进封闭的高原。

"这个大棚由一位建卡贫困户泽翁拉姆进行田间管理。她是两个月前来上班的，有两个孩子，都在上小学。邓玛生态园的出现，让当地的建卡贫困户再也不需要出远门打工，既可照顾老人和孩子，又可在园区内打工,拿到每天100元以上的务工费用。泽翁拉姆看管的这个棚种的是小番茄和韩国引进的酱汤辣椒。"扎西拉达介绍着情况。

笔者听着他讲话,有些诧异,问:"你是洛须本地人吗?怎么带有雅安的口音?"

扎西拉达笑着说:"'9+3'毕业后,我在雅安一家装配厂干过两年,所以说话带雅安腔。后来知道家乡建起了生态农业园区,我就回来了,在这里已经工作了两年。这样的话,上班每月能挣到5000元,又可以照顾年老的奶奶。"

镜像五:

成都北门二环的一家汽车4S店内,一位穿着工装的年轻人正聚精会神地给一台广州"标致"喷漆,蓝色的油漆喷在车体上,发出幽幽的蓝光,油漆的味道刺鼻,尼玛德吉戴着口罩熟练地操作着⋯⋯

23岁的尼玛德吉是"9+3"2015年首届毕业生。毕业后没多久尼玛德吉在成都一家汽车4S店做喷漆工,平均月薪有5000多元。他告诉记者,这份工作经常加班,虽然有些累,但有奔头,能掌握一门手艺,就能有踏实的立足之地。现在自己经学校推荐应聘进入这家企业,如今他已是一家六口的经济支柱,家里老人看病、哥哥读大学的生活费全靠他,"连父母都说,没想到我这么有出息,很为我骄傲。"

尼玛德吉是丹巴县边耳村人,中考落榜就待在家里无所事事。他家并不富裕,为了给读大学的哥哥凑齐每年的学费,种了一辈子地的父母四处借钱。这一现状让他不得不重新规划自己的前途,他不愿因为复读而让父母再为他借钱,但又不愿像父母一样在有限的土地上仅仅为活命而忙活一辈子。

一直闲着,家里人也发愁,尽管现在有了退耕还林和农牧民定居的好政策,吃穿都不愁,就愁自己的孩子像自己一样没有文化。令尼玛德吉一家做梦都没有想到的是,一项民生新政策"9+3"免费职业教育计划彻底改变了他的命运。"包吃、包住、免学费,还发一定的补助。"这一"天降的馅饼"重新点亮了尼玛德吉的求学之梦,政策的吸引力与农牧民子女改变命运的希望交织在一起,和许多穷孩子一样,他义无反顾地报名上学。三年就读下来,他找到了适合自己的工作。

镜像六:

正在就读的拉初吃完早餐正往教室赶,她有一个愿望,毕业后回到向牙查村,回到大山深处的家,像老村医那样穿行在家乡的每一个角落,为乡亲们治病。

"在未来的日子里,也许我不会像大城市里的护士那样戴上美丽的燕尾帽,穿着洁白的护士服,在清洁宽敞现代化的医院里忙碌,但是当我看到大山深处一张张灿烂的笑脸,听到少了病痛折磨而发出的爽朗笑声,我想那时的我是幸福而骄傲的,因为我用学到的技能为家乡带来了吉祥与安康。"如今拉初正朝着既定的目标走。

与此同时,曾经干过洗车工、当过服务员、上山采过蘑菇的朗色正在教室里复习,她要把昨天因感冒未上的课的笔记补上……过去,因为家里经济困难,朗色初中毕业后就辍学了,四处打工。在4年打工的过程中,她深深地体会到知识的重要性,但读书对她来说是一种奢望。"做梦都没有想到,'9+3'免费教育计划,圆了我重回校园继续求学之梦。"朗色倍加珍惜读书的日子,她要珍惜"9+3"免费教育提供的机会,把知识弥补起来……

四川省教育厅职成处处长何庆介绍，已毕业的四届藏族地区"9+3"学生，初次就业率均达到98%以上。有3000多人通过招考（聘）充实到藏族地区基层事业单位，成为促进藏族繁荣稳定的新生力量；1000多人参军入伍；2000多人考入高职院校继续学习深造，其余毕业生均实现了就业创业。作为国家教育改革重大试点项目，"9+3"计划已上升成为国家支持推广的教育模式。

实践证明，"9+3"计划探索出了一条"州内打基础，内地学技能""一人成才、全家脱贫"的民族地区人才培养和教育扶贫新路。

四

刷屏！州长为电商平台放歌

真是拼了！2019年年初和年底，甘孜州州长肖友才，分别在"圣洁甘孜·走进香港"优势资源投资推介会、广东产业扶贫投资推介会上，放歌《卓玛的故乡》《康巴汉子》《香巴拉并不遥远》，以歌声和康巴人的豪迈真诚赢得了阵阵掌声。他为一百多万甘孜人的生存和发展，在电商平台和窗口展会上，使出浑身解数。

纵览甘孜州以山地旅游文化节为依托，打出中国最美雪山、最美湿地、最美草原、最美藏寨、最美汉子"五张名片"，推出大渡河流域乡村振兴示范区"成都后花园·康养加休闲"的主题，围绕"春赏花、夏避暑、秋观叶、冬暖阳"的产品定位，开展形式多样的宣传营销，取得了全州旅游收入首次突破359.98亿大关，同比增长62%，增长率名列全省第一的可喜成绩。可喜的背后体现出甘孜州对全域旅游发展的整体谋划和布局。

如果说大力发展冬春游是深挖旅游资源开发潜能，那么，大力发展全域旅游，就是甘孜州旅游业的扩展之路。甘孜州委召开的十一届八次全会，要求坚持以全域旅游为统揽，积极构建"三环一带两湿地"全域旅游布局，推动文旅、农旅、体旅、牧旅深度融合发展。

从2019年11月下旬开始，甘孜州文化广播电视和旅游局局长刘洪忙得马不停蹄，带领海螺沟景区管理局、稻城亚丁景区管理局、康定木格措景区、理塘县、乡城县等文旅部门，集中赴惠州、珠海、深圳、丽江、重庆等地，举办冬春旅游专场推介会。

刘洪清楚，"珠三角、川滇渝是甘孜州最主要的旅游客源市场。以前，游客多是夏季来避暑，冬季属于传统的淡季。现在，我们也要推介冬季的大美甘孜。"甘孜州拥有得天独厚的冬季旅游资源，"世界十大最美雪山之一"贡嘎雪山，"香格里拉之魂"稻城亚丁，"世界海拔最低现代冰川"海螺沟冰川，都集中在甘孜州。

在刘洪看来，甘孜州加快推进全域旅游，得益于全州旅游基础设施大幅度提升，目前，已具备挖掘冬春旅游的条件。成都到康定已实现3小时全高速到达；康定机场、稻城亚丁机场、格萨尔机场三大机场架起了甘孜州空中旅游环线；3200公里的国省干线公路已全面改造升级。现在游客冬春游甘孜，可以方便快捷地领略到冰雪温泉的浪漫，在大渡河流域的丹巴、泸定、康定等地进行乡村休闲游，朝发夕返和周末游都已成为现实。

2018年，甘孜州乡村旅游带动1.9万贫困人口就近就地就业，年人均增收1020元，重点旅游地区群众收入79%来源于旅游业。

这是一个可靠而稳定的增量点，全域旅游的战略定位，是以"绿水青山就是金山银山"的环保理念为核心的再出发。

1. 网红达人格绒卓姆的电商之路

笔者的记忆中，甘孜州因层层大山阻隔，长期被信息不灵、交通不便严重制约，大量的时令山珍——松茸、羊肚菌等菌类因山洪、泥石流阻断交通运不出去，血本无归的状况频发。

笔者曾目睹20世纪末一位韩国的松茸老板的冷藏车，因二郎山公路塌方被阻断在二郎山西坡两天两夜，冷藏车因制冷设备被滚石击中，一车价值上百万的鲜松茸报废，中年韩国人一夜白头，眼前变软变黑、发霉腐烂的松茸成为垃圾。

如今被冠以世界"超级工程"的雅康特大桥贯通，高速已经直通州府康定，全州18个县不仅实现了乡乡通公路，还实现了村村通，韩国老板的伤心事已成为过去。随着国人生活水平的大幅提升，过去远销日本、韩国的松茸已成为国人餐桌上的佳肴，在一二线城市的各大超市的冷柜里摆放着价格不菲的松茸，甚至能通过冷链快递在24小时内送达全国绝大部分城市的餐桌。如此一来，曾经创汇500万美元的松茸，一时间转化为能让农牧民致富的产业，一大批电商网红踏着时代的节拍应运而生。

来自甘孜州偏远地区的稻城赤土乡子定村的电商网红格绒卓姆，就是"弄潮儿"里的佼佼者。

笔者在稻城采访脱贫攻坚期间了解到，2019年冬季，甘孜州18个县（市）的青年网红们聚集州府康定，参加主题为"我为圣洁甘孜代言"的首届青年电商网红达人秀比赛，经过三天激烈的角逐，最终来自稻城县，网名"迷藏卓玛"的格绒卓姆获得首届青年电商网红达人秀金奖。

回顾2018年1月24日，甘孜州电商扶贫"全域统筹·整体推进"暨2018京东·甘孜州扶贫馆启动仪式在成都举行，该项目的目的就是更多地利用网红达人秀，用现场直播的形式把甘孜特产、甘孜旅游分享给全国的网友。州委书记刘成鸣、州长肖友才出席并致辞，省扶贫开发局局长降初、省电商协会秘书长徐晔应邀出席启动仪式，标志着甘孜州电商扶贫正式开启。

荣获金奖的格绒卓姆引起了中央、省内各大媒体的高度关注，"我为圣洁甘孜代言"的抖音话题点击量达1760万次，微博话题点击量达37万余次，微信推送阅读量达27万余次，高流量为格绒卓姆打开了前途无量的命运之门。

笔者在2019年11月14日下午专程来到稻城赤土乡子定村，采访了被网友霸气称呼为"迷藏卓玛""松茸西施"的电商扶贫者——格绒卓姆。

站在格绒卓姆"腾飞"的土地，环顾平均海拔近4000米的四周山峦，山中长着能让百姓致富的软"黄金"，一是虫草，二是松茸。四周的山坡满眼的橄榄绿，这是青冈林的色块，这一色块就是财富的象征，经济价值相当高的松茸就在青冈林中。

这位有着高原红脸蛋的女青年，今年22岁，一头长发，皮肤偏黑，明眸皓齿，笑起来浅浅的酒窝充满喜感。她在成为网红达人前，小学毕业后便没再读书，18岁前没出过县城。就因为新时代新契机带来的业绩，让她充满自信，一件普通藏装包裹着身躯淡定坦然，眼神沉稳，一改过去偏远山区姑娘畏生的羞怯，不愧是拥有300万粉丝、一年带货400万元的"快手达人"。

藏族美女格绒卓姆讲起了自己的网红故事。

她出生在赤土乡子定村普通的农牧民家庭，距风景区稻城亚丁仅20公里。看见亚丁景区的巨变，特别是景区内农牧民的暴富，她充满着向往，心想，"要是赤土乡也有三座神山的景区就好了。"遗憾的是，周围却是陡峭的大山，乡长说这里不具备亚丁的条件。但老天又是公平的，给你关上一扇门却又打开一扇窗。四周的青冈林下长满财富。

一次偶然的机遇，她步入了新媒体搭建的新兴产业。乡村宽带网络的覆盖拓宽了她的眼界，让她找到通过短视频平台帮助村民卖虫草、卖松茸、卖牦牛肉等特产的途径。物流的兴起，让偏远地区的农牧特产能够更快更远地传递给外界。自媒体时代迅速崛起，使她很幸运成为快手粉丝180万、头条粉丝150万、陌陌粉丝10余万的网红达人。

格绒卓姆回忆，每到五六月份当地挖虫草的时节，她都会和村子里的人一起，带上干粮和水，从海拔3500米的村子里，到海拔4400米的山坳里搭起帐篷，一住就是一个月。这一个月中，所有挖虫草的家庭需要携家带口，即便是一两岁的婴儿，也需背在身上来到山上。虽然这里不通水电，但能为每天挖虫草省下两个多小时的走路时间。

每天天刚亮，格绒卓姆和家人便从海拔4400米的山坳出发，爬一个多小时山路到"虫草山"。海拔4000多米的高山上，山风呼啸，身侧是悬崖峭壁，格绒卓姆戴着帽子和口罩全身包裹得严严实实，在一片片草地上躬身或匍匐在泥土间，去一点点寻找虫草的踪迹，一根、两根、三根，就这样专心致志地寻找着财富，常常是从天刚麻麻亮就一直干到麻麻黑。

"小时候最开心的事情就是看父母挖到虫草，这意味着我们能有新衣服穿。"格绒卓姆说。那时候每天都希望能赚到养活自己的钱，但能否找到虫草，却是不折不扣"靠天吃饭"。在她的记忆中，曾经有一次因为连续下雨，他们全家十多天一根虫草也没挖到，而整个虫草采集期也不过四五十天。

转机发生在2017年7月，看到村里其他年轻人都在玩"快手"，格绒卓姆也注册了一个号，起名"迷藏卓玛"，她做梦都未曾想到，这个巴掌大的手机魔幻般给她带来了财富。

记得是7月8日那天,全家人爬到高山上挖本季最后的虫草,格绒卓姆要父亲"举着手机不要动",让他录了一小段自己和母亲寻找采摘虫草全过程的视频。当时信号不好,为了把视频及时传出去,格绒卓姆要爬一个多小时去山顶找信号。由于海拔增高,她每走十步就要喘气,但她从未放弃,爬到信号强的山顶,把视频传了出去,再返回来继续挖虫草。

她上传第一条仅有八秒钟的"挖虫草"短视频,第二天打开"快手",她发现播放量达到50多万次,粉丝数也增长了3000多,更意外的是,有几百位"铁粉"私信询问"虫草怎么卖"。

同一位老板谈好价,没想到转眼别人已经将钱打到账户上,这给她吃了一颗定心汤圆。既然买家这么有诚意,她所要做的是一定要保质保量地卖给对方。她带着虫草,第一次在县城的邮政快递处将虫草邮寄给外地的用户。在"快手"上的"第一桶金",她赚了3000多元,这相当于她在火锅店打零工一个月的收入。2017年8月份松茸季前,她和丈夫商量,下决心转让了城里的小吃店,走上了利用新媒体来推销乡土特产的道路。

发现在"快手"上拍短视频能极给力地帮助她卖虫草和松茸,格绒卓姆便开始用"快手"记录日常生活,尤其是挖虫草、采松茸的劳动画面,一段段的视频传到网上,被网友亲切地称为"松茸西施"。除了挖虫草和松茸的视频,她也不时地发一些家乡风土人情的视频,碧蓝如洗的天空、雨后的彩虹、白云绕缠的群山、古朴素雅的民族服饰。这极大地满足了外界对藏地民俗风情的好奇,外界更加喜欢这位深居大山里的藏族姑娘了。就这样,她同外界保持着热烈而通畅的互动。

时间转眼到了2018年5月,电信的宽带网通进了格绒卓姆所在的村子,这大大地方便了她电商业务的开展。她来劲了,决定大干一番。

2018年,她与丈夫通过短视频共售出虫草1.5万根、松茸1200余斤、牦牛肉干500余斤,产品总销售额达110万元。几个月内,她的"快手"粉丝从50万增长到70万,使她建立起了信誉,让自家山货销售一空,也帮忙解决了全村货物滞销的问题。由于有了自己的卖货渠道,虫草季和松茸季来临的时候,面对收购商,她和村民有了更多的议价权。

格绒卓姆的故事相继被北京卫视、中国青年网、南方都市报、央视财经、央视综艺等主流媒体报道。

她还入选了"快手""幸福乡村计划"的带头人,受到了中央电视台财经频道的采访,作为"2018中国电商扶贫在行动"的案例被报道;2018年9月份她受邀到清华大学参加培训交流,并在2019年的2月份参加了东方卫视热门综艺节目《妈妈咪呀》。

与此同时,她还很荣幸地得到了社会上诸多奖项的认可,获得稻城县2018年度电商扶贫先进个人、赤土乡2018年度脱贫攻坚电商致富带头人、中国网络直播行业2018年度阳光主播、甘孜五四新青年等荣誉称号。

2019年上半年,格绒卓姆的名气节节攀升,她通过线上平台帮村民卖出十余万的滞销松茸干片,5月至6月卖出新鲜虫草2300多根,销售额过百万。

面对所取得的成绩,她淡淡一笑,回答笔者的问话,"要说根本的转变,还是去年9月去清华大学参加培训的日子,从讲课的老师到身边学习的学员,与他们相比,我唯一能超过他们的就是歌唱得还不错,其他的就是一个什么都需要补课的小学生。北京的学习让我长了见识。"

她积累了一年卖货经验后,想到的是怎么帮助村民们。她深知当地村民的一切,过去农忙时采虫草松茸,农闲时去景区打点零工。对她来说,这是村民也是她以前的全部生活。从出生算起20多年来,格绒卓姆和她的父母姐妹,都是以此为生,"我在婴儿时就被父母背着上近5000米高的虫草山了,小学一年级就开始自己上山挖虫草了。但真正找到致富的路,还是靠党和政府把网络架设到村里,把路修到家家户户。"格绒卓姆说。

经与村干部商量,村里成立了农民合作社,解决了产品标准化的问题。2019年,子定村村民把松茸和其他野生菌采挖下山后,不用拿到市场上就能卖到比市场价高的价格,不方便上山的部分村民在合作社打包发货、切片制作干片等。在她的带动下村民一年卖货400多万,收益是前一年的4倍。

成为"网红"后,格绒卓姆并没有"转型"的想法,她依旧只想记录自己的生活,"我喜欢现在的生活,也希望留在家乡帮助更多的人。"在"快手"主页上,格绒卓姆写着这样一句话:感谢这个平台,让偏远地区的我认识那么多朋友。我会通过青年电商网红的力量,宣传推介家乡的优势资源,继续帮助更多的村民增收,一起脱贫发展,为乡村振兴贡献自己的一分力量,在农业农村这个舞台上继续绽放更多的精彩!

谈及未来的打算,格绒卓姆说将通过电商平台卖出更多的特产,把各种资源汇聚到一起,利益联合,团结一心,让乡亲们的腰包鼓起来,为实现全村的共同致富尽一份绵薄之力。她想把网络平台与特色旅游结合起来,通过现有的网络影响力,吸引平台上的朋友们来家乡做客,带动当地的发展。更为具体地说,她想给平台用户打造一个民俗文化体验之旅,在村子里建造一个可容纳20人左右的民宿,来接待天南海北的游客。她想在旅游项目中也加入家乡风味美食、特色游玩体验等,带动村子其他业务的开展,刺激旅游消费,希望能使更多的村民从中受益。

"现在还有全国各地的人来体验生活。"格绒卓姆说,"一些深度体验藏族民俗的游客会慕名而来,体验挖松茸;还有谈恋爱或失恋的人,绘画采风的人,看重这里的偏远僻静,他们在村子一待就是两三个月。"

从网红到电商，再到未来计划中的民宿，她的事业之路在延伸。采访结束时她告诉笔者，"我和丈夫会继续扎根家乡，一人富不是真的富，我们会继续帮助更多的村民增收，一起脱贫致富。"

2. 钦乐[①]工坊：小作坊大扶贫

德格，康巴文化的中心，有世界著名的印经院，一个民族的文化精髓在此延续。

采访钦乐工坊的网络推广人达瓦卓玛是在2019年8月，在德格县城雍珠顶步行内街，当时她和弟弟达瓦扎巴正在步行街的展区内布展，备战德格民族手工艺扶贫车间产品展。

笔者1993年秋末在《甘孜日报》当记者时，去过她的家乡麦宿。

德格麦宿与西藏拉萨、甘肃夏河并称为"藏族三大古文化中心"。藏在"深闺"的麦宿交通闭塞，1992年公路通后，麦宿的"真容"逐渐为外界所认识，笔者于1993年10月沿丁麦路深入到著名的"仲萨寺"山脚。仰望山腰的寺庙建筑群，惊叹这个世外桃源如此庄严与宁静的同时不禁拿着胶片机，以台球桌作为近景借延伸的公路远抵寺庙群，一幅现代与古老相映衬的画面构成笔者印象中最初的麦宿。

不过当时的笔者孤陋寡闻，不知道麦宿有久负盛名的传统民族手工艺。

"德格虽然旅游资源和文化资源丰厚，但曾是全县最穷的地方，也是最封闭的地方。封闭到什么程度呢？历史上有'天德格，地德格'之说，意思

[①] 钦乐，源自19世纪宗萨蒋扬钦哲旺波所传的青铜工艺技术品牌名称。

是除德格天高地大外，还有比德格更为辽阔的地方吗？由此可见，德格人的视野局限在一万多平方公里的范围里。殊不知，它高级的文明样态却保留着原味。非物质文化遗产在国强民富后开始散发魅力。麦宿的钦乐工坊可谓一石二鸟，既弘扬了传统文化，又带动了贫困建卡户脱贫。将这古老的手工艺和互联网营销方式结合起来的正是一位女达人——达瓦卓玛。"德格县委书记噶绒拥忠在金沙江边的雨托村接受笔者采访时如此介绍。

笔者的回顾拉近了同达瓦卓玛的距离。

浏览达瓦卓玛的简介，生于甘孜州德格县麦宿宗萨地区普马乡，青海师范大学藏英预科中专毕业，青海师范大学2009级藏英本科旁听生，美国贝佩丝大学2017年5月本科毕业。

多数人大概见过一些从小在海外长大或留学归国的藏族人，但是在中国藏地普通农牧民家中长大、她的父母从来没有上过学，二十多岁后才学英语、出国留学并学成归来回报家乡的藏族女孩并不多见。不过，她在贝佩丝大学毕业致辞时的演讲，超越了大多数观众的认知。有一个8分钟的视频拍摄于2017年，在美国马萨诸塞州的贝佩丝大学，来自中国的藏族女孩作为模范学生代表，用一口流利的英语做了毕业演讲，让人感受到用知识武装起来的成长者的底气。笔者精选了一部分摘录如下：

在4年前，经过3天的班车车程，加上20小时的航程，我来到了这里。那时，我是既兴奋又害怕的，我想着："我现在该怎么在这样的新国家、新文化里，以外地人身份和外国人们生存4年？英语是我的第三语言，我告诉自己要抱最好的希望，做最坏的打算。当我们所有人都曾怀疑我们是否选对了一所好学校时……有一位女士突然走近我们的餐桌并自我介绍，这位女士正是校长利里，最令人惊讶的是，在我们知道她是谁之前，她早已知道我们大家的名字，从那一刻起，我们明白了我们心属贝佩丝大学了……在我的第二学年里，我开始以藏族铜铸艺术商业品牌"钦乐"为名，来进行一项推广藏族艺术家与为他们提供就业机会的任务，我相信如果个体和社群能够在经济上独立，他们就能够发展与维持属于他们自己的文化……在我的第三学年时，我在华盛顿特区的史密森尼学会获得了一份像制作人这样的给薪实习生工作，我和史密森尼学会一同工作来帮助藏地艺术家在国际市场上销售他们的产品。在史密森尼学会的帮助与支持下，我制作了八部纪录片来讲述那些藏族艺术家的故事，以及告诉全世界：他们如何透过他们的艺术和手工艺来改变世界……在我的大四期间，我和阿爸与弟弟相聚美国，我们在纽黑文市的耶鲁大学、纽约市的拉则图书馆、华盛顿的史密森尼博物馆等地举行关于藏族铜铸艺术传统的演讲与展览……

视频一经发布在互联网上，很快便传播开来，吸引了全世界网友的关注。这个长相甜美，落落大方畅谈着理想的藏族女孩叫达瓦卓玛。达瓦卓玛在藏语里的意思是月亮女神。

达瓦卓玛于2017年6月学成归国，以现代化市场管理与营销的手段，来帮助家乡人保护与发展传统农牧业、手工艺等工作，举行各类课程讲座。

德格县的麦宿青铜器工作室里，传统工匠们正聚精会神，用最纯正的麦宿铜铸制作精湛的青铜工艺品。如此精雕细琢，带着久远的工匠气息的工艺品信息被达瓦卓玛输入互联网。瞬间，这些纯手工打造的铜器随着订单去往世界各地。

站在女儿背后的母亲摇着转经筒吃惊地问："啊波波，就这样卖出去了？"老人家诧异地盯住显示屏，疑惑地摇摇头，看着女儿笑眯眯地点头，还是不明白，明明物品还放在工作间里，怎么就卖出去了。老人家无法理解现代互联网交易的背后，强大的物流配送系统早已在等待女儿装箱发送，她只能默默地祈祷菩萨保佑。

达瓦卓玛的父亲夏乐尼玛是麦宿（宗萨）的第六代青铜工艺传人。小时候，阿爸曾对她和弟弟说：家里只有你们姐弟俩，需要留下一个人学习制作佛像，另一个人到外面上学。弟弟达瓦扎巴从小安静腼腆，并表现出极强的绘画天赋，自然而然地接过了父亲夏乐尼玛的衣钵，成为麦宿（宗萨）第七代青铜工艺传人。

弟弟达瓦扎巴回忆说："这种传统的活，是好几百年、几千个人一个一个传下来的，比如说做一尊佛像，几百年来完全没有变。"与弟弟性格截然相反，卓玛从小像个男孩子，贪玩好动，对外面更大的世界充满了好奇。

达瓦卓玛的故乡德格麦宿宗萨地区，深藏着藏族传统手工艺文化形态保存最完整的地区。在麦宿，有这样一群人，他们自出生开始，就与手工艺为伴。他们隐居深山，世世代代专心研究，一针一笔钻研出最好的工艺。

正是在这样的传承和保护下，让这里以康巴文化为题材的藏族唐卡、塑像、壁画、石刻、藏戏和手工艺等多项民间艺术才得以完整地保留下来并延续至今。麦宿成了名副其实的藏地文化大宝库。然而，宗萨地区地理位置偏僻，如何让更多的人认识了解自己的故乡？如何改善父老乡亲们的生活现状？达瓦卓玛觉得自己应该为此做点什么，而出国留学成了她实现理想的一座桥梁。

"我当时出去，就是想要把学到的一些商业方面的东西，拿回家乡，帮助乡民获得更好的发展。"2017年，达瓦卓玛学成归国，回到了故乡，开始尝试用全球化的视野对麦宿宗萨文化进行更深入的探索和传播。"刚开始，问题其实很多，顾客和我们那个手工艺人之间的隔阂非常大。比如购买或对我们产品感兴趣的不一定是藏族人或是本行人，如果不去跟他们解释，他们没办法完完全全地欣赏或者是接受你这个产品，所以各个方面要改的事情特别多。"

最近，钦乐工坊接到了一笔新的订单，达瓦扎巴掌心朝上介绍着一尊佛，说："今天接到订单是一尊文殊菩萨佛，50公分左右。麦宿传统铜铸制作技艺融合了印度、尼泊尔与藏族各地佛像制作的优点，在精雕工艺细节上非常细腻。鎏金铜技术是在传统铸铜工艺的基础上调整传统方法并结合现代工艺研发而成，在全区是首屈一指的独门技术，也是中国近乎失传的一种古法工艺。做工坊也是我们走的最勇敢的一步，因为当时资金不够，各个方面也不成熟，是起步的一个阶段，但也是我们必须要走的一步。"

如何带动麦宿的群众脱贫致富，发展旅游文化产品，是达瓦卓玛和她的工作室曾经面临的困难，也是麦宿地区手工艺匠人们面对的普遍困难。如何利用当地丰富的藏族手工艺技艺和得天独厚的旅游资源，让更多群众实现脱贫致富，也是当地政府扶贫工作的重点所在。

德格县文化旅游广播影视局副局长建敏说："麦宿文旅商品脱贫模式，它的含义就是指充分利用旅游、文化两种地方资源，对接外地的人才溢出、消费溢出，实现本地脱贫的经济效益、观念改变的社会效益。"

在整个麦宿区域，2000名手艺人成为脱贫"生力军"。

钦乐工坊里，尼玛的一双执着于铜铸工艺43年的手，正一丝不苟地对铜像进行最后的打磨。他从7岁开始学习铜铸手艺，是该项工艺的州级非物质文化传承人。他手下的铜铸佛像工艺复杂，每一项都需要数天甚至几十天。从泥塑造型，到模型胶定型、蜡塑型、蜡像精修、防火材料封壳，到加热解蜡,倒入铜水,铜像毛坯造好后,三遍敲打、刮、打磨,最后抛光。整个流程下来,至少要半年。

尼玛有73名徒弟,在政府和藏艺通的组织扶持下,麦宿开设了27个藏传工艺特色班。这些特色班囊括了当地所有的手工艺传承,包括唐卡绘画、木雕、泥塑、彩绘、陶器、裁缝等,学生就近上学,学费全免,有的还包食宿。1000余名藏族学员已有500名熟练掌握了相关技艺,能够生产出多种具有鲜明藏族传统特色的工艺佳作。

这些藏传工艺特色班的学员大部分来自贫困家庭,藏传工艺特色班开

藏族手工艺人。吕玲珑摄。

班教学的目的是让这些贫困学子学会一门手艺，掌握致富技艺；同时，每一个班仿似一个小型的合作社，学生每出售一件作品，自己留40%，其余60%全班学生分享，通过这样的方式帮助他们增收脱贫。

手工艺者布姆正在打磨铜铸佛像。靠手工技艺，布姆有着稳定收入，于2018年实现了脱贫。"像布姆家这样，德格县麦宿工作委员会下辖的五个乡镇的不少农牧民，靠做手工产品脱贫。"德格县扶贫和移民工作局局长泽翁罗布说，德格手工艺发展从原来的自发学习到现在的系统培训，随着培训力度加大，以往的民间小作坊向扶贫"大车间"转化，越来越多的贫困村民成为手工艺人并逐渐摆脱贫困，走向富裕。

"钦乐工坊年销售收入200万左右，工人工资就占了一半，我们的目的就是为了让工人能用手艺挣钱，让这些传统民族手工艺能传承下去。"达瓦卓玛告诉记者，钦乐工坊有工人30人，贫困户占了8人。

在麦宿，像钦乐工坊这样的手工作坊达19个，每年为手工艺人实现收入超1000万元。传统民族手工艺所"产生"的2000名手工艺人成为脱贫"生力军"。

建敏局长介绍说，在手工艺培训方面，麦宿计划在未来10~25年，通过手工艺培训班的形式培养出15万~20万藏族手工艺传人。

麦宿充分利用传统民族手工艺这一资源，开发创意化的文化产品、文艺化的实用产品和旅游化的农副土特产品，让更多群众实现了脱贫致富。曾经璀璨，今又流芳，麦宿传统民族手工艺在今天焕发出蓬勃生机，在未来将创造出更多的辉煌。

在达瓦卓玛看来，"钦乐最大的优势，第一肯定是传承背景，它有7代人的传承历史，然后加上钦乐的材质，它是7种贵重金属的结合，是目前很多地方已经失传的一个材质。可能就是很多顾客对我们的产品有一定的兴趣但是不了解,所以我可以通过视频、通过文字、通过图片去解释匠人所做的产品,还有背后的传承等各个方面。"

对于如何让藏文化发扬光大,卓玛坚信,藏族优秀传统文化在全球化的时代里也能独树一帜。

2017年十一假期,麦宿青铜器受邀参加了北京798"藏地手工艺优品集"展览。

同年,现任Dior时尚印花系设计主管、时尚界资深领军人物艾丽莎带着15名优秀学生来到麦宿进行了为期一周的学习考察,定于十一假期在北京798"穿越"到雪域藏地。2018年7月底,来自伦敦的时装传奇教母娜塔莉也来到了麦宿学习百年传承的"砂模铸造"技术,亲手触摸高原的木头、砂土。娜塔莉感受到了现代工业产品不可比拟的仪式感和来自传承的温度,并从中获得了巨大的创作灵感。

达瓦卓玛回顾,光是用一个产品让你记住一种文化是不够的,你只有亲身体验这个产品的制作过程、文化背景,才会对这个文化、对这个艺术品产生一种敬畏。

正因此,她的弟弟达瓦扎巴坚持手工。他认为,要成为一名合格的麦宿青铜匠人,需要十余年的时间。扎巴和所有麦宿匠人一样,目标并不是作品数量,而是每件作品的质量。对青铜作品来说,专注是必不可少的,扎巴相信,通过禅修的方式,可以提升自己的专注力。

对此,达瓦卓玛颇有心得,"我就拍了宗萨泥塑的纪录片,做佛像的第一步就是塑泥塑,然后就很意外地拿了国际大奖,所以我一下子有了很大的信心,拍了11部。"出彩的是她本来只是想把家乡的藏文化带出国,却获奖无数。这11部纪录片都是藏族地区各个地方的手工艺,不只是宗萨一个地方,也不只甘孜一个地方,还有甘肃、青海、香格里拉等地的手工艺品。

据达瓦卓玛介绍，纪录片《宗萨泥塑》，获2012年世界手工艺协会国际手工艺摄影大赛一等奖、2014年第二届中国镇江西津渡国际纪录片盛典提名作品奖、2015年美国视觉人类学学会最佳大学生视频奖；纪录片《善意的谎言》，获2014年国际大学生微电影盛典纪实短片二等奖；摄影作品《藏族打墙歌》，获2013年国际民俗摄影协会及中国民俗摄影协会第八届人类贡献奖。

每天晚上，达瓦卓玛会打理自己的公众号，上网更新微博，回复邮件。

虽然身在原始风貌的藏族村落，但达瓦卓玛很清楚自己要做的正是在守住传统的同时，拥抱这日新月异的新世界。

随着甘孜州"全域旅游"及"文化产业核心圈"规划的实施，麦宿地区将传统手工艺品与旅游产业紧密结合，通过大力培养当地手工艺人，深度拓展外地市场，打造出地方独有且国内独一无二的藏文化生态旅游体验区。

现在，通过传统手工艺助推文化和旅游产业的模式已经初见成效。

建敏局长说："像钦乐这样的手工艺工作室在当地还是很多的，现在我们麦宿培育了1110多名各类手工艺人，其中400多名熟练手工艺人参与到企业的订单生产，开发出15个大项200多个小项的旅游产品，其中60多个品种目前已经进入北京、上海、广东的市场。"

逐梦前行，不忘初衷，坚持到底，是达瓦卓玛的励志方向："其实我出国留学就是为了更好地发展宗萨，当初的这个梦想或是想法一直都没有改变。我所得到的一切几乎都来自我家乡的文化、艺术等各个方面。发扬这些传统文化，也是我的责任和义务。我希望以后都不会忘了自己对本地区、本民族文化的热爱。我会一直坚持下去。在坚守中创新，不仅能够让古老的技艺得以传承，更能够让家乡老百姓改善生活。"

达瓦卓玛和弟弟扎巴坚信，自己所做的一切，就像是一场修行。虽然慢，但其中蕴含的力量和勃勃生机，却会绵绵不绝、生生不息地在这片土地上传承发扬下去。

藏乡新貌。郭昌平摄。

结 / 束 / 篇

‖ 长江上游生态环保的再站位 ‖

习近平在党的十九大报告中明确指出，建设生态文明是中华民族永续发展的千年大计。而青藏高原的生态环境保护无疑是重中之重。这也是本书以此作为落脚点的重要原因。脱贫攻坚即将在2020年底收官，接力棒便交给乡村振兴。本书最初拟订以《长江上游生态+扶贫+旅游的可持续模式》来结尾，斟酌再三，只能择其要点放在这里，以引起社会各界的重视。详细内容还得放在本书的姊妹篇《乡村振兴》中来呈现。

展开中国地图，地域广阔的青藏高原东区，不仅孕育了黄河和长江文明，也孕育了湄公河、湄南河、布拉马普特拉河、印度河、恒河沿岸文明，因此这片区域的环境保护，直接影响亚洲近20亿人的生存和发展。

习近平总书记指出，青藏高原是世界屋脊、亚洲水塔，是地球第三极，是我国重要的生态安全屏障、战略资源储备基地，是中华民族特色文化的重要保护地。

如何保护好这一区域，笔者想要呼吁的是，地处四川、云南、西藏三省区内的大渡河、雅砻江、金沙江、怒江、澜沧江、雅鲁藏布江等六大江河，是否逐渐纳入三江源的生态补偿机制，让这片"中华水塔"的守护者们，既是生态环境的保护者也是受益者，更是"环保+旅游+脱贫"可持续模式的创造者。

众所周知，四川甘孜州位于三江源地区，全州水域面积占长江流域总面积的8.5%，湿地总面积占全省41%，草原面积占全省草地总面积的46%，是典型的生态资源、森林资源和生物多样性大州。广袤的森林、草地、湿地，使甘孜州成为长江上游重要的水源涵养地和水质保障区，在整个长江流域和国家生态安全格局中具有举足轻重的战略地位。

对此,在借助西部大开发、脱贫攻坚和乡村振兴的国家战略推力的同时,笔者认为:"绿水青山就是金山银山"理念的贯彻取决于对下好"长江上游生态+扶贫+旅游"这盘大棋的站位再认识。

2019年9月8日,笔者在石渠采访了县委书记袁明光,话题围绕生态环境和扶贫的主线展开。

作为雅砻江上游4个深度贫困县,除了毫不松懈地抓精准扶贫,袁明光

大美雅砻江。林东军摄。

书记还对生态环境保护做了非常深远的思考。石渠县地处川、青、藏三省区接合部,是长江上游重要生态保护地,境内的长沙贡玛国家级自然保护区,地处三江源腹地,平均海拔5000米以上,总面积6698平方公里,属高寒沼泽湿地和野生动物类型自然保护区。

2019年1月18日世界湿地日,长沙贡玛国家级自然保护区获得国际重要湿地证书。湿地素有"地球之肾""淡水之源"和"天然物种库"等美称,是迁徙水鸟的优良停歇地,是淡水安全的生态保障地。石渠湿地更被

誉为世界最美湿地,是中国罕见的保存完好、未受到人类干扰的湿地生态系统,拥有大小湖泊471个,生活着黑颈鹤、中华秋沙鸭等濒危物种,因而在具有极高的生态价值的同时,还具有极大的旅游价值。

更为重要的是,从全国一盘棋、全球生命共同体的角度着眼,亚洲水塔的生态环境好坏直接影响着人类文明的进程。

如何在精准扶贫的基础上,在迎来乡村振兴的机遇期,将长江上游的生态保护与农牧民的生命情怀、生死利益捆绑在一起,让这片广袤大地上的人们既是保护者又是受益者,青海省给出了范例,经验值得四川甘孜地区借鉴。

1. 站位再认识的依据:从一本尚未出版的生态环保书稿说起

一个惊人的数字告诉我们,1998年长江洪水造成的直接经济损失达到2251亿,造成这一巨大损失的直接原因之一,就是长江上游林区的乱砍滥伐。那么如何降低灾害带来的损失,如何更为理性、精准地保护长江上游的生态环境,一本《甘孜州生态资产的价值评估与补偿机制研究》,不得不引起各方的高度关注。

拿到这本书的电子文稿,笔者欣慰地出了口气。这本尚未出版的图书稿,印证了笔者的调查研究,并且提供了科学的理论依据和数据支撑。

8万字凝结了课题组严谨的科学态度和对子孙后代负责的担当。这部书是由甘孜州社会科学联合会组织专家编写的,在州社科联常务副主席代刚的引荐下,笔者认识了该书的执笔人、原甘孜州科技局专家李发明先生,就长江上游三大支流——金沙江、雅砻江、大渡河的生态环境保护状况进行了采访。

笔者：1998年长江上游天然林停采以来，党和政府采取了一系列加强生态保护和建设的政策措施，有力地推进了生态环境改善。但在实践过程中，也还存在着许多结构性的政策缺位，使得生态效益及相关的经济效益在保护者与受益者、破坏者与受害者之间的分配不很公平，比如：受益者无偿占有生态效益，保护者得不到应有的经济激励；破坏者未能承担破坏生态的责任和成本，受害者得不到应有的经济赔偿。这种生态保护与经济利益关系的扭曲，不仅使甘孜州生态保护面临困难，也影响了地区之间以及利益相关者之间的和谐。

李发明：要解决这类问题，必须建立生态补偿机制，以便调整相关利益各方生态及其经济利益的分配关系，促进经济发展与生态环境保护的公平协调。建立生态补偿长效机制主要基于"谁开发谁保护、谁破坏谁治理、谁受益谁补偿"的原则。《甘孜州生态资产的价值评估与补偿机制研究》旨在就建立生态补偿的国家战略和重要领域的补偿政策等问题进行探讨，提出意见建议，供决策部门参考。课题组查阅大量中外相关研究文献资料，开展座谈、访问、实地调查，经综合分析、整理，最终完成课题研究。

笔者：请李老师介绍一下这部书的成书体例。

李发明：第一个章节，主要阐述了甘孜州生态价值形成机制。对甘孜州特殊的自然地理气候孕育独特的生态环境、区位特征、战略地位、自然环境、地形地貌、山脉河流、地质构造、自然气候，以及两江一河、湖泊水系、水文特征、土地、矿产、森林、灌丛、雪山、草地、湿地、农田等生态系统因子构成、生物多样性构成状况以及自然生态资源区域分布特点等情况进行了综合剖析、认识、梳理。

第二个章节,是对甘孜州生态系统服务价值进行了客观、科学的评估。主要研究了甘孜州不同生态资产的服务价值。结果显示:甘孜州全州生态系统产生的生态服务价值达到1526×10^8元/年,占青藏高原生态系统年服务价值(9363×10^8元/年)的16%。在甘孜州生态系统每年提供的生态服务价值中,水源涵养价值最高,占18%,生物多样性维持价值占11%。在不同生态系统类型中,森林生态系统、湿地生态系统和草地生态系统对甘孜州生态系统总服务价值的贡献最大。

第三个章节对生态补偿机制进行了探讨,提出了建议。从建立甘孜州生态补偿机制的重要性与必要性入手,探讨了国内外"生态补偿机制研究"方面的理论;研究了近年来甘孜州在生态保护与建设方面采取的措施、退耕还林等生态保护政策的实施情况、自然保护区建设情况;梳理了近年来中央、省上投入到甘孜州天然林管护、退耕还林、退牧还草、湿地自然保护区、禁牧、休牧、草畜平衡等一系列生态保护与建设中的补偿资金情况、项目工程建设情况、存在的问题、经验教训,以及甘孜州生态环境保护与建设面临的挑战等。提出生态补偿的主体和补偿原则、补偿标准确定的方法与依据。设计了几个重点领域的生态补偿机制,拟定了实施生态补偿的若干政策建议和生态环境补偿机制框架思路、建立甘孜州"森林碳汇""草原碳汇"交易机制等。

…………

结束采访,笔者明白了长江上游三大支流纵贯的甘孜州全域,其生态环境直接影响长江中下游的生产与生活,这种唇齿相依的命运共同体的打造是值得有关部门深思与探索的,青海三江源的成功升位就是最好的参考与案例,值得借鉴。

可喜的是笔者了解到,2015年9月,国务院发布了《生态文明体制改革总体方案》,提出生态文明体制改革的目标是:

到2020年,构建起由自然资源资产产权制度、国土空间开发保护制度、空间规划体系、资源总量管理和全面节约制度、资源有偿使用和生态补偿制度、环境治理体系、环境治理和生态保护市场体系、生态文明绩效评价考核和责任追究制度等八项制度构成的产权清晰、多元参与、激励约束并重、系统完整的生态文明制度体系,推进生态文明领域国家治理体系和治理能力现代化,努力走向社会主义生态文明新时代。

生态补偿机制是构建生态文明制度体系不可缺少的一环。方案要求探索建立多元化补偿机制,逐步增加对重点生态功能区转移支付,完善生态保护成效与资金分配挂钩的激励约束机制。制定横向生态补偿机制办法,以地方补偿为主,中央财政给予支持。鼓励各地区开展生态补偿试点。

方案最后一句指明:2020年,鼓励各地区开展生态补偿试点。

2.站位认识后的再行动:一所"森林学校"的启示

这绝非茶余饭后的谈资,而是一个超乎寻常的实践——登龙云合森林学校在丹巴藏寨建立起了一座关于自然教育的"新地标"。

该学校集环境教育、社区发展以及综合研究和实践平台为一体,吸引了20多个国家和地区的近千位游客来访,不但解决了当地居民生计、教育等问题,还带来了思想观念的大改变,让人与自然的和谐发展落到实处。

2019年11月中旬，笔者在丹巴县采访脱贫攻坚，其间与县委书记何文才谈到长江上游三大支流的生态保护。何书记对丹巴的生态环境保护没少费心思，在谈及环保理念的新思维时，他首推丹巴的"藏地森林学校"。

而后笔者联系了登龙云合森林学校的执行校长沈书琴女士，约定2020年的春节前在成都见面，后因疫情阻隔，终于如愿在2020年4月15日午后见面，见面时她还邀请了师法自然社区可持续发展专项基金秘书长刘晓梅。刘晓梅毕业于四川大学宗教研究所宗教人类学专业，后赴英国留学，获得布兰福德大学和平发展专业硕士学位。

据刘晓梅女士介绍，她回国后从事非盈利机构的发展工作，致力于中国草根环保组织的能力建设和战略发展。2015年底加入登龙云合团队，探索用商业的手段解决社区问题。

丹巴登龙云合森林学校——藏地第一所生态研学基地，以社会创新的手段，通过发展生态教育和生态经济实现保护区内的社区可持续发展的目标。环境教育与社区发展中心（自然学校）的创新方式，促进自然保护区内的社区生态环境与文化保护，以提升社区综合发展能力，最终实现社区自治型可持续发展的目标。

之前沈校长给笔者发过一个链接，题为《藏地森林学校：以利他之心，探求人与自然的可持续发展》的长文，刘晓梅秘书长向笔者谈及了此文的宗旨，认为环境保护应该是除政府下大力气主导外，还要有民间团体、社会各阶层的积极参与，至关重要的是在认识上将环境保护融合生活理念和生活细节中。这样看来，登龙云合森林学校的做法值得借鉴。

文章引用德国诗人荷尔德林的一句名言："思想最深刻者，热爱生机盎然。"

大自然蕴含着无穷的意趣，也拥有着无限的开拓潜力，是人类最珍贵的瑰宝。荷尔德林万万没有想到，他的这一名句，不远万里飞到雪域高原的登龙云合森林学校。

丹巴中路这个地方，自然美景俯拾即是，神秘传说不胜枚举。要知道，这里曾是一个神秘的国度——历史上的东女国在此统领过一个时代，这里也是被墨尔多神山守护了千年的"千碉之国"，更是有着"中国最美乡村"的美誉。这里有古老的碉楼，有貌美如花的女子，也有最灿烂的笑容。然而，在学校到来之前，丹巴中路却是一颗尘封在横断山中的明珠，有着原始、纯净、美丽的特质，却无人捡拾。

登龙云合森林学校，在这里施展了怎样的"魔法"？它在丹巴县中路乡的云端藏寨，建起了一个"新地标"。

这个"新地标"不仅与当地环境契合，还为当地的经济、文化带来了生机和活力。他们洗尽铅华，渐渐爱上了藏乡田园牧歌式的生活，可与此同时，他们也深刻了解到保护区内社区的发展困境：虽然正对着墨尔多神山，中路乡很早之前就是摄影师的天堂，也能吸引不少游客，可出于对环境保护的需求，这里的村民对自然资源的使用受到限制。

走马观花式的传统旅游无法给游客带来深切体验，村民也只能从中获取相当微薄的收益。由于没有更多选择，村民仍旧想开民宿招待旅客，然而开展旅游业却引发了日益严重的环境破坏、传统文化消逝等问题。

由于多年来对环境的关注，登龙云合的创建者们实在不忍心看着美好如斯的千年村寨在保护区的夹缝里艰难求生存、求发展，更不希望这里的传统文化得不到传承，于是他们萌生了留下来共建村寨的念头。可一群外乡人想带领整个村寨走向新生谈何容易，一个调研团队在没有资金支持的情况下开展乡村建设更是困难重重。但功夫不负有心人，师法自然专项基金获得了登龙云合提供的种子基金和人力支持，加之当时他们探访获悉中路乡最高处的传统藏式房子即将被拆,便租下了这栋房子及其附近另一栋空置的民居,开展了一场创新尝试。

2018年,在诸多机构、志愿者及当地村民们的齐心建设下,一座以社区为主体的森林学校,一所陪伴社区成长的环境教育与社区发展中心,正式在云端藏寨落成。

花重金打造的森林学校并不是创始者们的私有财产,他们更不是中路乡未来的主宰者。"在开始的时候,当地人需要指导和支援,但我们相信,只有当地人才最了解自己的社区,才最爱自己的家乡。"

于是,创始者们自己定下一个30年的目标,希望在探究环境保护与经济发展平衡问题的同时,也陪伴和辅助当地村民成长,最终将森林学校交还给当地社区自主运营,让村民实现脱贫致富的梦想,也让这里的生态环境得到可持续发展。

诚然,"陪伴"是比"捐赠"更重要也更有效的方式,用创新性的思维和市场化的手段,可以解决环境与发展的平衡问题。既想发展经济又想保护环境,虽然不是件容易的事,可创始成员们深刻地明白两个关键点:第一,只有意识的改变才能带来行动的改变,这需要持续教育;第二,只有社区才能主导当地的环境保护,这需要经济的支撑。因此,他们提出了"环境教育与社区发展中心"的创新模式,采用环境教育与生态经济并行发展的方式,推动生态系统的保护。而位于丹巴中路最高点的森林学校,便成了师法自然理念的第一个实践点,代表着保护区内社区可持续发展的全新模式。

从2015年到2018年,从建筑设计到课程设计的实践、调整,森林学校的角色和发展路径越来越清晰,最终这个"环境教育与社区发展中心"兼具了三大功能。

森林学校有三大区域,其中两栋房子经过改造后,分别变成了名为"自然"的校舍和名为"自在"的宿舍,而位于两者中间的田地则是被命名为"自我"的工作坊区域。三者合一,寓意人们能在自然中找到自信和自我,并自在地生长。

600平方米的"自然"校舍,是这所森林学校的功能区,里面各种设施一应俱全,不仅有图书馆、餐厅、多功能活动室,还有温室植物玻璃房、星空观测室、种子博物馆和植物标本馆等,有助于更好地开展自然教育活动。而"自然"这个名字也包含着森林学校其中一个办学宗旨:在大自然的灵动中找回遗失的自我。

400平方米的"自在"宿舍,有着温馨舒适的环境,寓意"当自我回归自然的刹那,收获无边的自在"。

而开放式的"自我"工作坊,则是参与者进行各种手工活动的场所,蕴含着"在独立的自我中激发与创造"的办校宗旨。学校还以这三个区域作为基点,结合周边的田园、森林、草场,形成一个丰富多元的室内外教学和活动空间体系。

除了硬件设施别出心裁外,师法自然专项基金还联合当地非遗传承人和不同领域的专家学者,共同研发了在地智慧、户外教育、自然艺术、自然科学和社区共建等五个主题的数十个课程模块。这样丰富多彩的"共享自然课堂"不仅吸引了当地的孩子前来学习,也吸引了很多城市家长和孩子纷纷前来参加研学旅行活动。

在这所没有围墙的森林学校中,当地孩子可以重新认识并热爱自己的家乡,城里的孩子则拥有一个真正体验自然的课堂。随着体验活动的增多,他们的感知力、理解力、协作力、领导力、创造力等都会得到提升。虽说好习惯要从小培养,但教育不仅需要发生在孩子身上,还需要发生在他们的父母身上，因为中路乡存在着的发展问题，大多都与成年人不注重环保的意识和行为有关：大量新建房屋导致的伐木与采石问题，不断增加的游客导致的废水与垃圾问题，耕地劳力减少导致的地膜与化肥问题等都已经显现出来。

可成年人不会像孩子一样来上课，怎样才能真正影响他们，让他们也能参与进来呢？

创始成员们采取的做法就是从身边的一点一滴开始为村民做环境倡导及示范：坚持使用绿色环保且融合最新技术的方式改建校舍，与村民共建中路乡第一个生态旱厕，探索垃圾与污水的处理和新能源的利用，启动在地垃圾问题调研，推广对土地更友好的种植方式，倡导中路乡游客及村民践行环境友善行为公约，挖掘当地传统文化中的生态知识……通过改建民居向村民展示绿色建筑，并解决传统民居的采光、通风、节能、采暖、排污等问题。

从一开始，森林学校的理念就是要尽量让经济利益都流向当地村民：在校舍进行现代化改建时，他们不惜花费更多的人力成本和时间成本，聘请了45位当地工匠参与，让他们在收获薪酬的同时，也有了和优秀的设计师们交流学习的机会；每次举办研学旅行时，森林学校都会将参与者全部分派到各家民宿，并通过深入的生态旅行活动设计，让更多村民参与其中提供服务。除了切实帮助村民增收外，森林学校也非常注重社区能力建设，希望当地社区可以早日实现自主运营。

因此，森林学校推动成立了丹巴县第一个以生态旅游为主的农旅合作社，在不断完善管理机制的同时，也引导着这里的旅游业发生改变：让在地旅游从过去的农户个体自发参与升级为有组织、有管理的集体参与。

森林学校还定期为村民组织生态旅游培训、村落自然导赏培训与在地餐饮培训；森林学校也重点培养大学毕业选择返乡的年轻人，让他们看到乡土旅游的希望；而对于藏乡最宝贵的传统文化，森林学校也着重进行保护和推广，不仅别出心裁地将这里的手工艺设计进研学旅行的课程，还手把手帮助合作社建立自己的传播渠道。在经济得到发展的基础上，森林学校还开始了社区协议保护的尝试：通过与合作社签订协议，选择性地让承诺做水源保护、垃圾分类、对土地友善的村民率先进入合作社，共享经济收益，提高他们参与生态保护的积极性。

4年来，在森林学校开展的各类实践活动，以利他之心，探求人与自然的可持续发展。森林学校不断吸纳不同学科背景的人才，也招募来自社会各界的专业志愿者，促成教育院校、研究机构、公益组织、社会企业等的跨界交流和在地实践……

在不断的尝试和实践中，矗立在云与山之间的森林学校渐渐有了自己的特色，也成为外界心驰神往的宝地。虽然2018年才正式对外营业，但在建设筹备的4年间，森林学校早已陆续开展了"漫步云端藏寨"、"嘉绒藏家"生活体验营、"云端藏寨的心灵漫步"冬令营、"小鬼当家"夏令营、"疯狂玉米节"大型丰收节日游学、中英志愿者共建生态旱厕、百名挪威高中生研学之旅等共计27次的原创主题研学旅行活动，吸引了来自成都、重庆、北京、上海、杭州、英国、法国、加拿大、澳大利亚等20多个国家和地区的近千位游客。

来自挪威的学生杰尔特·威唔斯说："我们在这里攀爬了碉楼、亲手做了藏餐，与当地人一起下地春耕，还开展了环保活动，这些都十分有意义，我觉得我们国内的同学都会喜欢这里。"

森林学校也为217位当地人提供了专业培训，课程囊括乡村生态旅游、环境教育、生态系统解说、民宿接待、合作社旅游接待准备、安全救护、藏餐厨艺等主题。而每个参与其中的人都能享受整个过程，并各取所需。到森林学校接受自然教育的孩子，无论是来自当地还是城市，都重拾了对传统文化的传承意志，并发挥想象和创造力，将当地农作物和手工艺研发成新的文创产品，让创意点亮乡村并产生新的价值。

在与森林学校的一系列合作中，当地人不仅实现了增收，还在相关的培训中提升了技能、效率和专业度，让中路乡的旅游业得以走得更远。更难能可贵的是，他们也在和游客打交道的过程中，获得了文化自信的提升，更加珍惜当地的传统文化资源。

26岁的本地女孩达瓦初便是受益者之一。大学学畜牧业的她曾在城里打拼，可由于人生地不熟又缺乏技能优势，她始终没能找到自己喜欢的工作。如今，在师法自然专项基金的帮助下，达瓦初成了森林学校的后勤总协调，不仅接触到不同行业的专家，获得了新鲜的知识，还对家乡的发展越来越有信心。最近，达瓦初还开始从头学习英语，她说："希望有一天能用英语和外国学生交流，给他们介绍我的家乡。"

女村民泽拉姆则在森林学校获得了一份可以自食其力的工作——负责教授到访学生嘉绒传统刺绣。"以前总觉得只有家里有钱开民宿才能参与旅游工作，没想到，只要会一门手艺、会讲解，就可以做旅游工作。"泽拉姆说，"学生娃娃很认真，学得很快。"

而志愿者们则通过志愿行动实践自己的社会责任意识，提高专业技能水平，感受和思考不同的文化所带来的触动与冲击，从而更加尊重和理解不同的人群，实现自己更深层次的价值追求。如水磨修复项目的志愿者光嘉，就是森林学校最忠实的支持者。平时在成都念初一的他，利用假期回到中路乡参与森林学校的活动后，忍不住感慨道："原来家乡那么美，传统的水磨有着那么深厚的文化底蕴。"有了初次的体验后，他今年暑假又主动报名要成为志愿者。

而另一位来自城市的志愿者京荆，在2016年来到森林学校体验了15天的社区共建后，就彻底改变了自己的生活方式：3年来，接触到朴门永续理念的他走到了云南，也去到了北京，和志同道合的伙伴一起用泥巴盖房、用火箭炉做饭、用厚土栽培法种菜、用无患子壳洗衣服、用桑椹做酵素……3年后，他带着满满的经验回到了中路乡，并成为森林学校志愿者项目的培训导师，带领志愿者们进行零废弃实践、朴门永续种植以及火箭炕的建造等工作。

如何让自然保护地当地居民主动参与到保护工作中来，一个更长远的思考摆在政府和管理机构面前：10年后，谁才是保护工作的主力军？森林学校相信，对青少年的生态环境教育是最为迫切也是投入产出比最高的。教育改变意识，进而改变行动。这不仅可以解决未来的保护难题，也可以借助青少年对整个家庭的积极影响缓解目前的窘境。生态文明建设是关系中华民族永续发展的千年大计，在这千年大计中，我们着眼于10年、20年的"小计"，努力推动"生态环境教育进校园"，这是森林学校的远见。

3. 站位认识的最终落点：护好"中华水塔"

中国生态环境部长李干杰曾说："中国实施了天然林保护、退耕还林还草等一系列重大的生态保护工程，数据显示，中国的森林覆盖率已经由新中国成立之初的仅约8%提高到目前的22.96%。近20年来，中国新增植被覆盖面积约占全球新增总量的25%，居全球首位。"

在海拔4000米的道孚县扎宗寺林场，距离县城100余公里，是道孚林草局最后一个不通电、不通手机的林场。一位叫方刚的男人,自1999年担任扎宗寺林场管护班组长起,20余年来一直驻守在这样一个让人瞠目结舌的环境里。了解此工作的人无不深有感触地说:"在这样的环境中,别说工作,能够长期生活就已经是一件不容易的事了。"方刚却带领全班组职工常年穿梭于78960公顷森林中,同全州所有的林业护林员一道,对长江上游的森林管护,起到了难以估价的作用。

国家在1998年实施天然林资源保护工程后,扎宗寺林场全面停止木材砍伐和运输,原本车水马龙、运输木材的车辆川流不息的繁忙景象仿佛一夜间戛然而止,林区安静了下来,拉木头的车流量归零。这样一来,职工的生活物资只有靠林场每月安排两次集中采购,每次采购方刚都要采购大量的洋芋、萝卜、莲花白等耐储藏的蔬菜。只有这样,才能勉强保证每天吃上数量有限的蔬菜。即便是这样,在每年6至9月的雨季,仍会因泥石流等灾害导致公路垮塌,造成林区道路长时间中断,几个月的时间里就可能吃不上一点点平时吃腻了的蔬菜。这样的日子里,能够有郫县豆瓣作为下饭菜,都是一件幸福的事。

即便没有中断,林区公路也是路况差、车速慢,100多公里的路走上一整天是常态。早上6点在道孚县城采购的猪肉,运送到林场时已经到了晚上七八点钟,尤其在热天,猪肉长时间在路途中就已经轻度变味。

而在2006年前,林场仅有一座125瓦的小型水电站,却要保证林场及拉日马乡7000余名职工和牧民群众的用电需求,就连照明都是一件十分困难的事,使用冰箱更是奢望。没有电冰箱,如何能够延长猪肉的保质时间?让方刚记忆犹新的是,他会把猪肉分割成小块,用塑料袋装好,深深埋进河边的沙子里。不过就算采取这样的办法,也只能吃上几天的新鲜猪肉。

方刚的母亲一个人居住在农村老家,操劳农活的同时还要帮助他带小孩。母亲的身体怎么样？生活还好吗？小孩还听话吗？这些都是方刚时时的牵挂。每次到县城打一次电话，来回就要耽搁三天，为了不耽误工作，方刚只能几个月才回县城打一次电话，更多的时间，就是让运送生活物资的车辆带上一封家书报平安。甚至母亲生病、邻里发生纠纷、孩子与同学闹矛盾、家里的庄稼受灾等等情形，方刚往往都是两三个月之后才能知道。

方刚的儿子方建峰被诊断出患有轻微脑瘫，由于信息不畅通、治疗不及时，给孩子留下了终身的残疾。这是方刚永生的痛，只有面对无人的深山老林，发出长长的叹息，甚至捶胸顿足。

即便有莫大的遗憾，方刚却从来没有提出过离开自己岗位，也没有向组织上提出过调到条件相对较好的林场工作，而是积极主动地面对这一

道孚县龙灯草原。郑良发摄。

切的一切，无怨无悔地守护着扎宗寺林场每一棵树、每一片林、每一寸林地、每一只野生动物。

实施"天保工程"后，国家提出大面积绿化宜林荒山荒坡，增加森林绿化面积，维护长江上游生态安全，建设长江上游生态屏障。从1999年至今，上级下达给扎宗寺林场的公益林建设任务为48.5万亩，这个数字意味着同其他林区一样，植树越多，绿色就越多，长江中上游的生态环境才有保障。每年3月底至5月初是人工造林的黄金季节，为了抢抓时间，方刚就和班组成员搭帐篷住进了深山沟里，以植树人的身份活跃于林区的一片片荒山上。

为确保公益林建设质量，每天早上6点钟之前，方刚就要起床清点并领取班组人员的公益林建设用苗木。吃完早饭，立马带领班组成员赶往造林地。

在海拔3000多米的高山上，要背上七八十斤重的苗木沿着坡度40度或50多度的山路攀爬，真是三步一息，五步一喘，短短的几公里需要爬上好几个小时。到了公益林建设地块，顾不得好好地喘上几口气，方刚就要监督班组职工立即开挖土沟、假植苗木，保证苗木根系不受阳光照射，以确保苗木成活率。种植过程中，方刚还要按照"苗正根伸、穴大底平、细土壅根""三埋两踩一提苗"的技术要求，随时检查班组成员栽植质量、到顶到边情况，及时抓好存在问题的整改，确保公益林建设"横向到边、纵向到底"。

正是方刚和全场职工身上那种"不畏艰辛、只愿山青"的朴素情怀，才让扎宗寺林场48.5万亩荒山披上了绿装。经检查验收，1999年至今，方刚所带领的班组营造的两万多亩的公益林的当年成活率和三年保存率均达到验收标准，方刚也被评为"道孚林业局天保工程建设10年先进工作者"。

为了培育出适应高海拔环境生长的优质云杉种苗,方刚要同班组的职工们精心管理林场20余亩的云杉种苗,定期开展除草、防病、施肥、打水等各项工作,以确保5年之后能够上山栽植。在扎宗寺林场天保工程建设工程区内,林农交错、林牧混杂,方刚班组所管护的责任区,有很多以游牧为生的老百姓,他们居住地不固定,有着野外用火烧茶的生活习惯,这加大了森林防火的难度。方刚深入牧民群众,面对面宣传安全用火、科学防火以及火灾自救知识,规范用火行为,引导牧民群众革新生活方式,推广带保温水瓶外出放牧,减少牧民群众在林区野外的用火行为。方刚心里比谁都清楚,除要抓好日常管护监测外,还需要地方政府的大力支持和争取老百姓自觉参与,形成人人建生态、人人保护生态的大格局。

每当春节、藏历新年用火集中期,方刚常常在零下二三十摄氏度的低温环境中,带领班组职工蹲守在各个用火煨桑点,从一大清早就守护到天黑尽,确保火灭人离,绝对安全。

春节期间林区人员流动量大、野外火源多,是整个森林防火关键期,但护林班组的职工都是内地人,90%以上的班组成员长年累月与亲人两地分居,为了既确保国家森林资源安全,又能够让职工回家与父母、妻儿团聚,方刚把对家人的思念深深地埋藏在了心底,主动放弃了春节期间回家,还把班组其他成员的管护工作承担起来。

十多年来,方刚没有与家人吃过一次团圆饭,也没有为母亲庆过一次生日。每当看到茫茫林海满目葱茏,方刚充满自豪的心里,也深藏着对家人无法弥补的亏欠。

正是有这些甘愿付出的护林人的守卫,长江的生态环境、中国的生态环境才得到了巨大的改变。笔者在此由衷地向"方刚们"深深地致敬。

美国国家人文科学院被称作"生态圣贤"的95岁院士小约翰·柯布

在2020年初说：我希望中国将粮食自给自足问题放在优先考虑的位置。同时，我希望随着乡村的振兴和高科技的发展，中国将大踏步走向生态文明。面对新冠病毒肆虐，资本主义制度在保护人民方面所呈现的无能，彰显了中国的制度优势。我理解，中国的生态文明建设也是以广大民众的福祉为旨归的。在这方面它已无可争议地成为世界的领跑者。

图书在版编目（CIP）数据

幸福歌声传四方：雪域讲给世界的脱贫故事 / 达真著.
-- 成都：天地出版社，2020.12（2021.11重印）
ISBN 978-7-5455-5961-3

Ⅰ.①幸… Ⅱ.①达… Ⅲ.①纪实文学—中国—当代 Ⅳ.
①I25

中国版本图书馆CIP数据核字（2020）第178406号

XINGFU GESHENG CHUAN SIFANG: XUEYU JIANG GEI SHIJIE DE TUOPIN GUSHI

幸福歌声传四方：雪域讲给世界的脱贫故事

总 策 划	罗　勇
出 品 人	杨　政
作　　者	达　真
责任编辑	孙学良
封面摄影	胡小平
装帧设计	言由 041154 21168
版式设计	桑楚森
内文排版	四川最近文化传播有限公司
责任印制	王学锋

出版发行	天地出版社
	（成都市槐树街2号　邮政编码：610014）
	（北京市方庄芳群园3区3号　邮政编码：100078）
网　　址	http://www.tiandiph.com
电子邮箱	tianditg@163.com
经　　销	新华文轩出版传媒股份有限公司

印　　刷	成都市天金浩印务有限公司
版　　次	2020年12月第1版
印　　次	2021年11月第5次印刷
开　　本	710mm×1000mm　1/16
印　　张	20.25
字　　数	260千字
定　　价	69.00元
书　　号	ISBN 978-7-5455-5961-3

版权所有◆违者必究

咨询电话：（028）87734639（总编室）
购书热线：（010）67693207（营销中心）

如有印装错误，请与本社联系调换